2020 **武汉保卫战**

李朝全　著

中国青年出版社

图书在版编目（CIP）数据

2020武汉保卫战 / 李朝全著. 一北京：中国青年出版社，2020.9

ISBN 978-7-5153-6307-3

Ⅰ.①2… Ⅱ.①李… Ⅲ.①报告文学－作品集－中国－
当代 Ⅳ.①I25

中国版本图书馆CIP数据核字（2021）第028709号

2020武汉保卫战

作　　者：李朝全

责任编辑：侯群雄

书籍设计：刘红刚

出版发行：中国青年出版社

社　　址：北京市东城区东四十二条21号

网　　址：www.cyp.com.cn

编辑中心：010-57350401

营销中心：010-57350370

经　　销：新华书店

印　　刷：三河市君旺印务有限公司

规　　格：710mm×1000mm　1/16

印　　张：15.75

字　　数：204千字

版　　次：2023年6月北京第1版

印　　次：2023年6月河北第1次印刷

定　　价：26.00元

本图书如有印装质量问题，请凭购书发票与质检部联系调换。联系电话：010-57350337

"生命之托，重于泰山"，是誓言与承诺，更是责任与担当

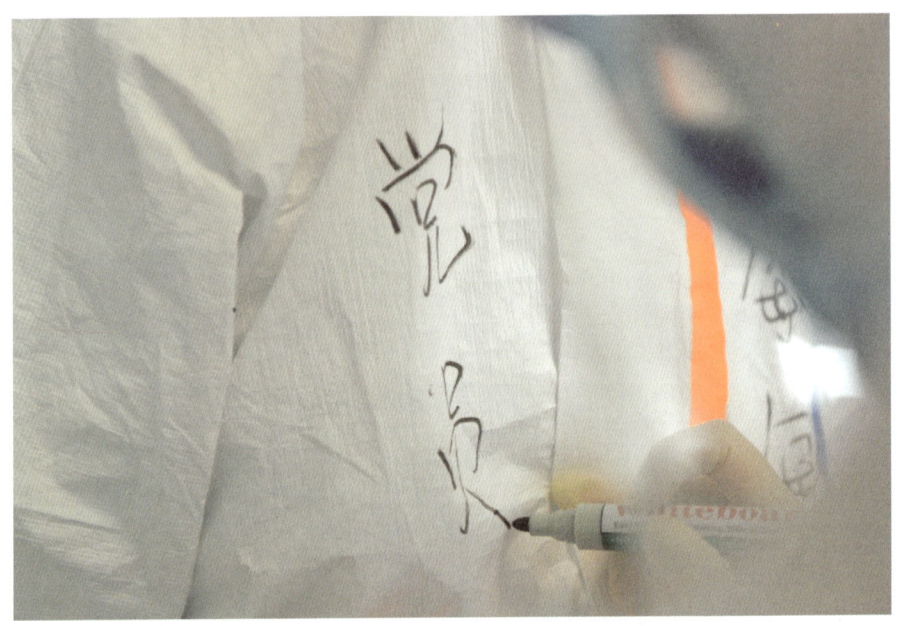

党旗在抗疫前线高高飘扬

抗疫前线的党员重温入党誓词

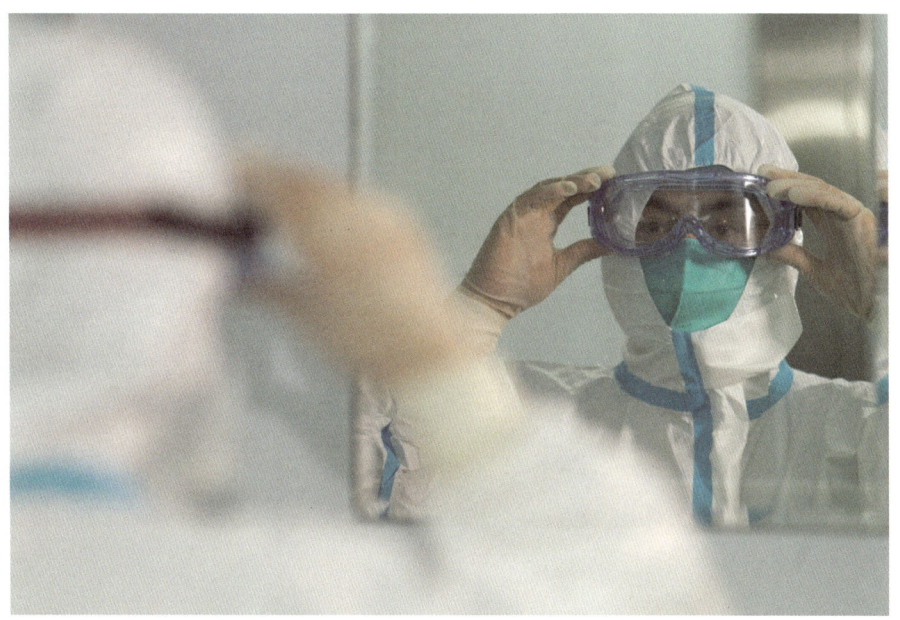

抗疫前线的医护人员检查装备，即将走进战场

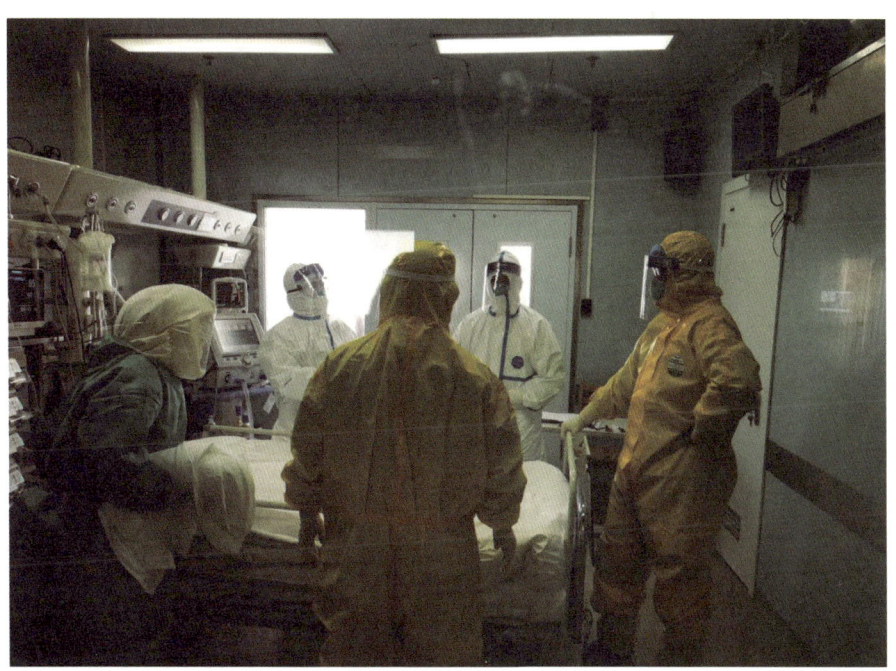

抗疫前线的医护人员在会诊

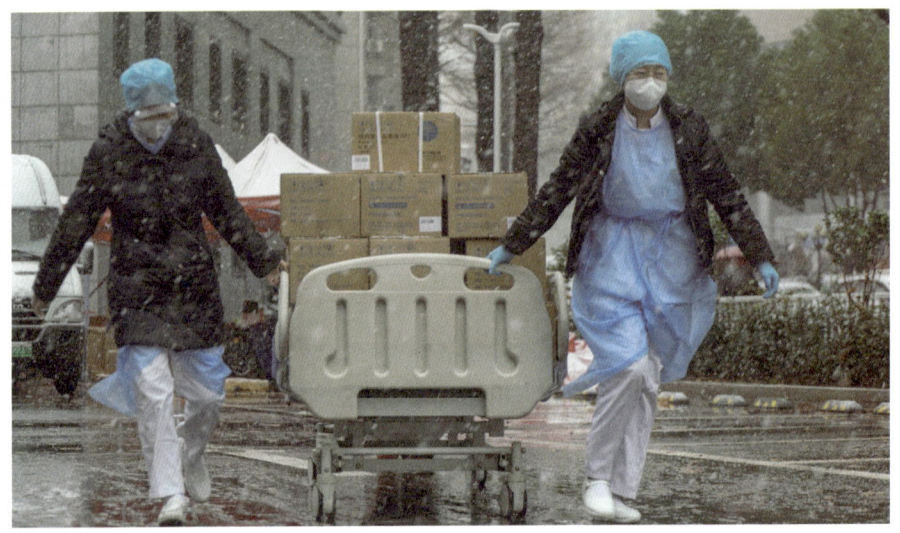

医护人员在风雪中转运物资

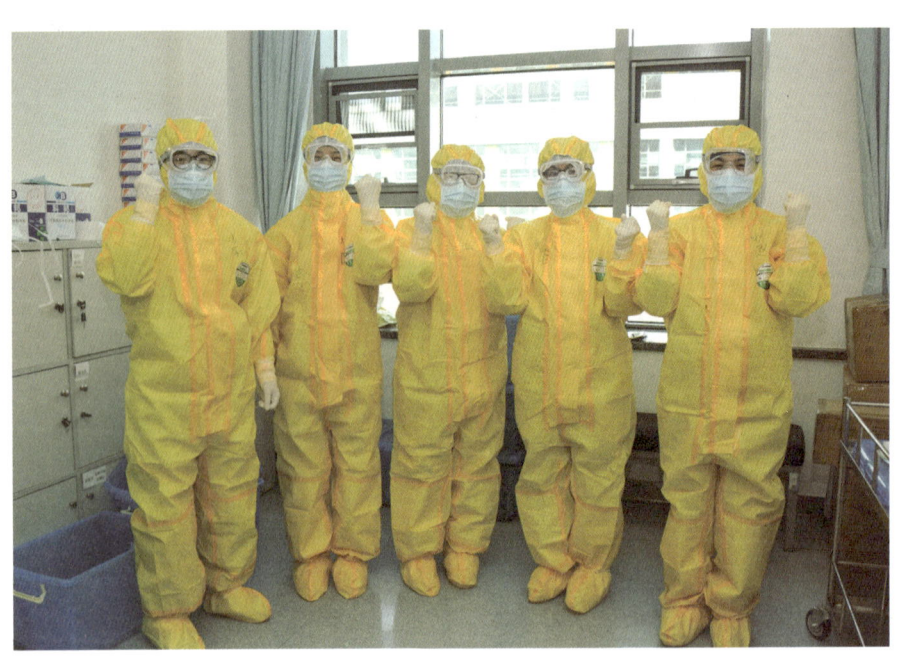

抗疫一线的医护人员在相互鼓劲、加油

中国作协赴武汉采访创作小分队：曾散（左二）、李朝全（左三）、李春雷（左四）、
纪红建（左五）

目　录

一

武汉保卫战

> 这次新冠肺炎疫情，是新中国成立以来在我国发生的传播速度最快、感染范围最广、防控难度最大的一次重大突发公共卫生事件。对我们来说，这是一次危机，也是一次大考。
>
> **——习近平**

2019 年冬至 2020 年春，中国和世界暴发了一场极其严峻的新型冠状病毒肺炎疫情。新冠肺炎，人人易感，传播力强，人均传播 2-4 个人，没有特效药，没有疫苗，重症比例高达 20%，病亡率一度超过 5%。这是一场看不见硝烟的惨烈的战争。

从 2020 年 1 月开始，面对一种人类从未遭遇的未知的病毒，中国举国动员，全面打响了抗击新冠肺炎疫情的人民战争、总体战和阻击战。

湖北和武汉是中国抗击疫情的主战场。习近平总书记亲自担任这场大战的总指挥。他思深虑远，高瞻远瞩地指出：武汉胜则湖北胜，湖北胜则全国胜。

烽烟

谁也没有料到，2019 年 12 月，一个寻常的发热肺炎患者，背后竟然酝酿着一场巨大的传染性疫情的风暴，就像蝴蝶在扇动翅膀时，谁也没有料到，大洋彼岸会刮起一场飓风。世界上从来就没有先知先觉者，有的只是敢于在危难之际挺身而出的人。

张继先是湖北省中西医结合医院（又叫湖北省新华医院）呼吸与重症医学科主任，54 岁，身高不足 1.6 米，说话声音轻柔，性格温和。2019 年 12 月 26 日上午，她接诊了一对因为发烧、咳嗽来看病的老两口。张继先给他们拍了胸部 CT，结果照片显示出和其他病毒性肺炎完全不同的肺部改变。经过询问，张继先得知两位老人一直是他们的儿子在近身照料，于是她让老两口叫来他们的儿子。他们的儿子没有任何症状，但是经 CT 检查肺部却有类似的改变。

这天还来了一位华南海鲜市场（即武汉华南海鲜批发市场）的商户，也是一样的症状：咳嗽、发烧、肺部改变。这引起了张继先高度的警惕，因为一般来说，一家人来看病只会有一个病人，不会一家三口同时都得一样的病，除非是一种传染病。张继先给这些病人分别都做了甲流、乙流、合胞病毒、腺病毒、鼻病毒、衣原体、支原体等和流感相关的各项检查，结果全都是阴性。这就完全排除了流感的可能。

12 月 27 日，张继先将此情况上报给医院院长办和副院长夏文广。下午，医院立即将相关信息上报给武汉市江汉区疾病预防控制中心。江汉区疾控中心传染病防治科科长王文勇接到了湖北省中西医结合医院的报告，得知收治了 4 例发热病人，其中包括一家三口人。江汉区疾控中心距离湖北省中西医结合医院只有一公里的路程，王文勇下午 4 时即到医院采了样。当天晚上，王文勇和同事对样本进行了甲流、乙流检测，结果都是阴性。他们把结果报告给了湖北省中西医结合医院的值班医生，并且告诉他们，第二天一早还会到武汉市疾控中心去进行其他病原的检测。

12 月 28 日，星期六，江汉区疾控中心从湖北省中西医结合医院采集的样本送到了武汉市疾控中心。武汉市疾控中心随即进行了其他病原的检测，结果显示都是阴性。当日，武汉市疾控中心即安排进行流行病学调查及检测。

12月28日、29日，湖北省中西医结合医院门诊又陆续收治了3位来自华南海鲜市场的患者。与此前4例患者的症状和肺部表现类似，都是张继先从未见过的症状，而且7个患者中有4个来自华南海鲜市场。她敏锐地意识到情况不妙，于是立即又向医院做了报告，并且建议医院马上召开多科室会诊。

12月29日，星期日，下午1点，夏文广副院长召集呼吸科、院感办、心血管、ICU、放射、药学、临床检验、感染、医务部的10名专家对7个病例进行了逐一讨论。专家们一致认为这种情形很不正常，须引起高度重视。夏文广当即决定，直接向湖北省卫健委和武汉市卫健委的疾控处报告。

当日，省市卫健委疾控处快速反应，指示武汉市疾控中心、金银潭医院和江汉区疾控中心立即前往湖北省中西医结合医院开展流行病学调查。傍晚，武汉市传染病定点收治医院——武汉市金银潭医院副院长黄朝林带人到湖北省中西医结合医院接走了6位病人。一家三口中的儿子坚决不去金银潭医院，只好留在湖北省中西医结合医院治疗，后于2020年1月7日病愈出院。

同一天下午，王文勇接到武汉市中心医院公共卫生科的报告，该院急诊科接诊了4例来自华南海鲜市场的发热病人。晚上6点，王文勇和同事参与处理完湖北省中西医结合医院的疫情，回到单位。吃过盒饭，晚8点，王文勇和同事马不停蹄地赶到武汉市中心医院，随后东西湖区疾控中心工作人员也来到现场。晚10点，他们处理完疫情，采集了样本，送到武汉市疾控中心去做进一步检测。

12月30日15时10分、18时50分，武汉市卫健委通过对湖北省中西医结合医院的流行病学调查，感到此事重大，迅即在系统内连续下发了《关于报送不明原因肺炎救治情况的紧急通知》等两份部门文件，询问其他医院是否有类似病人，目的是让医院主动搜索相关病人。通知提到，武汉市华南海鲜市场陆续出现不明原因肺炎病人，为做好应对工作，请各医疗机构立即清查统计近一周接诊过的具有类似特点的不明原因肺炎病人，并立即上报。同时强调"未经授权，任何单位、个人不得擅自对外发布救治信息"。这两份通知分别于当天15时22分和19时许被人上传到互联网上。

当日，武汉市中心医院又收治了一名来自华南海鲜市场的急诊患者，第三方基因检测公司直接给出"SARS冠状病毒检出（高置信度）阳性指标"的结果。很快，这个关于华南海鲜市场发现不明原因肺炎病例的消息便在朋友圈中不胫而走。17时30分许，武汉市中心医院眼科医生李文亮收到同事发给他的信息，于17时43分在"武汉大学临床04级"微信群中转发，发布"华南水果海鲜市场确诊了7例SARS""在我们医院后湖院区急诊科隔离"等信息和1张标有"SARS冠状病毒检出（高置信度）阳性指标"等字样的临床病原体筛查图片、1段时长11秒的肺部CT视频；18时42分，又在该群发布"最新消息是，冠状病毒感染确定了，正在进行病毒分型"，"大家不要外传，让家人亲人注意防范"。在此前后，又有7位医生进行了转发。这些信息引发了关注和讨论。

当天夜里，国家卫健委了解核实武汉市发生聚集性不明原因的病毒性肺炎，连夜决定，次日一早派出国家工作组和专家组，搭乘第一趟航班前往武汉，实施国家和省市联动，指导、支持武汉市全力做好疫情的防治工作：一是全力救治患者；二是认真组织疫情研判；三是国家、省、市专家立即研究制定相关的防治方案，组织实施流行病学调查、标本采集送检、病原溯源等工作；四是将掌握的情况于12月31日向社会公布。

12月31日中午，武汉市卫健委发布第一次公开通报称，部分医疗机构发现接诊的多例与华南海鲜市场有关联的肺炎病例，经专家会诊系病毒性肺炎。已发现27例病例，其中7例病情严重，其余病例病情稳定可控，有2例病情好转，拟于近期出院。通报称，国家卫健委专家组已抵达武汉。到目前为止，未发现明显人传人现象，未发现医务人员感染。

12月29日，金银潭医院副院长黄朝林带了一个医生去中西医结合医院接转诊的 7 位病人。当天晚上，两位陪同病人前来的家属说自己也有症状，也要求留下来住进了金银潭医院。

12 月 30 日上午，金银潭医院马上给所有的患者都做了咽拭子检测，结果全部是阴性。当时金银潭医院有一个试剂盒，可以检测 32 种病毒，涵盖了 SARS 病毒。此前第三方检测公司明明告知患者的基因测序发现有冠状病毒，可是为什么金银潭医院却没能测出来呢？张定宇院长嘱咐黄朝林给所有的病人都先进行支气管内镜检查，之后再做肺泡灌洗。30 日下午，有 7 位患者同意做肺泡灌洗。张定宇他们把样本分成 4 份，一份交给武汉市疾控中心，一份交给中科院武汉病毒研究所，另外两份留下备用。武汉病毒研究所连夜做了检测，结果发现其中两个样本和 SARS 病毒相关是阳性，因为这种新型病毒和 SARS 病毒同源性很高（后被证实其基因序列相似性高达 82%），所以会呈阳性反应。12 月 30 日、31 日，金银潭医院又陆续接收了一些不明原因肺炎患者。

国家卫健委专家组在和湖北省、武汉市相关部门对接后，赶到金银潭医院和华南海鲜市场实地走访。专家组进入金银潭医院 ICU 病区，仔细查看了患者的临床表现。

12 月 31 日下午，国家卫健委的专家和湖北省的专家在金银潭医院里坐满了一个大会议室，大家对现有的 20 多个病例全部过了一遍，最后得出结论，这些病人的病情画像基本上是一样的，可以肯定是同一种疾病，可能是一种典型的病毒性肺炎。

专家组成员、中日友好医院副院长、呼吸与危重症医学专家曹彬总结了这种不明原因病毒性肺炎的典型特征：普遍起病较急，白细胞计数正常或偏低，肺部出现特异性影像学改变，双肺弥漫磨玻璃样阴影，危重患者的双肺已经发展成"白肺"。

当晚，武汉市卫健委 10 楼会议室，灯火彻夜通明，专家组向国家卫健委派驻武汉市工作组汇报临床观察意见。会议确定，针对这种新发疾病马上制订一个诊疗方案。

2020 年 1 月 1 日，新年元旦。国家卫健委专家组与武汉当地专家再次聚集，由曹彬执笔，起草第一版诊疗方案。

当天，武汉市江汉区市场监督管理局和卫生健康局联合发布公告："根据国务院《突发公共卫生事件应急条例》等法规条例的规定及武汉市卫生健康委关于当前我市肺炎疫情的情况通报，经研究，决定对华南海鲜批发市场实行休市，进行环境卫生整治。"

国家卫健委派出的工作组和专家组赶赴武汉，按照属地管理原则，与湖北省、武汉市共同研究落实疫情防控措施。1 月 1 日，国家卫健委成立疫情应对处置领导小组，会商分析疫情发展变化，研究部署防控策略措施，及时指导、支持湖北省和武汉市开展病例救治、疫情防控和应急处置等工作。

湖北省中西医结合医院是离华南海鲜市场最近的两家三级医院之一。早期发现的 6 名不明原因肺炎患者被金银潭医院接走后，张继先所在的呼吸科门诊又陆续收治了类似的病人。到元旦时，病例已超过 9 例。由于医院处处小心，在张继先的带领下，呼吸科做好了防护，从而实现了该科无一例医护人员感染、无病人交叉感染。

1 月 3 日，武汉市卫健委第二次发布不明原因肺炎情况通报："截至 2020 年 1 月 3 日 8 时，共发现符合不明原因的病毒性肺炎诊断患者 44 例，其中重症 11 例。""未发现明显的人传人证据，未发现医务人员感染。"由专家组制订的《武汉不明原因的病毒性肺炎诊疗方案（试行）》由武汉市发布。在方案中对此次疫情的病例特点作了这样的表述："大多数收治病例有武汉市华南海鲜市场暴露史，部分病例呈现家庭聚集性发病特点，这些聚集性病例多具有该市场暴露史。"

1 月 3 日，在不清楚新发不明原因肺炎究竟是什么病因的情况下，中国就主动向世界卫生组织、美国等国家和地区、有关组织通报防控和研究进展。

1 月 4 日，中国疾控中心主任和美国疾控中心主任进行视频电话联系，通报中国出现不明原因肺炎，并沟通如何防控。

1月5日，武汉市卫健委第三次发布疫情通报：截至1月5日8时，武汉市共报告符合不明原因的病毒性肺炎诊断患者59例，其中重症7例。初步调查表明，未发现明确的人传人证据，未发现医务人员感染。已排除流感、禽流感、腺病毒、传染性非典型肺炎（SARS）和中东呼吸综合征（MERS）等呼吸道病原。病原鉴定和病因溯源工作仍在进一步进行中。是日，世界卫生组织首次就中国武汉出现的不明原因肺炎病例进行通报。

1月7日，习近平总书记在主持召开中央政治局常委会会议时，对做好疫情防控工作提出了要求。

然而，面对这样一种人类从未遭遇的新发的未知病毒，人们最初的认识毕竟是有限的。

此时已是新年伊始、阴历腊月年关，正是紧锣密鼓地召开各种重要会议，开展年终总结，然后准备欢度春节长假之际：武汉市第十四届人民代表大会第五次会议将于1月7日至10日召开、武汉市第十三届政协第四次会议将于1月6日至10日召开；湖北省第十二届政协第三次会议将于1月11日至15日召开、湖北省第十三届人民代表大会第三次会议将于2020年1月12日至17日在武汉召开。武汉市和湖北省一年一度的"两会"召开在即，而1月25日又将迎来农历新年，人们的心思几乎全在尽快完成年终工作，然后好好享受春节长假上。

然而，孰能料到，也没人能未卜先知，一场已经萌发的疫情却像在地下奔突运行即将爆发的岩浆地火，正在不断地酝酿，不断地积聚能量……

从1月初开始，湖北省和武汉市对上报不明原因肺炎要求更加严格：首先需要医院进行会诊，形成会诊报告，然后汇报到区卫健局的医政科；医政科再组织专家进行会诊，无法排除不明原因肺炎的话，则汇报到市里；如果市里也无法排除，则汇报到省里；省市都无法排除的话，再向国家卫健委疾控中心上报。武汉市卫健委内部传达了《不明原因的病毒性肺炎入排标准》，要求入排者在流行病学方面必须具备华南海鲜市场直接暴露史或者间接接触史，同时患者临床表现上要求发热≥38℃；具有肺炎的影像学特征；发病早期白细胞计数正常或降低，或淋巴细胞计数减少；经规范抗菌药物治疗3天，病情无明显改善或进行性加重。必须同时符合这些条件的患者才能被纳入。被纳入之后，患者还需要做流感病毒、腺病毒等其他病毒性肺炎，支原体、衣原体肺炎以及细菌性肺炎等的检测，再排除掉明确诊断为其他疾病的病例。——应该说，这份《入排标准》囿于当时人们对于新发不明原因的病毒性肺炎的有限认知，所作出的有些判断后来被证明是不准确的。这也符合人们对于未知事物认识的规律。

国家卫健委组织中国疾控中心、中国医学科学院、中国科学院、军事科学院军事医学研究院等单位对不明原因肺炎病例样本进行实验室平行检测。1月7日，中国疾控中心成功分离出病毒毒株，初步确认了新型冠状病毒为此次疫情的主要病原体，于1月9日对外发布了这一消息，同时向世界卫生组织通报，并向国际社会相关国家进行分享。

1月8日，国家卫健委派出的第二批专家组抵达武汉。他们承担的一项重要工作是对《不明原因的病毒性肺炎诊疗方案（试行）》进行修订。

1月9日晚23时，一名61岁的男性患者，因呼吸衰竭、重症肺炎入院，经抢救无效死亡。这也是报告的首例死亡病例。该患者同时患有腹部肿瘤及慢性肝病，常年在武汉华南海鲜市场采购货物。

1月11日早晨，武汉市卫健委再次发布通报：在"不明原因的病毒性肺炎"病原体初步判定为新型冠状病毒之后，国家、省、市专家组立即对不明原因的病毒性肺炎诊疗、监测等方案进行修订完善。武汉市卫健委组织对现有患者标本进行了病原核酸检测。国家、省、市专家组对收入医院观察、治疗的患者临床表现、流行病学史、实验室检测结果等进行综合研判，初步诊断有新型冠状病毒感染的肺炎病例41例，其中已出院 2 例、重症 7 例、死亡 1 例。所有密切接触者 739 人，其中医务人员 419 人，均已接受医学观察，没有发现相关病例。报告同时称：疫情发生以来，防治工作有序进行：一是全力救治患者。制定诊疗工作方案，切实做到早发现、早诊断、早隔离、早治疗，集中专家和资源全力救治。二是深入开展流行病学调查。调查发现患者主要为武汉华南海鲜批发市场经营、采购人员，1 月 1 日已对华南海鲜批发市场采取休市措施，并对全市公共场所特别是农贸市场进一步加强防病指导和环境卫生管理。三是广泛宣传防病知识，增强公众自我防护意识。四是配合国家和省进行病原学研究。五是配合国家卫生健康委及时向世界卫生组织等通报疫情信息。同时提醒公众，要保持室内空气流通，尽量避免到封闭、空气不流通的公众场合和人群集中地方，必要时可佩戴口罩。如有发热、呼吸道感染症状，特别是持续发热不退，要及时到医疗机构就诊。

中国医药集团有限公司所属中国生物上海捷诺生物科技有限公司迅速投入研发，经过设计、优化和试验，首家成功研制出新型冠状病毒核酸检测试剂盒，并于第一时间送至中国疾控中心验证。接到国家疾控中心的有关指令后，该公司全力开启了生产模式，并在首批合格产品下线后，专供国家疾控中心、湖北省疾控中心和各省市疾控中心用于一线检测，以应对疾病的防控。同时，中国科学院武汉病毒研究所等专业机构亦初步研发出检测试剂盒，武汉市立即组织对在院收治的所有相关病例进行排查。

或许是因为人们对于新发现的病毒肺炎认识有限，开始时对其危害性、严重性估计不足，或许是因为检测试剂盒数量不足未能及时到位，检测程序复杂，1 月 3 日至 15 日，武汉市未曾报告有新增病例。在此期间，1 月 4 日，国家卫健委第一批专家组成员公开表示，"从目前看，未发现明显的人传人证据"。1 月 8 日，国家卫健委向武汉市派出第二批专家组，他们当时了解到已有的病例里有小范围聚集性发病，但是这些人都与华南海鲜市场有关联。由此，这批专家组最终只得出了"有限人传人"的论断，认为按病人病情及扩散情况，整体疫情"可防可控可治"。

1月11日，国家卫健委网站发布消息《中国将与世界卫生组织分享新型冠状病毒基因序列信息》。中国在检测清楚这种新发肺炎病毒基因序列的第一时间即向世界卫生组织报告，并上传到全球流感数据库，在第一时间即向世界公开、同各国分享新型冠状病毒基因序列信息，使各国都可以按照病毒基本序列生产诊断试剂。这是中国对世界控制疫情的巨大贡献。

1月12日，这种不明原因肺炎被命名为"新型冠状病毒感染的肺炎"。中国疾控中心、中国医学科学院、中国科学院武汉病毒研究所向世界卫生组织提交新型冠状病毒基因组序列信息，在全球流感共享数据库（GISAID）发布。

在这期间，有条消息不能不引起人们的高度警惕。1月13日，泰国通报诊断1例来自武汉市的新型冠状病毒感染的肺炎病例。这是全球首例中国以外的确诊病例。

1月14日上午，国家卫健委召开全国新型冠状病毒感染肺炎防控工作电视电话会议，通报了疫情应对处置工作进展情况，以及疾病的流行特点、病例临床特征，部署全国防控工作。

当日，江苏硕世生物科技股份有限公司宣布，在拿到病毒序列后第一时间就进行了新型冠状病毒核酸检测试剂盒（双重荧光PCR法）的开发。同时，还新开发出冠状病毒通用型核酸检测试剂盒，实现对OC43、NL63、HKU1、229E、SARS、MERS、新型冠状病毒（2019）多种冠状病毒的同时检测。华大基因下属子公司深圳华大因源医药科技有限公司也研发成功了新型冠状病毒核酸检测试剂盒，能够有效提供给各级疾控部门和医疗机构检测使用。

1月15日凌晨零时许，武汉市卫健委发布《新型冠状病毒感染的肺炎疫情知识问答（2020年1月14日）》公告。公告回应了世界卫生组织通报的1月13日泰国报告的来自武汉的1个新型冠状病毒感染的肺炎病例。公告称，截至目前，专家组综合患者临床表现、流行病学史和实验室检测等结果，确定新型冠状病毒感染的肺炎病例41例。"现有的调查结果表明，尚未发现明确的人传人证据，不能排除有限人传人的可能，但持续人传人的风险较低。目前，正结合临床和流行病学资料开展进一步研究。"目前确诊的41例病例中，发现一起为家庭聚集性，夫妻两人发病，丈夫先发病，为华南海鲜批发市场从业人员，妻子否认有华南海鲜批发市场暴露史。——这份公告第一次提出了"不能排除有限人传人的可能"。

当日，国家卫健委印发了新型冠状病毒感染的肺炎第一版诊疗方案和防控方案，涵盖监测、流调、密切接触者管理、实验室检测等内容，在全国建立了"日报告、零报告"制度。下发新型冠状病毒核酸检测试剂盒，要求各地加强检测，全力救治患者，及时发布确诊病例及疫情防控信息。专家研判认为，当前疫情仍可防可控。但新型冠状病毒传染来源尚未找到，疫情传播途径尚未完全掌握，病毒变异仍需严密监控。

国家卫健委发布第一版《新型冠状病毒感染的肺炎诊疗方案（试行）》后，武汉市原先发布的试行方案停止执行。在国家卫健委发布的这一方案中，对"观察病例"（后改为"疑似病例"）的定义，"流行病学史"一项，不再强调与华南海鲜批发市场关联，而改为与"武汉"关联，"临床表现"上规定了"发热"，删除了发热38℃以上的限定。

1月16日，新冠肺炎聚合酶链式反应（PCR）诊断试剂优化完成，试剂盒开始陆续下发到武汉市各个发热门诊医院。武汉市卫健委在多日通报"无新增病例"后，再次报告新增病例4例。日本通报诊断1例来自武汉市的新型冠状病毒感染的肺炎病例。

1月17日，武汉市报告新增病例17例，而且在对前期发布的新型冠状病毒感染的肺炎病例的流行病学资料分析后发现，部分病例并没有华南海鲜批发市场接触史。而在此前的报告中，一直强调患者有华南海鲜批发市场接触或暴露史。这一天，国家卫健委发布了新型冠状病毒感染的肺炎诊疗方案试行第二版。

武汉市在不断规范各级各类医疗机构预检分诊和发热门诊运行的基

础上，按照新修订的新型冠状病毒感染的肺炎诊疗方案，进一步加大了新型冠状病毒感染的肺炎疑似病例筛查力度，同时进一步完善检测方案，优化检测流程，加快了检测速度。1月18日，武汉市报告新增病例59例。1月19日，武汉市报告新增病例77例。

很显然，情况正在起变化，疫情形势开始变得复杂和微妙！

战局

1月17日至18日，国家卫健委派出了7个督导组，对河北、广东等8个省份进行督导检查，指导防控工作。

1月18日晚，国家卫健委组织了由钟南山院士挂帅的第三批高级别专家组紧急赶赴武汉。84岁的钟南山买了一张高铁G1022次二等无座车票，挤在餐车，傍晚17:45从广州出发，晚上22:15抵达武汉。73岁的李兰娟院士则从杭州前往。专家组成员还有高福、曾光、袁国勇、杜斌。

1月19日上午，钟南山等专家深入到金银潭医院、武汉市疾控中心、华南海鲜批发市场外围等进行调研。专家们了解到，武汉协和医院神经外科有1个病人感染了14个医护人员的情况。

1月19日下午，高级别专家组召开闭门会，专家们提出：新型冠状病毒感染已经存在人传人，应该按照甲类传染病来管理，发现和隔离所有的感染者，来控制疫情。武汉已经成为一个疫源地，又正值春节来临，全国人口流动将达到高峰，如果不及时采取果断的措施，控制武汉感染者的持续输出，将会出现疫情向全国蔓延。要做到"不进不出"，把疫情控制在武汉。

闭门会还未结束，参会的国家卫健委医政医管局领导当即致电北京，将"人传人"、"按照甲类传染病管理"等专家组集体形成的关键意见向国家卫健委领导汇报。国家卫健委领导又立即向国务院有关领导汇报。

会议一结束，高级别专家组连夜赶赴北京。当晚12时，国家卫健委领导会见钟南山和李兰娟，听取了汇报，决定次日一早就向孙春兰副总理及国务院常务会议汇报。

1月20日，习近平总书记作出重要指示，要求各级党委和政府及有关部门把人民群众生命安全和身体健康放在第一位，制定周密方案，组织各方力量开展防控，采取切实有效措施，坚决遏制疫情蔓延势头。要全力救治患者，尽快查明病毒感染和传播原因，加强病例监测，规范处置流程。要及时发布疫情信息，深化国际合作。

上午8:30，高级别专家组6位专家来到中南海，孙春兰副总理详细听取了高级别专家组每个人对疫情的研判，她十分重视专家组的意见。

当天的国务院常务会议专门有一项议程：部署新型冠状病毒感染的肺炎疫情防控工作，邀请钟南山和李兰娟一同列席。会上，李克强总理传达了习近平总书记的重要批示：要把人民群众生命安全和身体健康放在第一位，坚决遏制疫情蔓延势头。会议在听取国家卫健委和湖北省汇报疫情的最新进展后，安排钟南山和李兰娟两位院士发言，听取了他们对疫情的研判和如何防治等具体意见和建议。李克强总理指出，疫情防控事关人民群众生命健康安全，各相关部门和地方要按照党中央、国务院部署，对人民高度负责，全力以赴科学有效抓好疫情防控工作，落实早发现、早报告、早隔离、早治疗和集中救治措施。

1月20日下午，国家卫健委召开记者会，国家卫健委高级别专家组成员钟南山、李兰娟、高福、曾光、袁国勇就新型冠状病毒感染的肺炎疫情答记者问。

钟南山提出：当前的形势，感染人群的地理分布跟武汉海鲜市场关系很密切。大概在全国四五个省市，然后国外都发现有这个关系，几乎都跟武汉有关：去过武汉、从武汉来。证实了有人传人的传染，也证实了有医务人员的感染。就流行病学的状态，现在是在起始阶段。特别是昨天比较正式地出现了人传人的情况，还有医务人员感染的情况，这是非常重要的标志。（病例增加较快）有多种原因：第一，这个疾病对它的认知有个过程，现在检测能够比较快地检出来。第二，大家在研判的过程中，现在你要定它的话，以前是从国家的 CDC，或者国家部门严格地鉴定以后才可以。现在的考虑不太一样，因为两次的检测有阳性你就可以定。首先武汉减少输出是非常重要的一方面，除非极为重要的事情，一般不要去武汉。另一个就是防止外面的感染。武汉应该有一个比较严格的口岸检查，应该设立火车站、机场筛查检测这样一个措施。监测防控的标准，首先还是体温，要是有些发烧、发热症状，特别是有体温不正常的，我们建议这些人应该被强制性地控制在本市。目前，预防和控制最有效的办法是早发现、早诊断，还有及时接受治疗、隔离，这是最有效的、最原始的办法。从公共卫生安全的角度来说，对这些已经诊断或者将要确诊的病人进行有效的隔离，也是极为重要的。

曾光强调：对武汉市来讲，这个传播进入了一种社区传播的早期。别看 100 多例，相对于武汉市 1000 多万人只是一个很小的数字，但我们需要高度警惕。现在采取措施，完全是可以逆转的。在武汉，现在还没有发现年轻人、儿童、学生感染，老年人有感染，这是一个重点。疫情现在处于早期，必须得加强防控措施，让每个老百姓都知道。我们知道春节人口流动是很重要的一个因素，我们希望人群现在能不到武汉去就不去，武汉人能不出来就不出来。这不是官方的号召，是我们专家组的一些建议。我们应对得得当，肯定经过一段时间会得到控制。这个重要的环节是什么？对武汉市来讲，是全民行动起来，联防联控，各个部门要走到前台，把各方的力量调动起来。这个疫情研判我非常赞同钟院士说的，可能春运之后会伴随着升高，不但是可能，而且难以避免，再努力工作也会升高，而且升高到一定高度大家也不要奇怪。

高福说：我们这次在很短的时间内把全基因组测序测出来了，知道它的祖宗是谁，基因是哪来的，又分离了病毒，看到了病毒，大概是这么一个过程。根据它的特点，根据它的相似性我们推测会有野生动物在里面起了很关键的作用，所以我们做了动物溯源。

袁国勇指出：武汉感染的居民可以影响武汉外，所以外面有病例，在深圳、泰国、日本都有。有时疫情的风险已经提醒了，人口的迁移可能会增加风险。如果你有发烧，喉痛、咽痛，请你戴口罩。如果你刚刚从武汉回来，不舒服一定要告诉医生你是刚刚从武汉回来。因为我们记住这个情况，作为医生针对性地检查和治疗，对家人、对这个社会都是非常重要的。我们一定要戴口罩，这是非常重要的。我们的眼睛、鼻子、口，也一定要注意卫生。

李兰娟认为：各级政府要承担责任，把联防联控的机制启动起来。在武汉要把疫情、病人感染者控制住，尽快防止向其他地方扩散。对于其他各省市，病人要切实地发现，只要是有不舒服、有这个症状、有接触人，要到相关的检验检测的门诊去检测。检测以后及时地发现，然后及时地隔离，包括在其他地区发现，不但他隔离，跟他接触相关的病人也要按照要求隔离。这样把有限的传染源控制了，就不会引起大规模的扩散。政府要在这方面负起责任，各个部门共同来负责。这个机制是我们中国的优势，也是国家的制度能够控制传染病非常好的一套体制或者机制。

专家们作出的科学判断，句句铮铮，犹如一声声惊雷霹雳。

1月20日下午，国务院联防联控机制召开新型冠状病毒感染的肺炎疫情防控工作电视电话会议。中共中央政治局委员、国务院副总理孙春兰出席会议并讲话。会议提出：要看到这是一种新发传染病，随着诊断方法的建立、诊断试剂的优化、监测范围的扩大，报告病例数增加，加上春运人员的大范围流动，防控形势出现新变化。要加大防控力度，防止疫情扩散蔓延。各地要落实政府责任、强化属地管理，依法落实疫情监测、隔离救治、检验检疫等各项防控措施。武汉要采取更严格的举措，内防扩散、外防输出。要加强防控技术科研攻关，坚持中西医结合，尽快明确诊疗程序、有效治疗药物、重症病人抢救措施。要严格零报告制度，公开透明发布信息，普及防控知识，做好与国际社会沟通合作。

国家卫健委则发布了 2020 年第 1 号公告：经国务院批准，将新型冠状病毒感染的肺炎纳入《中华人民共和国传染病防治法》规定的乙类传染病，并采取甲类传染病的预防、控制措施；将新型冠状病毒感染的肺炎纳入《中华人民共和国国境卫生检疫法》规定的检疫传染病管理。

当天，武汉即成立武汉市新型冠状病毒感染的肺炎疫情防控指挥部，统一领导、指挥全市疫情防控工作。武汉市卫健委通报，18、19 两日内新增确诊病例 136 例，累计通报确诊病例增至 198 例。同时公布了 61 家设置发热门诊的医疗机构名单，其中中心城区 41 家；定点医疗机构 9 家，其中中心城区 3 家，包括武汉市金银潭医院、武汉市肺科医院、武汉市汉口医院。3 家定点医院共设置 800 张床位。还组建省市联合医疗救治专家组，由来自华中科技大学同济医学院附属同济医院、武汉协和医院等 10 家医院的 25 名专家组成。

然而，星星之火一旦开始燃烧，火势很难控制，借助寒冷潮湿的气候，新冠肺炎疫情开始迅速蔓延。

1 月 20 日，国内 3 省（区、市）报告新增新型冠状病毒感染的肺炎确诊病例 77 例，其中湖北 72 例、上海 2 例、北京 3 例。收到日本通报确诊病例 1 例、泰国通报确诊病例 2 例、韩国通报确诊病例 1 例。

1 月 21 日，国内 13 省（区、市）报告新增新型冠状病毒感染的肺炎确诊病例 149 例，其中北京 5 例、天津 2 例、上海 7 例、浙江 5 例、江西 2 例、山东 1 例、河南 1 例、湖北 105 例、湖南 1 例、广东 12 例、重庆 5 例、四川 2 例，云南 1 例。收到日本通报确诊病例 1 例、泰国通报确诊病例 3 例、韩国通报确诊病例 1 例。这一天，国家卫健委要求，强化疫情的监测应对，落实"五早"措施：早发现、早报告、早隔离、早诊断、早治疗。

当日，武汉市卫健委通报，武汉市有 15 名医护人员确诊为新冠肺炎，另有 1 名为疑似病例；1 月 20 日武汉市新增确诊 60 例，累计报告 258 例。

1月22日，24省（区、市）报告新增确诊病例131例，新增死亡患者8例。13省（区、市）报告新增疑似病例257例。境外通报确诊病例：中国香港1例、中国澳门1例、中国台湾1例；美国1例、日本1例、泰国3例、韩国1例。

1月22日凌晨，湖北省人民政府发布《关于加强新型冠状病毒感染的肺炎防控工作的通告》，决定启动突发公共卫生事件Ⅱ级应急响应，亦即重大级别突发公共卫生事件应急响应，由省人民政府统一领导和指挥。

李兰娟在杭州接受媒体采访时表示，新型冠状病毒感染后的潜伏期预计为14天，要非常重视新型冠状病毒在潜伏期的传染性，"潜伏期现在看来也可能有传染性"。

奇谋

疫情在不断蔓延，国内外各方面的专家通过模型测算，均得出了骇人的可能会被感染人数的结论。其数字基本上是10万量级，甚至达到数十万。

形势危急，武汉危险！

武汉市内防扩散、外防输出的形势极其严峻。我们已经错过了在疫情萌芽之际消灭它的最佳时机，如今已到了必须下大决心"壮士断腕"的时候！

1月22日，国家卫健委发布新型冠状病毒感染的肺炎防控方案（第二版）、新型冠状病毒感染的肺炎诊疗方案（试行第三版）。

下午，鉴于疫情迅速蔓延，防控工作面临严峻挑战，习近平总书记审时度势，作出重要指示，要求立即对湖北省、武汉市人员流动和对外通道实行严格封闭的交通管控。指示指出："目前正值春节期间，人员大范围密集流动，做好疫情防控工作十分紧要。""作出这一决策，需要巨大政治勇气，但该出手时必须出手，否则当断不断，反受其乱。""人民生命重于泰山！只要是为了人民的生命负责，那么什么代价、什么后果都要担当。"总书记的话掷地有声。

武汉市内住着 1000 多万人，关闭离汉通道（老百姓俗称"封城"）是万不得已才采取的措施。其实之前高级别专家组已经提出建议，希望武汉"不进不出"。要真能做到"不进不出"，也就不需要封城了。但是，马上就要过年了，不进不出根本就做不到，所以只好采取封城这样强硬的措施来控制疫情。因为如果不封城，更多的城市都有可能变成武汉，如果那样，对我国人民的生命安全、国家经济发展和社会稳定都会产生非常大的影响。

1 月 23 日凌晨，武汉市疫情防控指挥部发布通告，自 1 月 23 日 10 时起，全市城市公交、地铁、轮渡、长途客运暂停运营；无特殊原因，市民不要离开武汉，机场、火车站离汉通道暂时关闭，以全力做好新型冠状病毒感染的肺炎疫情防控工作，有效切断病毒传播途径，坚决遏制疫情蔓延势头，确保人民群众生命安全和身体健康。离汉通道关闭后，湖北省对三类车辆将实行高速公路放行政策：一是运送医疗救援物资（免通行费）；二是运送群众生活物资；三是运送保障城市运行的水、电、气等相关物资。同时与公安交管部门联合开辟"绿色通道"，确保运送防控物资的车辆畅通无阻。交通运输部紧急通知，全国暂停进入武汉道路水路客运班线发班。

后来的事实证明，关闭离汉、离鄂通道这一非常之举，成为了中国疫情防控战的转折点，从根本上遏制了疫情迅速向全国蔓延造成严峻局面乃至不测后果的势头。

而此时的武汉，发热就诊人数还在不断增加。

1 月 22 日，为解决发热门诊就诊排长队的现象以及留观床位紧张的情况，湖北省整体征用武汉市汉口医院、市红十字会医院、市普爱医院西院、市七医院、市九医院、市武昌医院、市五医院 7 家医院作为发热患者的定点诊疗医院，其门诊部全部作为发热门诊集中接诊全市发热患者，并安排 3000 余张病床收治疑似和确诊病例。在全市选取综合实力强的部、省、市属医院同济医院、协和医院、省人民医院、武大中南医院、市一医院、市中心医院、市三医院对口支援 7 家发热患者定点诊疗医院。由支援医院分管院长临时担任对口定点诊疗医院院长。同时，市二级以上综合医院仍须设置发热门诊，开展预检分诊和一般发热患者的诊疗，积极引导发热伴呼吸道症状的患者到全市发热患者定点医院诊疗。7 家发热患者定点医院一开门收治就挤满了人，许多病人不得不排一天的队才能看上病。

1 月 23 日晚上，武汉市红十字会医院一开诊就涌进了众多病人，院方不得已在外面搭起帐篷给发热病人看诊。

晚上 22 时起，武汉市参照 2003 年抗击"非典"期间北京小汤山医院模式，在蔡甸区知音湖畔建设火神山医院。火神山医院建筑面积 2.5 万平方米，可容纳 1000 张床位，由中建三局牵头，武汉建工、武汉市政、汉阳市政等 3 家企业共同参与建设。

经过一天一夜施工，截至 24 日 20 时，火神山医院项目进场挖机 95 台、推土机 33 台、压路机 5 台、自卸车 160 台，160 名管理人员和 240 名工人集结完毕，累计平整全部场地 5 万平方米，相当于 7 个足球场大小，内转土方 15 万立方米，足以填满 57 个游泳池，一座小土山已被铲平，碎石回填完成。25 日即大年初一开始主体施工。整个施工期间，项目部按照两班倒的方式日夜不停施工，共有 7000 多名建设者从全国各地汇聚到此，高峰期有 4000 多名建设者和近千台（套）施工机械设备同时作战。

1 月 23 日，人力资源社会保障部、财政部、国家卫生健康委联合发文明确，在新型冠状病毒肺炎疫情防控和救治工作中，医护及相关工作人员因履行工作职责感染新型冠状病毒肺炎的，应认定为工伤，依法享受工伤保险待遇。

1 月 23 日，27 个省（区、市）报告新增确诊病例 259 例，新增死亡患者 8 例。

1 月 24 日，大年三十，29 个省（区、市）报告新增确诊病例 444 例，新增死亡患者 16 例。广东、浙江、湖南、湖北、天津、安徽、北京、上海、重庆、云南等 10 省市启动重大突发公共卫生事件 I 级响应机制。武汉市召开落实分级分类筛查工作视频调度会，会议部署：在全市落实分级分类就医制度，由各社区负责，全面排查所在辖区发热病人，并送至社区医疗卫生服务中心对病情进行筛选、分类，避免患者无序流动，减少医院内交叉感染。各区要全面落实属地负责制，主要领导担任第一责任人，立即确定隔离观察地点和运送病人专门车辆，落实各社区医疗卫生服务中心及医疗力量，发现疑似病人，及时转送发热门诊就诊，确诊后立即送指定医疗点治疗，不得延误；要加强各区间医疗资源共享互通，确保能够无条件收治所有疑似患者。各街道、各社区要全面动员力量，坚持联防联控、群防群控、群防群治，对辖区内的发热病人进行全覆盖排查登记，全程跟踪；及时取消社区聚集活动，劝导群众不搞家庭聚会、减少出门。市卫健委要尽快选派医生到各区驻地指导，为社区提供必要支持。

同日，发布中国疾病预防控制中心病毒病预防控制所成功分离出了我国第一株病毒毒种信息及其电镜照片、新型冠状病毒核酸检测引物和探针序列等国内首次发布的重要权威信息，并提供共享服务。

除夕之夜，上海、广东、解放军等派出的援鄂医疗队集结出发，奔赴武汉救援。上海市 136 名医务人员组成的医疗队紧急驰援武汉；来自广州的 9 家三甲综合医院的 128 名广东省援助湖北医疗队队员前往武汉；解放军抽组 3 支医疗队，分赴金银潭医院、汉口医院、武昌医院等 3 家定点医院开展疫情防控和救治工作；24 日午夜时分，空军军医大学 143 名医护人员安全抵达武汉。无数的武汉人在电视里看到这一幕，都感动得流下了热泪。

1 月 25 日，农历庚子年正月初一，习近平总书记主持召开中央政治局常委会会议，专题研究疫情防控工作。"本来是想让大家过个好年。现在疫情形势紧急，不得不把大家召集起来，一起来研究部署这个问题。"习近平总书记神情凝重地说，"大年三十我夜不能寐。"习近平总书记强调，生命重于泰山；疫情就是命令，防控就是责任。

会议决定，成立中央应对疫情工作领导小组，党中央向湖北等疫情严重地区派出指导组，推动有关地方全面加强防控一线工作。各级党委和政府必须按照党中央决策部署，全面动员，全面部署，全面加强工作，"把人民群众生命安全和身体健康放在第一位，把疫情防控工作作为当前最重要的工作来抓"。"只要坚定信心、同舟共济、科学防治、精准施策，我们就一定能打赢疫情防控阻击战"。湖北省和武汉市疫情防控事关全局。湖北省要把疫情防控工作作为当前头等大事，采取更严格的措施，内防扩散、外防输出，对所有患者进行集中隔离救治，对所有密切接触人员采取居家医学管理，对进出武汉人员实行严格管控，坚决防止疫情扩散。要切实保障湖北省和武汉市各种物资供应，确保人民群众正常基本生活。其他所有省份要加强对流动人员的疫情监测和防控，严格隔离确诊患者，对疑似病例和密切接触者要按医学要求进行隔离和检查。

会议强调，要全力以赴救治感染患者。要按照"集中患者、集中专家、集中资源、集中救治"的原则，将重症病例集中到综合力量强的定点医疗机构进行救治，及时收治所有确诊病人。要尽快充实医疗救治队伍力量，把地方和军队医疗资源统筹起来，合理使用，形成合力。要不断完善诊疗方案，坚持中西医结合，尽快明确诊疗程序、有效治疗药物、重症病人的抢救措施。要加强患者医疗救治费用保障，确保患者得到及时救治，决不能因费用问题耽误患者救治。要关心和保护好广大医疗卫生人员，做好防护设备配置、防护措施落实。

1月25日，29个省（区、市）报告新增确诊病例688例，新增重症病例87例，新增死亡病例15例。

为遏制疫情蔓延，武汉市宣布，将进一步阻断武昌、汉口、汉阳"武汉三镇"之间的公共交通，自1月26日0时始，除经许可的保供运输车、免费交通车、公务用车外，中心城区区域实行机动车禁行管理。为解决市民居家出行不便等问题，全市紧急征集 6000 台出租车，分配给中心城区，每个社区 3—5 台，由社区居委会统一调度使用，自 1 月 25 日中午始，为辖区居民出行提供免费服务。车辆将主要为医护人员提供通勤服务、生活服务，接送发热病人到医院就诊，同时为生活不便居民上门免费提供送餐、送菜、送药等居家服务。

到 25 日晚上，从军队到地方，已有 2360 多名医务人员抵达武汉，投入救援。

武汉市防疫指挥部举行调度会，决定在武汉再建一所"小汤山医院"——武汉雷神山医院。

战地方舟

1 月 26 日，30 个省（区、市）报告新增确诊病例 769 例，新增重症病例 137 例。新增死亡病例 24 例，均来自湖北省。

据武汉市卫健委通报，1 月 22 日至 27 日，全市发热门诊共接诊发热病人 75221 人，门诊留观 3883 人，能在医院留观的比例只有约 5%。

1 月 26 日，武汉市又征用了第三批 14 家医院作为治疗新冠肺炎的定点医院，新开放了 2400 张床位，但是这些医院提供的床位很快用完。

国务院总理李克强主持召开中央应对新型冠状病毒感染肺炎疫情工作领导小组会议，贯彻习近平总书记重要讲话和中央政治局常委会会议精神，进一步部署疫情防控工作。1 月 27 日，李克强总理到武汉考察指导疫情防控工作，看望慰问患者和奋战在抗击疫情一线的医护人员。

1 月 27 日，30 个省（区、市）报告新增确诊病例 1771 例，新增重症病例 515 例，新增死亡病例 26 例。国务院副总理孙春兰率中央指导组驻扎武汉，深入研究疫情，作出科学研判，围绕提高收治率、治愈率，降低感染率、病亡率的目标，不断做出疫情防控和救治工作的重大部署和决策。国家卫健委在"健康中国"微信公众号上发布了"新型冠状病毒感染的肺炎医疗救治定点医院和发热门诊导航地图",方便群众根据所在地区,第一时间准确地查询到定点医院和发热门诊。到这一天,已有30支医疗队4130人到达湖北开展工作。

国务院发布通知,延长春节假期至2月2日(农历正月初九,星期日),2月3日(星期一)起正常上班;各地大专院校、中小学、幼儿园推迟开学,具体时间由教育部门另行通知。

1月28日,中共中央印发了《关于加强党的领导、为打赢疫情防控阻击战提供坚强政治保证的通知》,要求广泛组织基层党组织和党员落实联防联控措施,建立健全区县、街镇、城乡社区等防护网络,做好疫情监测、排查、预警、防控等工作,加强联防联控,严防死守、不留死角,构筑群防群治抵御疫情的严密防线。

截至1月28日24时,湖北累计报告新型冠状病毒感染的肺炎确诊病例3554例,其中重症671例,危重症228例,死亡125例,治愈出院80例。湖北省在549家二级医疗机构设置发热门诊接收发热病人。二级以上医疗机构严格规范设置发热门诊,实行24小时接诊,乡镇卫生院和社区卫生服务中心设置专门对接发热病人的诊所,实行24小时值班,严格实行预检分检,对发热病人分类隔离留观治疗。全省确定了131家定点医院,收治新型冠状病毒感染的肺炎疑似和确诊病例,其中武汉市确定30家,其他市州确定101家。全省已开设隔离病床1.1万张,其中,武汉市开设的隔离床位是5000张,其他市州6000张。131个定点医院有8万余名医务人员投入到新冠肺炎的医治工作。初步估计,全省各类医疗机构投入到发热病人、疑似和确诊病例救治的一线医务人员超过17万人。共有国家卫健委、国家中医药管理局、中国中医科学院和29个省市以及部队的共52支医疗队6097名医疗队员在湖北省协助开展医疗救助工作。

1月29日,31个省(区、市)和新疆生产建设兵团报告新增确诊病例 1737 例, 新增疑似病例 4148 例。

1 月 30 日, 31 个省（区、市）和新疆生产建设兵团报告新增确诊病例 1982 例, 新增疑似病例 4812 例。《武汉市新型冠状病毒感染的肺炎疫情防控暂行办法》发布并实施。

1 月 31 日, 31 个省（区、市）和新疆生产建设兵团报告新增确诊病例 2102 例, 新增疑似病例 5019 例。

李克强总理主持召开中央应对疫情领导小组会议, 部署做好春节后错峰返程加强疫情防控等工作。

北京时间 1 月 31 日凌晨, 世界卫生组织总干事谭德塞宣布, 新型冠状病毒感染的肺炎疫情构成"国际关注的突发公共卫生事件"。

2 月 1 日, 各省（区、市）和新疆生产建设兵团报告新增确诊病例 2590 例, 其中湖北省 1921 例, 各省区市新增疑似病例 4562 例, 其中湖北省 2606 例。按照中央指导组要求, 武汉市新冠肺炎疫情防控指挥部提出, 在 2 月 2 日 12 时前, 对全市确诊患者、疑似患者、无法排除感染可能的发热患者、确诊患者的密切接触者"四类人员"应收尽收, 确诊患者须集中收治。

2 月 2 日, 31 个省（区、市）和新疆生产建设兵团报告新增确诊病例 2829 例（湖北省 2103 例）, 新增疑似病例 5173 例（湖北省 3260 例）。武汉市新冠肺炎疫情防控指挥部发布通告, 根据《中华人民共和国传染病防治法》《突发公共卫生事件应急条例》和《武汉市新型冠状病毒感染的肺炎疫情防控暂行办法》相关规定, 要求对全市经发热门诊诊断有肺炎症状的发热病人和新冠肺炎病人的密切接触者, 由各区安排车辆分别送至区集中隔离观察点, 进行医学观察、治疗或采取其他预防措施。具体隔离观察时间根据医学检查结果确定, 患者应当予以配合；拒绝配合的, 由公安机关依法协助强制执行。隔离期间, 各区免费提供食宿、医学观察和治疗。其他发热病人由社区继续落实居家隔离观察措施。2 月 2 日中午 12 点前, 各区必须完成现有"四类人员"的集中收治和隔离工作,对新增人员要实现"日清日结";"四类人员"的集中收治和隔离场所必须分开,有效防止交叉感染。

随着武汉全市排查的展开,确诊患者越来越多,医院床位紧张和医护人员严重不足的问题更加凸显,仍旧有大量的患者住不进医院,只能在隔离点或者居家观察,得不到及时的有效治疗。

为了解决这个尖锐矛盾,在中央指导组的统一协调下,2月2日,武汉市公布了第四批17家、第五批10家定点医院名单。至此,武汉市一共公布了5批共55家定点医院。国家卫生健康委组派的近1200名重症医学专业的医生、护士抵达武汉,全力投入到重症患者的救治工作中。

李克强总理主持召开中央应对疫情工作领导小组会议,部署灵活安排工作、进一步做好疫情防控和市场保供,加大对湖北重点地区医疗防控物资支持力度。

火神山新型冠状病毒感染肺炎专科医院在亿万网友的"云监工"下如期竣工,正式交付军队医务工作者。经习近平主席批准,军队抽组1400名医护人员,于2月3日起承担武汉火神山医院医疗救治任务。该医院主要救治确诊患者,编设床位1000张,开设重症监护病区、重症病区、普通病区,设置感染控制、检验、特诊、放射诊断等辅助科室。2月4日开始正式收治首批45名新冠肺炎患者,2月12日在院病人数过千,4月14日,医院最后14名新冠肺炎患者全部出院。经研究决定,火神山医院于4月15日正式闭院。医院稳定运行73个日夜,累计收治病人3059人,治愈出院2961人,收治和治愈数量均为全市第一。

2月3日,中共中央政治局常务委员会召开会议,习近平总书记主持会议并发表重要讲话强调,做好疫情防控工作,直接关系人民生命安全和身体健康,直接关系经济社会大局稳定,也事关我国对外开放。各级党委和政府要增强"四个意识",坚定"四个自信",做到"两个维护",认真贯彻落实党中央决策部署,把疫情防控工作作为当前最重要的工作来抓,按照坚定信心、同舟共济、科学防治、精准施策的要求,尽快找差距、补短板，切实做好各项防控工作，同时间赛跑、与病魔较量，坚决遏制疫情蔓延势头，坚决打赢疫情防控阻击战。

2月3日，31个省（区、市）和新疆生产建设兵团报告新增确诊病例3235例（湖北省2345例），新增疑似病例5072例（湖北省3182例）。为了更好地救治不断增加的重症患者，武汉市在原有金银潭医院、武汉市肺科医院、武汉大学中南医院三家重症集中收治医院的基础上，新开设了华中科技大学同济医学院附属协和医院西院区、同济医院中法新城院区和武汉大学人民医院东院区，计划收治1000名重症患者。

尽管定点医院一再扩张，病床数量也在不断增加，但是由于疫情发生以来，病人就医数量持续呈"井喷式"增长，大量病人在社区和社会流动，医疗资源紧张，床位不能满足应收尽收的要求，一床难求的困境尚未缓解，面临着延误治疗时机、造成疫情扩散的双重压力。

由于患者数量激增，收治压力陡增，通过常规的改造、新建定点医院已无法及时满足需求。2月1日，中国工程院副院长、中国医学科学院－北京协和医学院院校长、呼吸与危重症医学专家王辰院士随中日友好医院医疗队赶赴武汉，在实地走访后指出，武汉市最紧迫的任务，是解决病毒的社会传播和扩散问题，迅速地把确诊的轻症病人都收治起来，给予医疗照顾，与家庭、社会隔离，避免造成新的传染源。

2月3日一早，根据"应收尽收、应治尽治"要求，中共中央政治局委员、国务院副总理、中央指导组组长孙春兰提出，或可仿效汶川、玉树地震时国家级紧急医学救援队进行外科手术的帐篷车辆，建立临时医院。

但是，当时所有的救援队车辆展开能有三四千张床，还无法满足需要。这时，王辰院士附议，结合新冠肺炎患者轻症患者所占比例较大的特点，可以把体育馆、厂房、展览馆改造成大空间、大流量医院，以快速收治病人。

中央指导组当场采纳了他的建议，决定把方舱与医院整合起来，对患者实现应收尽收。

"建造方舱医院的目的，就是集中收治大量确诊的轻症患者。"王辰说，"方舱医院并非至善之法，但在严峻的疫情防控形势下，却是控制疫情的现实之策。"

选址工作随即展开。选址要求一是要空间开阔，能满足大量、快速、集中收治患者的需求；二是要通风良好，避开居民区且易于改造。

经过现场勘察后，确定汉阳区武汉国际博览中心、江汉区国际会展中心及武昌区洪山体育馆作为首批选址，并邀设计部门和医学专家商讨改建事宜。同日，22支国家级紧急医学救援队及3辆核酸检测试验车从全国各地向武汉出发。

2月3日晚，武汉市新冠肺炎疫情防控指挥部发布公告，洪山体育馆、武汉国际会展中心、武汉客厅三地将分别改建为武昌方舱医院、江汉方舱医院以及东西湖方舱医院。第一批三家方舱医院在29小时内建成，开放床位4000多张。后陆续增至16家，床位增至14,300张。

方舱医院以往主要是在军队中使用，基本上属于一种临时性的战地医院，具有可移动性、功能模块化、能够快速投用于抢救伤员的优势，因此能够满足配合军队作战灵活机动的需求。此前在汶川大地震和玉树地震的救援中，曾经使用过方舱医院。但是这一次要在武汉市建造的方舱医院却是完全不同的，一是要求在固定的场所，空间特别大，二是救治的主要是传染病病人，和军队里救治的以创伤类病人为主不同，因此，这确是一次创举。刚开始时，对于如何建造和运营方舱医院，所有人心里都没有底。

常规的方舱医院是以医疗方舱为载体，医疗与医技保障功能综合集成的可快速部署的成套野外移动医疗平台。在孙春兰副总理亲自领导研究和部署安排下，创新方舱医院的建设运行模式，由国家紧急医学救援队移动P3实验室、急救转运车队等提供医疗支持，配置移动CT等大型医疗设备，在传统意义的方舱内工作；而将患者安置在居住条件更好的经过改造的体育场馆、会展中心等，在扩容收治能力的同时，保障了现代医院的基本功能。

为支持方舱医院基本的医疗、检验、影像、药学等服务，中央指导组调集了 22 支国家紧急医学救援队、三个移动 P3 实验室提供各专业医务人才力量、医疗设备支持。为解决武汉市急救车辆不足、患者转运效率低的问题，从河南调集 20 余辆救护车组成急救转运车队，协调捐赠负压救护车，支援武汉加快患者的转运收治。针对监狱、看守所等特殊场所发生的聚集性感染，专门建设了两所符合监管条件的方舱医院，解决特殊群体医疗救治的难题。

然而，首先开放的方舱医院并不受人待见。2 月 5 日夜里，由定点医院病房转院至洪山体育馆方舱医院住进"大通铺"的轻症患者感觉自己仿佛住进了冷窖。因为当天一阵疾风骤雨，天气寒冷，方舱内雨伞储备不足，患者从转运车上下来，只能用外衣勉强遮住身子，一路小跑到收治区。加上患者对方舱医院的环境也很陌生，他们进入方舱的感觉是又冷又饿。仅有的两个水池前，等候洗漱的病人排起了长龙。由于电源故障，导致电热毯一度无法使用。灯火通明的大厅内，咳嗽声、喘息声此起彼伏，很多病人难以入眠，表现出不满的情绪。草创期的方舱医院医护人员也不了解该如何操作，各项工作都尚在磨合之中。

更糟糕的是，气温还在下降。2 月 6 日晚，患者的不满情绪升级，舱内出现摔打生活用品等过激行为。有的人把方舱内的短视频传发布到网上，结果引起了很大的舆论风波。2 月 7 日，武汉更是下起了雪并迎来寒潮，最高气温只有 2℃。

不少医务人员也对方舱医院产生了怀疑，认为这样一个开放的空间没办法真正做到隔离防护阻断疫情的传播。有关部门只能跟医护们做思想工作，强调现在是战时状态，救人和阻断传播要紧，不能要求十全十美。

与此同时，有关部门加强了对方舱医院的管理防护和对患者的心理疏导，国家卫健委向医护人员印发了《方舱医院工作手册》。这份工作手册无意间流传到了患者手中，患者借此直观地了解了什么是方舱医院，同时惊奇地发现参与方舱医院救治的也有像湖南湘雅医院、上海华山医院这样在国内属于顶尖的医疗机构，由此，许多患者在心态上变得平和多了。随后医院又印发了患者手册，进一步帮助患者认识方舱医院。

中央指导组领导到方舱医院考察后提出要求，要抓紧解决好饭菜和方舱医院室内温度的"两温暖"。为了解决保暖问题，工作人员为患者购买了羽绒服、电热毯、暖手宝，并且着手改建通风系统，在保证舱内空气不流向走廊的前提下，开放了空调暖风。到了2月8日前后，患者们对于方舱的不信任感开始逐步消失。

随后，有一些新疆籍的护士带领患者在方舱医院内跳广场舞的视频被传到网上，从而让社会各界对方舱医院内的环境和氛围有了全新的认识。渐渐地，各家方舱医院也都陆续推出了健身操、八段锦、太极拳、瑜伽等各种健身项目，开辟了党员志愿岗、读书角、内部小超市等。从此，人们对方舱医院的态度发生了180度的大转变。

从2月6日开舱到3月10日所有的方舱休舱，共有75支医疗队，8000多名医护人员参与救治，16家方舱医院累计收治患者11,300多人，最高峰时有8000余人同时在舱，先后有7000多名患者达到出院标准，3000多名患者转至定点医院。方舱医院实现了患者零死亡、医护零感染、治愈零回头，出色地完成了自己的历史使命。

仅仅存在了33天的武汉方舱医院取得了赫赫的战绩：

武昌方舱医院，由洪山体育馆改建而成，2月5日晚投入使用，3月10日休舱，参战的有国家紧急医疗救援队4支、医务人员300人、床位800张，累计收治1124人。

江汉方舱医院，由武汉国际会展中心改建而成，2月5日晚投入使用，3月9日休舱，参战有9支国家医疗队加6支武汉医疗队，床位1600张，累计收治1848人，出院1327人，转出521人。

东西湖方舱医院，由武汉客厅改建而成，首批最大规模的方舱医院，2月7日投入使用，3月8日休舱，参战有15支国家级、省级医疗队及省内医疗队组成，床位 2000 张，累计收治 1760 人，治愈患者 860 人。

武汉硚口武体方舱医院，2 月 11 日开舱，3 月 1 日休舱，累计收治 330 人，出舱 232 人，转院 32 人。

武汉沌口方舱医院，2 月 17 日开舱，3 月 9 日休舱，累计收治 990 人，出舱 702 人，转院 288 人。

武汉体育中心方舱医院，2 月 12 日开舱，3 月 8 日休舱，累计收治 1056 人，出舱 875 人，转院 181 人。

黄陂区体育馆方舱医院，2 月 11 日开舱，3 月 7 日休舱，累计收治 223 人，出舱 156 人。

光谷科技会展中心方舱医院，2 月 17 日开舱，3 月 6 日休舱，累计收治 875 人，出舱 691 人，转院 184 人。

武钢体育中心青山方舱医院，2 月 13 日开舱，3 月 9 日休舱。累计收治 519 人，出舱 372 人，转院 147 人。

全民健身中心江岸塔子湖方舱医院，2 月 12 月开舱，3 月 8 日休舱，累计收治 626 人，出舱 363 人，转院 185 人。

武汉体校方舱医院，2 月 22 月开舱，3 月 8 日休舱，累计收治 265 人。

国际博览中心汉阳方舱医院，2 月 11 日开舱，3 月 8 日休舱，累计收治 1028 人。

大花山户外运动中心江夏方舱医院，为第一家中医方舱医院，2 月 14 日开舱，3 月 10 日休舱，共收治轻症新冠肺炎患者 564 人，治愈出院 392 人，部分病人转出。

新洲区方舱医院，由邾城街全民健身中心天天羽毛球馆改造而成，共提供 133 张床位，2 月 14 日投入使用，3 月 2 日休舱，到 2 月 28 日共接收患者 59 人，至 2 月 29 日已有 21 名患者出院，3 月 2 日，新洲方舱医院最后 31 名转入区人民医院，完成其使命休舱，转为康复驿站。

洪山区石牌岭高级职业中学方舱医院，2 月 6 日晚投入使用，设置 800 个床位，首批开放床位 120 张，收治 25 名患者。

蔡甸定向方舱医院，2月24日开始收治新冠肺炎患者。

建设方舱医院是一项意义重大的创举，在很短时间内迅速扩充了医疗资源，解决了大量患者入院治疗的难题，避免了疫情以更快的速度扩散。方舱医院的建设，在防与治两个方面都发挥了不可替代的重要的作用，也为今后应对突发公共卫生事件、应对重大灾情疫情、迅速组织扩充医疗资源创造了一种新的模式。方舱医院的迅速上马和大规模使用，采用由"国家医疗队＋武汉医疗队"主导运行的模式，按照传染病医院的管理方式，集中救治确诊轻症患者，成为隔离在家、孤立无援的轻症患者的一条生命方舟。方舱医院的启用，有效地切断了新冠肺炎的传播途径，成为扭转武汉保卫战局面的关键一战。

疫情前期由于确诊人数急增，病床严重不足，患者无法及时入院救治，因此发生了大量的交叉感染。2月14日中央指导组牵头成立扩增床位专班，下设8个组，突击建设扩增定点医院、方舱医院、隔离治疗点和集中隔离点床位。经过三级联动，日夜奋战，改造建设征用四类床位，及时交接，并按标准配齐医护人员、医疗设备和医用物资，到2月16日开始实现了床等人。2月24日已配备医护人员的可用床位数达到峰值：定点医院27,838张，方舱医院14,467张，隔离医疗点11,659张。之后，随着收治人数逐步下降，方舱医院陆续休舱，定点医院床位开始调整转型，隔离治疗点和集中隔离点部分转为康复驿站。截至3月8日，累计建成床位135,558张，尚余定点医院床位8614张，方舱13,068张，隔离观察点26,015张，康复驿站20,142张。

"武器"和"弹药"

发热是新冠肺炎病例的典型症状之一，也是识别新冠肺炎疑似病例的重要临床症状和线索，因此发热门诊可谓是新冠肺炎疫情的"前哨"。1月初，国家卫健委指导武汉市建立了发热门诊日报告制度。

1月13日以后，武汉市发热门诊人数、接诊数量开始不断攀升，1月20日后更是出现"井喷式"增长：1月13日接诊1080人，1月20日5473人，1月21日8509人，1月22日12,172人，1月23日13,603人，1月24日大年三十，这一天的发热门诊量达到峰值14,486人，此后一直延续到2月7日日就诊量都在10,000人以上，直至2月15日后发热门诊量才降到5000人以内，3月7日后才降至1000人以下，与平常基本持平。

在疫情早期，发热门诊病人数量激增，而核酸试剂盒数量不足，检测能力跟不上，导致患者分流慢，也导致不少患者因为未能确诊而住不上院。针对这一问题，中央指导组指导武汉市及时增开了发热门诊和留观病房，发热门诊迅速增加到60多家。

另一方面，大力加紧检测试剂的研发和审批。截至3月31日，国家药监局已应急审批了25个检测试剂，其中核酸检测试剂17个，抗体检测试剂8个；产能方面，核酸检测试剂产能达到306万人份/天，抗体检测试剂120万人份/天，总体产能达到426万人份/天。

为了提高核酸检测能力，同时进行了安全性、可行性论证。1月22日，国家卫健委下发《关于医疗机构开展新型冠状病毒核酸检测有关要求的通知》，要求省级卫生健康行政部门紧急采购核酸检测试剂盒发放至具备条件的医疗机构，开放三级医院、第三方检验机构P2+实验室开展核酸检测。同时积极推广"李艳工作法"，进一步优化核酸检测流程，提高检测效率。

2月3日，是核酸检测能力提升的一个转折点。这一天，国家组织了大量试剂盒派送到不同的实验室，检测机构早中晚三班倒，机器不停，一家检测机构最高的检测量可以达到每天1300例。

湖北省人民医院检验科主任李艳在工作中总结出了一套高效的检测方法，被称为"李艳工作法"。检测人员在样本检测一开始先把病毒灭活，56摄氏度、45分钟把它灭活完没有活性了以后，再来做核酸的检测。这样对实验室的检测人员即可起到很好的保护。许多医院的实验室原本都不敢做新冠肺炎病毒的检测，到现在采用了"李艳工作法"后就都敢做。检测方法的完善，大大提升了检测速度。随着检测质量的提升，流程逐步优化，确诊的指标也越来越好。

到 2 月 4 日，据不完全统计，湖北省已有近 80 家医疗机构、疾控机构和 13 家第三方机构开展了新型冠状病毒核酸检测，确诊病例进度不断加快。即便是从社区采样，加上转运时间，一天时间内也能出检测结果。

湖北省新冠肺炎病毒的检测能力由 1 月 24 日的 300 人份 / 天逐步提升到 2 月 10 日的 1 万人份，2 月 26 日提升到 2 万人份，3 月 3 日提升到 3 万人份以上，4 月中旬提升到 5 万人份以上。核酸检测能力不足的瓶颈问题得到根本解决。

与此同时，加快科研攻关，推动改进检测试剂，优化检测流程，提高检测效率，将采样到反馈结果时间由两天左右缩短到 4—6 小时，从而使发热门诊的患者得到了有效分流，留观人数减少，逐步实现了应检尽检、即送即检，为应收尽收、分类收治奠定了技术基础。

随着检测能力的提升，新冠肺炎确诊患者数量亦呈现出井喷式增长，床位资源严重紧张的问题成为最突出的矛盾。中央指导组指导武汉市征用了一批市、区级医院改造成定点医院，协调军队支持火神山医院的建设运行，加快雷神山医院建设及床位开放进度，动员武汉同济医院、武汉协和医院、省人民医院等一批大医院腾空独立院区，改造成重症定点医院，定点医院的床位迅速扩增至 2 万张以上。

1 月底至 2 月初，短时间内由于患者数量剧增，湖北省在院患者数量最高峰时达到 4.4 万人，其中重症患者 1.1 万人以上，湖北和武汉的医疗资源受到严重挤兑，医疗系统几近崩溃。本地医务人员，特别是重症和呼吸疾病等领域的高水平专科医务人员严重不足。

按照党中央统一部署，根据武汉和湖北医疗救治的工作需要，从 1 月 24 日起，迅速安排各地组建医疗队，分批次调派医务人员驰援湖北和武汉。全国除湖北和西藏外 29 个省份和新疆生产建设兵团组建了 340 余支医疗队 38,600 余名医务人员，其中有 280 支医疗队 31,200 余名医务人员支援武汉。解放军从陆军、海军、空军、火箭军、战略支援部队、联勤保障部队、武警部队多个医疗单位，分 3 批次抽组 4000 多名医务人员，支援武汉抗击新冠肺炎疫情。从支援武汉市金银潭医院、武昌医院和汉口医院病区，到进驻武汉火神山医院、武汉市泰康同济医院、湖北省妇幼保健院光谷院区，3 家抽组医院开放床位 2856 张，累计收治确诊患者 7198 名。

与此同时，国家组织了 19 个省份，以"省包市"的方式对口支援湖北省除武汉外的各市州，有 60 余支医疗队 7400 余名医务人员在湖北孝感、黄冈等 16 个市州开展支援。全国抽调重症专业医护人员占湖北省以外医护人员的 13.09%，呼吸专业占 8.26%，其中 10 个省份重症专业抽调人员本省占比超过 20%，12 个省份呼吸专业抽调人员本省占比超过 10%，真正做到了一方有难，全国支援。

在调派人员的同时，医用物资亦迅速向湖北和武汉调运集中。湖北和武汉面临抢救设备供需矛盾的突出问题。各支援医疗队均随队携带医疗设备、防护装备和生活物资等。据不完全统计，医疗队自带捐赠呼吸机、人工膜肺（ECMO）、超声机、生化分析仪、心电监护仪、除颤仪、制氧机等医疗设备 4600 余台，捐赠防护服、口罩、护目镜、手套等医用防护用品超过 1.4 亿件，核酸检测试剂盒近 3 万人份，还有阿比多尔、奥司他韦、胸腺肽、干扰素及中成药、中药材等各类中西药品。

生命重于泰山，挽救每一条鲜活的生命是武汉保卫战压倒一切的任务。中央指导组加强医疗救治组织管理和技术指导，竭尽全力提高治愈率，降低病亡率。

首先，将救治病患的关口前移，加强轻症治疗。相继制定了《新冠肺炎轻型、普通型管理规范》《方舱医院输液标准》《方舱医院管理手册》等，为轻症患者提供同质化、规范化医疗服务，减少轻症向重症发展。

方舱医院累计收治患者1.2万余人，累计治愈出院8000余人，转院3500余人。

印发《关于加强隔离治疗点医疗管理工作的意见》，指导武汉市安排医疗机构托管集中隔离点，派驻医务人员，配备医疗设施，将隔离点升级为隔离治疗点，对疑似病例尽早开展生命体征监测、吸氧、中医药治疗等，进一步前移救治关口。

在治疗上，坚持科学精准施治和精细化管理。总结临床救治经验，开展病毒学、病理解剖学、药理学等基础医学研究和医药科技研发。遴选有效的治疗方法和药物及时纳入诊疗方案推广使用。先后修订印发了7版诊疗方案，专门制定印发了3版《重型、危重型病例诊疗方案》。针对新冠肺炎多器官损害的特点，发挥后方支援优势，开展远程多学科会诊，医疗护理相结合。建立并执行多学科会诊、整体护理、24小时报病危等核心制度，组织插管小分队、护心小分队、护肝小分队、护肾小分队等，实施有创机械通气、多脏器功能保护等关键措施。

对于轻症患者，主要治疗方法包括密切监视生命体征及氧饱和度，必要时进行实验室检查和影像学检查，氧饱和度小于95%时给予鼻导管吸氧；卧床休息，合理饮食，对症支持治疗；按诊疗方案执行抗病毒治疗、抗生素治疗，有明显咳痰或怀疑细菌感染史，应用抗生素治疗；服用藿香正气胶囊、金花清感颗粒、连花清瘟胶囊、疏风解毒胶囊、防风通圣丸等成药及清肺排毒汤等中药方剂；输液异美甘草酸、维生素等，全力防止轻症向重症发展。

重症救治是降低病亡率的重中之重。武汉市坚持"四集中"，优化重症救治资源布局。在新建定点医院基础上，动员在武汉的各家医院腾空基础设施较好的独立院区，改造开放重症床位9100多张，配备有创呼吸机、无创呼吸机、心电监护仪、ECMO、床旁血滤等重症救治设备，开展重症患者的评估转运，集中收治。组织院士团队、全国学科带头人开展巡诊指导，为医疗救治工作奠定了坚实基础。

经过不断的摸索，逐步总结出治疗重症患者的主要经验。针对通气功能障碍，渐次进行高流量吸氧、无创机械通气、有创机械通气、俯卧位通气、人工膜肺等纠正缺氧，防止加重多器官损害，对于氧饱和度纠正困难的及早插管。遵循组织灌流导向的血流动力学治疗原则，开展循环检测与支持。针对多器官损害在床旁实施血滤，应用抗病毒药物降低病毒载量。使用恢复期血浆特异性治疗，中药辨证治疗，酌情使用人免疫球蛋白、胸腺肽等增强免疫功能，适度使用糖皮质激素短期治疗抑制过度炎症反应，应用托珠单抗控制细胞因子风暴。

坚持中西医结合、中西药并用，根据救治一线的需要，筛选使用一批有效药物，探索新的治疗手段，尽可能阻止轻症患者向重症转化。国家中医药管理局选派了张伯礼、黄璐琦、仝小林、刘清泉、张忠德、齐文升、苗青等高级别中医专家，第一时间奔赴武汉，深入隔离病房，从中医角度来认识和把握新冠肺炎。结合望、闻、问、切收集的症状、脉象、舌苔，专家认为新冠肺炎是因为身受"疫戾"之气，湿毒之邪郁于肺而困于脾，随着病情发展，热毒痰瘀湿闭肺。中医专家依据病发当地气候和核心病机，确定了相应的治法方药，认为可以通过宣肺、解毒、健脾、化湿、化瘀等进行对症治疗。专家组边救治，边总结，边研究，不断优化中医治疗方案，纳入第三版至第七版国家诊疗方案，推动形成了具有中国特色的中西医结合治疗新冠肺炎的方案。

中央指导组指导武汉市防控指挥部采购连花清瘟胶囊、金花清感颗粒、藿香正气胶囊等中成药，对居家医学观察的发热病人和密切接触者只要有需求就主动免费送药上门，预防和减少了感染，延缓病情由"小火"烧成"大火"，迅速打开了中药、中医参与疫情防控的局面。实践证明，中医药早期干预、及早介入的良好效果，有效地缓解了疫情集中暴发阶段医疗资源不足的压力。

坚持关口前移，以轻症患者治疗为重点，将方舱医院、隔离点作为重要的阵地，推动中医药早介入、早治疗，做到方舱医院、隔离点建到哪里，中药就配送到哪里，中医药治疗就跟进到哪里，方舱医院中药服用比例达到 99.9%，基本做到了应发尽发，应服尽服。方舱医院累计发放汤剂 27.1 万袋、中成药 3.5 万盒，隔离点发放汤剂 43.7 万人份（每三天量为一人份）、中成药 14.7 万人份，隔离康复点发放汤剂和颗粒 19.3 万人份。湖北省、武汉市中医药的使用率分别从开始的 29%、10.8% 提高到了 92.1%、89.8%。

研究筛选出疗效确切的方药和中成药，1 月 27 日起，本着"急用、实用、效用"的原则，开展清肺排毒汤临床应用，发现有效率达 90% 以上，随即向全国推荐使用。这是湖北使用量最大的方剂。

专家组深入发掘历代瘟疫防治经验总结、前期临床救治经验，对现有的疗治瘟疫的中成药经典验方进行筛选优化，筛选出了治疗轻症新冠肺炎的 1 号方、治疗重症新冠肺炎的化湿败毒方。经过临床治疗效果分析，初步证实清肺排毒汤、化湿败毒方、宣肺败毒方、金花清感颗粒、连花清瘟胶囊、血必净注射液等三个中药方剂和三个中成药对新冠肺炎有明显疗效。盲试结果显示，比较单纯采用西医治疗，运用中药介入中西医结合治疗轻症患者临床症状消失时间缩短 2 天，临床治愈率提高 33%，轻症转重症的比例降低 27%，淋巴细胞提高 70%，治疗重症患者，住院天数、核酸转阴时间平均缩短 3 天以上，淋巴细胞百分数、乳酸脱氢酶值等理化指标明显改善。在尚无特效药和疫苗的情况下，运用中西医结合防控疫情，实践证明是有效的。

通过综合应用以上措施，新冠肺炎救治效果逐步显现，治愈率不断提升。

"盾牌"和"粮草"

在抗击新冠肺炎的战场上，白衣天使们都是披着战袍的战士。而防护装备则是他们的盾牌。武汉保卫战初期，医疗防护物资严重短缺，白衣战士们面临着自身安全的极大威胁。前线急需的各种物资储备品种不全，总量严重不足。医用防护服国家储备总量只有 1.4 万件，各省区市地方储备不足 1 万件，战疫必不可少的 N95 口罩、医用隔离眼罩、面罩、重要救治设备等都没有被纳入到国家储备目录。疫情初期，各类医用防护物资需求激增上千倍，加上春节放假、停工停产、人员阻隔，进一步加剧了供求紧张的严峻形势。

打仗，打的是物资，拼的是后勤。为了解决武汉和湖北面临的医用物资困境，全国各地、社会各界、海内海外大力发扬一方有难、八方支援的精神，纷纷伸出援手，踊跃筹措物资，慷慨捐赠，驰援湖北，形成全国上下一盘棋、众志成城战疫情的感人局面。广西、江苏第一时间响应联防联控机制要求，从地方储备中分别拿出 7270 件、5000 件医用防护服驰援湖北。天津紧急从各大医院回收了部分防护服，加上地方储备5000 件发往湖北。青岛仅用 9 个小时就将救治急需的医用护目镜 2.5 万副送往武汉。许多企业和机构纷纷解囊，国家铁路集团、中国邮政集团开通绿色通道，日夜兼程支援前线。顺丰、九州通等物流企业克服困难，快速运输，精准配送。

采取临时变通办法，寻找可用的替代品。针对新批准的医用物资生产企业大多没有无菌车间的实际状况，特许非无菌的医用防护服和 N95口罩作为非 ICU 用品可以进入隔离观察病房使用。有关部门紧急批准采用辐照灭菌等新工艺，解决了传统灭菌工艺解析时间过长，影响供应速度的问题。同时合理利用国产欧标防护服，临时出台规定，凡是能够提供境外医疗器械上市证明文件、检测报告并做出产品质量安全承诺，经过药监部门检验和卫检部门鉴定，符合要求的进口和国产欧标防护服，可以作为紧急医用防护服使用，从而缓解了防护服不足的压力。在前期供给不足的情况下，允许一次性护目镜经过严格消毒后重复使用。这一系列的措施，在一定程度上缓解了前线物资紧缺的困境。

紧接着，全国上下打响了一场艰苦卓绝的物资保供战。

李克强总理连续召开中央应对疫情工作领导小组会议，统筹调配全国资源，优先保障湖北省和武汉市。按照党中央、国务院决策部署，湖北和武汉通过与各省市一道外筹资源、内优使用、每日调度，全力做好物资保障工作。

在千方百计增加物资供应的同时，本着科学使用、合理使用、分级使用的原则，注重挖掘内部潜力，让每件物资都能物尽其用。尤其是在抗疫初期，物资相当紧缺，当时明确规定医用防护服只能用于危重病区和隔离病区，发热门诊则配备隔离衣和 N95 口罩，从而保障了集中有限资源，用于最关键的岗位。

为了全力保供给，通过增加生产供应是根本的解决之道。为此，就需要千方百计地促生产增供给。通过国务院联防联控机制，召开电视电话会议，以国务院办公厅的名义印发《关于组织做好疫情防控重点物资生产企业复工复产和调度安排工作的通知》，要求各省区市迅速组织本地区医用防护服、N95 口罩、医用隔离眼罩面罩等企业复工复产。同时指导和支持湖北挖潜自救，湖北省内重点企业及产业链配套企业迅速全面开工，持续扩大生产，防护服和 N95 口罩日产量分别由 1 月 27 日的 0.45 万件、3.6 万只，提高到 3 月 7 日的 11.8 万件、29 万只。推动企业技改扩能和转产扩能，安排新兴际华下属 6 家企业新上线生产国标医用防护服。出台高含金量政策措施，加大信贷扶持力度，安排贴息资金，降低企业融资成本。通过复工复产、扩能增产，我国医用物资生产能力快速提升。截至 3 月 6 日，全国防护服日产量已经从疫情初期的不足 2 万件增加到了 50 万件，N95 口罩从 20 万只达到了 160 万只，普通口罩达到 1 亿只，其他物资和医疗救治设备生产能力也在大幅度提升。截至 4 月 30 日，全国医用防护服日产量达到 80 万套。

物资保障两条腿走路，一面扩产增产，一面千方百计拓宽供应渠道。通过我国驻外使馆，中国医药健康公司想方设法在海外采购医用物资，先后运抵武汉 53.85 万件医用防护服、16.51 万只 N95 口罩和 289

吨防护服面料。主动引导地方政府和央企金融机构捐赠，比如南方电网等 13 家央企捐赠防护服和隔离衣 74.6 万件、N95 及其他医用口罩 92 万只、医用隔离眼罩面罩 15.7 万只，工行、建行、国开行等金融机构捐赠防护服和隔离衣 98 万件、N95 口罩 186 万只、一次性医用口罩 1310 万只、医用手套 900 万只、护目镜 14 万只，以及大功率呼吸机 310 台、ECMO 21 台。

在物资紧缺阶段，科学调度对物资保障工作的效率至关重要。疫情防控部门通过每日调度来保证集中有限资源。通过直接对接重点医药品流通企业配送中心，准确掌握每一批医用防护服、隔离衣、N95 口罩、重点药品、重点医疗设备进货出货信息，集中资源供给最需要的医院和最紧缺的地市州。中央指导组与省市防控指挥部每天晚上固定时间召开对接会，对接需求与供给，动态制定三日需求计划，落实当日任务，做好次日准备，实现了高效协同。每日召开调度会，先后解决了防护服分级、医用氧气供应、组织筹措救治设备、重点药品配送、直达医院、下沉市州、账款结算、物流受阻等数十个问题，实施统一管理，统一调度。国务院联防联控机制发文，明确要求地方各级政府不得以任何名义截留、调用防控物资，确保优先保障湖北和武汉。工信部和发改委向重点企业派驻特派员，每天报送企业单日产能产量和发货量，确保及时足额完成当日调拨任务。启用国家重点医疗物资保障调度平台，精准跟踪运输物流和到货签收情况，实施闭环管理，确保物资调运全程可控，按时抵达。

构建战时机制，坚持每日对接机制，每三天滚动制定供需计划，形成对接解决方案，每日调度，每日跟踪落实情况，每日解决问题。坚持医院直通车机制，与全部武汉定点医院院长、援鄂医疗队领队主动建立一对一直接联系，加强走访，详细了解物资保障的困难，快速解决个案问题。物资保障组所有工作人员都作为联络员，对口负责包干的定点医院和市州，直接掌握需求供应情况，动态保证库存达标。坚持超前订货备货机制，按照"宁可备而不用，不可用而无备"的原则，提前组织救治设备货源，不等需求，有备无患，坚持快速反应机制。考虑到战时紧急需要，按照"不等不靠、不讲价钱"的工作思路，以救人为第一目标，以快捷为第一原则，随时对接供需，实现物资快速调拨和采购，坚持直接委托采购机制，依托国药集团、中国医药健康公司的专业采购平台优势，根据需求迅速锁定货源，先发货后补合同，先保供后结算，尽可能减少中转环节，所有货源实现生产企业、运输企业、仓储库房、医院全程跟踪调拨。

医用物资生产完成和采购到位之后，物流交通也不能掉链条。中央指导组协调公安部、交通部，充分发挥国家民航局、国家铁路集团、中国邮政集团的作用，打通交通运输大动脉，优化湖北省内循环，为物资供应提供运输组织和服务保障。截至 3 月 13 日，通过铁路、公路、水路、民航、邮政等运输方式累计向湖北运送防疫物资和生活物资 81.94 万吨，生产物资超过 139.2 万吨。有效利用国药集团、中国医药健康公司在全国的物流网络和在武汉的区域物流中心，统筹安排，密切联系，连接起产、供、运、需四方，通过海陆空立体联运，跨区域多方接力，保障各类物资及时高效运抵武汉，发往湖北各地抗疫一线。湖北交通部门为车辆通行创造便利条件，共安排 174 家货运企业参加参与交通运输保障，武汉市每日调度 2.7 万台车辆执行货运任务，设置 5 个应急物资道路运输中转调运站，实现外省进湖北运输衔接顺畅。

在医疗物资保障方面，注意突出重点。始终坚持把武汉作为重中之重，将 70% 以上的医疗防护物资和 75% 以上的救治设备投放到武汉。始终坚持重点保障一线医护人员，医用防护服、N95 口罩、医用隔离眼罩面罩优先保证定点医院。将医用防护服和 N95 口罩作为重点供应物资，医用防护服日调度量从 1 月 27 日前的日均 2.1 万件快速增加到 2 月 19 日的峰值 27 万件，N95 口罩日调度供应量从 1 月 27 日前的日均 7.2 万只快速增加到 3 月 1 日的峰值 56.2 万只，实现了重点防护物资供应保障充足。

到 3 月 14 日，医院防护服和隔离衣、N95 口罩、医用外科口罩、医院隔离眼罩面罩，当日调度分配量分别为 18.5 万件、18.3 万件、131.5 万只和 1.2 万只。累计调度分配量分别达到 1045.3 万件（含湖北省内自产307.8 万件）、1244.4 万只（含湖北省内自产 828 万只）、7980 万只（含湖北省内自产 5383.1 万只）和 187 万只（含湖北省内自产 24.6 万只）。医用防护服、N95 口罩的日调度分配量分别在 2 月 29 日和 3 月 1 日达到峰值 27 万件和 56.2 万件。武汉 95 家医院和方舱医院均已具备 5 天以上库存。其中 62 家反映，由于防护服、N95 口罩等库存太多，希望暂停一周送货。湖北其他市州定点医院从 3 月 2 日起均已实现动态保证 3 天以上库存供应。

防护保障范围实现了从集中保重点到应保尽保，由重点保武汉扩大到覆盖湖北所有市州。从保障对象上，由重点保障医院救护人员扩大到覆盖监狱、公安、殡葬、医废处理、一线新闻报道等特殊危险行业工作人员，基层社区工作人员以及志愿者。

在与新冠肺炎鏖战过程中，救治药品、医疗设备就是战士们最具战斗力的武器弹药。

针对湖北各医院自行采购药品方式难以保障救治用药需求，中央指导组通过国务院联防联控机制，从国内制药企业调来阿比多尔 360 万片约 12 万人份，磷酸氯喹 280 万片约 7 万人份，从国家疾控中心新调来洛匹那韦 / 利托那韦 150 万片约 3.8 万人份，动员国外药企捐赠针对危重病例的罗珠单抗 3 万支约 0.3 万人份，交付湖北省卫健委紧急配送，实现了定点医院库存充足。武汉市各医院、武汉以外各市州从 3 月 2 日起均已按新版诊疗方案中所列药品，按照标准用量实现动态配备 10 天库存。

医疗救治设备亦实现了从严重不足到应配尽配。通过对接前方救治需求与后方生产供应，借助国务院联防联控机制，累计供应医疗救治防控设备 23 万台（套），包括医疗器械 6.7 万台（套），其中呼吸类疾病救治设备 2.3 万台（套）、心电监护仪 1.5 万余套、空气消毒机 1.6 万余台、负压救护车 1065 辆、方舱医院用制氧机 100 台。湖北各定点医院均按卫健部门标准配齐了医疗救治设备。专门提供了大流量无创呼吸机、有创呼吸机、呼吸湿化治疗仪、心电监护仪、连续血液透析机、正压头盔、移动数字 X 光机、ECMO 共 2191 台（套），供统一调配使用。

兵马未动，粮草先行。医护人员、患者和数千万湖北城市居民的生活物资也从时段性结构性短缺扭转为总量动态平衡，市场供应充裕。

除了做好医用物资保供应外，国家及时增加生活物资供应，安排 2 万吨中央储备猪肉为湖北专用，其中 2000 吨供应武汉，协调调运 6200 吨豆粕，协调山东寿光市向武汉捐赠 8 批蔬菜 1745 吨，安排了 60.5 万吨的成品粮、5.7 万吨食用油、2.9 万吨蔬菜、3.2 万吨水果、1260 万包方便面等备用资源，随时可一次性调往湖北。3 月 15 日，湖北省成品粮储备 50 万吨，食用油储备 16 万吨，分别比 1 月底增加 92% 和 75%，可以满足城镇人口 42 天消费、全部人口 24 天消费，17 个市州成品粮油储备全部达到满足城镇人口 30 天以上消费的水平。全省猪肉储备 1.8 万吨，可保障 20 天销售，蔬菜库存 3.2 万吨、婴幼儿奶粉库存 1150 吨，可分别保障 4 天、30 天消费。与此同时，加强物流配送，改进社区服务，3 月份以来，粮油肉禽蛋菜价格普遍下跌。

新冠肺炎病毒具有很强的传染性，而在救治新冠肺炎患者的定点医院、方舱医院里数万名的患者每天所产生的医疗垃圾和生活垃圾，都可能携带有强传染性的病毒。新冠肺炎医疗废物包括一次性医疗用品、器械，被患者血液、体液、排泄物等污染的废弃的被服以及隔离治疗患者所产生的生活垃圾。对这些医疗废物必须及时、安全地予以处置，否则有可能引爆二次污染的灾难。

然而，武汉市全市仅有一家医疗废物处置企业——武汉汉氏环保工程有限公司，日处理医废能力 40 吨左右。而武汉市新冠肺炎医废在峰值时达到了 247 吨。

独木难支，如果这些确定含有新冠肺炎病毒的医疗废物得不到及时、有效、安全的处置，很可能就会让病毒随着这些医废流入公共空间，危害社会大众的健康和安全。

为了处理好医疗废物，从生态环境部到湖北省，一直到武汉市，三点一线，上下联动，举全省之力、全国之力，协助快速有效地处置武汉市日益攀升的医疗废物，解了武汉保卫战的医废之困。

通常每年从 1 月份开始，由于大量的人员离开武汉，武汉市的医疗废物的数量就会陆续地减少，但是由于新冠肺炎疫情的蔓延，情况大不一样，到 1 月 23 日，医疗废物就增加到了每日 60 吨。这样的增长速度显然已经超出了汉氏公司应急处置医废的能力。

汉氏公司运输医疗废物的专用车，从工厂内的医废上料口一直排到厂区门外，足足排了七八百米长。全公司 97 名员工，26 辆医废转运车，3500 个专用垃圾桶——后来增加到了 6800 个，日夜不停地在周转，员工们除了吃饭、睡觉外，其他时间都在干活。公司一共有两条生产线，通过提高炉温、延长工作时间来扩增医废的处理量，几乎调动了所有的资源，但还是疲于应付。

武汉市医废处理全线告急，武汉市和汉氏公司开始四处寻求援军。

2 月 16 日，武汉全市医疗废物日产出 115 吨。10 天之后的 2 月 26 日，日产出 240 吨。

为了杜绝"物传人"的可能，摆脱医废处理告急的困境，从生态环境部到湖北省、武汉市，上下一心，都在大力地进行协调调度，指导督促，加快提升医废处置能力，多条腿走路，千方百计地支持湖北，支持武汉。

最先伸出援手的是武汉北湖云峰环保科技有限公司。这原本是一家专门处理工业危险废弃物的企业。形势危急，云峰公司决定将原先处理工业危废的生产线停下来，经过改造变成处理医废的生产线。医废和工业危废最大的不同就是具有强感染力，所以对于云峰公司而言，当时最大的困难是如何解决好消杀和员工的防护问题。

全公司 40 多名员工全部投入一线，设备 24 小时运转。随着医废运输能力的提升，云峰公司的日处置能力提高到了 15 吨。

紧接着，湖北省内其他市州的援军也赶来了。从 1 月 29 日开始，襄阳市的湖北中油优艺公司自己出车、出人，连防护设施都是自己配套的，他们白天到医院去收集医废，晚上连夜将其运到襄阳去处理。接着，咸宁市、黄石市的医废处置中心也来帮助武汉市应急外运处置医废。这其中，单是中油优艺公司就处置了 266 吨。

很快，全国各地的援军也陆续赶来参战。中节能生态环境科技有限公司是中国节能环保集团旗下专门从事危废无害化处理的企业，1 月 16 日刚刚揭牌成立，2 月初公司接到命令，当即从江苏、辽宁、山东、四川、广西的 5 个分公司紧急抽调精干力量，自驾车辆赶赴武汉，于 2 月下旬建成中节能公司医疗废物应急处置中心，采用高温蒸煮工艺，迅速形成了日处理 30 吨医废的能力。

启迪环境科技发展股份有限公司则在协和江南医院组装起了可移动式医废处理系统，负责该院全部医废的处理。这套处理系统可以随时吊装到任何需要的地方，只要接通水电即可形成稳定的处置能力。

生态环境部又从全国各地协调调运了 39 台移动式医废处置设施，每天的医废处置能力达到 70 余吨。

武汉市医疗废物的运输车辆也大幅扩增到了 84 辆，医废专用垃圾桶则增加到了 2 万多个。

四面八方的援军迅速集结到武汉主战场，在不到半个月的时间内就达到了日处理 260 吨以上医废的能力。武汉市的医废处置已经从早期的供不应求到"产处平衡"且略有富余。自 3 月 2 日开始，武汉市的医疗废物已完全实现"日产日清"。

新冠肺炎疫情医疗废物，从疫情暴发初期的针头、输液管、尿不湿等医疗用品为主，到 1 月 31 日以后防护服开始陆续地增多，2 月中旬开始一次性饭盒、塑料饮用水瓶则成了医废的主要部分。3 月中旬随着出院患者不断增多，方舱医院一家又一家地关门，因为新冠肺炎病毒的强传染性，患者使用过的被褥、毛巾、枕头等物品也都被作为医废处理。

经过上下协力，全国增援，武汉市在医废环境处置方面完全实现了两个100%：所有医疗机构及设施环境监管与服务100%全覆盖，医疗废物、医疗污水及时有效收集转用和处置处理100%。医废处置及时、安全、高效，有力地支援了武汉保卫战医院这一正面战场的作战。

"后方"与"排雷"

如果说医院救治是武汉保卫战的战争前线，那么，社区防控、切断传染源则是战争的大后方。疫情防控，关键在治，基础在防。只有关口前移，源头把控，逐步排查，精准"排雷"，把疑似病例、密切接触者都排查出来，实行有效隔离，才能缓解医院人满为患的被动局面，医院集中精力收治患者。

1月底、2月初，当时的武汉处于疫情暴发流行期，形势严峻复杂，人手不足，疫情数据报告杂乱，管理失序。社区医务工作者被派往各家医院，医疗资源紧张，检测能力受限，许多患者无法及时诊断并收治入院，隐匿的传染源得不到及时发现和隔离。社区工作者原本力量薄弱，面对突发疫情更显力不从心。轻症患者外出购物、重症患者外出就诊等各项必要活动有效对接引导严重缺位，群众的无序流动造成社会上"行走的传染源"依然存在，传播途径未能完全切断。

1月27日起，中央指导组全面加强对湖北和武汉防控工作的指导与督查，紧紧围绕提高收治率和治愈率，降低感染率和病亡率的目标，坚持外防输出、内防扩散的防控策略，按照早发现、早报告、早隔离、早治疗的防控原则，对"四类人员"进行社区全面摸排，采取应收尽收、应治尽治、应检尽检、应隔尽隔的防控措施，最大限度地发现传染源，阻断疫情传播。

如果说关闭离汉通道对于阻断疫情传播是截源断流，那么，拉网查清"四类人员"则是釜底抽薪。

实现"四早"和应收尽收、应治尽治是切断传染源的要害之举。在中央指导组的推动下，2月1日武汉市就提出，2日中午12点前，各区必须完成现有"四类人员"的集中收治和隔离工作，对新增人员要实现"日清日结"。

然而，要对偌大的武汉市上千万人口进行全面摸排和核查又谈何容易！首先遇到的难题便是各社区工作人员人手不足，防护物资缺乏。因此，各区要完成这项繁重的任务困难重重。但是，如果做不到"应收尽收、应治尽治"，就无法彻底切断传染源在市内的传播。

2月5日，湖北省发布命令：全省新型冠状病毒感染肺炎定点医院和各级各类医疗机构对发现的疑似和确诊病例，尽最大努力收治；不能收治的，按照相关规定进行登记，并及时通知所在县（市、区）疫情防控指挥部或辖区转运队，由县（市、区）疫情防控指挥部或辖区转运队安排车辆转运至集中隔离点，确保疑似和确诊病例"应收尽收、应治尽治"，确保一个都不放过。违反者，按照《传染病防治法》相关规定，严肃追究责任。

2月6日上午，国务院副总理孙春兰出席武汉市新冠肺炎疫情全面排查动员会。

孙春兰副总理指出，要全力抓好源头防控，武汉市要举全市之力入户上门排查"四类人员"，测体温、询问密切接触者，全面落实辖区、行业部门、单位、个人"四方"责任，强化网格化管理，要不落一户、不漏一人，要第一时间将"四类"人员送往隔离点和定点医疗机构救治，实行首诊负责制、首访负责制。要以战时状态落实落细各项防控措施，各级领导干部要把疫情防控作为当前最重要、最紧迫的任务来抓，坚决履行好属地责任，坚决杜绝形式主义官僚主义，设立24小时值班制度，战时状态决不能当逃兵，否则就会被永远钉在历史的耻辱柱上。大家要心无旁骛、争分夺秒，全力以赴解决措施不精确、落实不到位的问题，全力以赴保障人民群众生命安全和身体健康，坚决打赢疫情防控阻击战。

2月7日，中央指导组防控组社区防控专家组成员到武汉市江岸区实地查看，结果大大出乎意料。处于疫情中心的武汉竟然感受不到紧张氛围，尤其可怕的是，超市里全是人，社区居民在没有经过体温测量的情况下也能随意进出小区，社区内的涉疫生活垃圾没有规范处理。所有这一切都在印证这一点，社区管控没有抓到位，疫情在社区和家庭内的传播未从根本上切断。倘若社区一旦失控，感染人群就会像韭菜一样，割而复生。

"前方再强的战士，也架不住源源不断地给他输送病人。如果眼前失序的场景仍然继续、社区传播的途径没有被切断，最终将会吞没掉全市所有的病床。"防控专家们迅速形成了一份报告，并提出建议：一是加强网格化管理，由各区组织部牵头组织和督导，抽调区机关干部和街乡干部组成下沉队伍，进驻居委会，与居委会成员形成包片小区，进行责任分工，严格控制小区居民外出和非居民禁止进入小区，对老、旧、散居民楼以及街区进行封闭管理；二是加强地毯式排查力度，严格小区封闭管理，每个小区原则只留一个出入口，由物业和管片小组共同在岗把控，做到出入必测体温，对涉疫居家人员严格管控，禁止其在小区内活动，其他居民尽可能居家；三是超市蔬菜等商品提前包装、称重、标价，在超市入口设置人流管控员，分批放入，并有专人通过录音喇叭提示居民分散等候；四是统筹考虑，由环卫部门在疾控部门的指导下建立规范处置流程，着手处理居家隔离人员的生活垃圾。

当日，湖北省发布《关于农村疫情防控措施抓实抓细抓落地的紧急通知》，要求各地务必于2月7日18时前，组建、充实村（社区）疫情防控工作队，各地党政机关干部必须迅速上岗开展工作。迅速开展辖区人员健康状况全面摸排，要逐户逐人包保，做到"不落一户、不漏一人、不断一天"。密切跟踪监测武汉返乡人员、居家观察人员等重点人群，每天上门检测体温不少于1次。确诊病例集中收治、疑似病例集中收治、发热病例集中留观、密切接触者集中隔离必须全部做到"百分之百"。加快集中隔离点建设，严格执行管理规范。坚决实行村组封闭管理，村与村之间留一条应急通道由专人值守外，其他路口一律封闭，其中应急通道用车辆隔离，其他区域一律采取织网、设隔篱栏、水马等硬隔离方式。全面推行生活物资集中代买，每个村确定专人负责全村物资采购，集中统计需求，逐户送货上门，最大限度降低居民出行频次。聚集性活动管控必须到位。购药患者登记必须到位。

2月11日，武汉市发布致全体市民的一封信，指出：当前，疫情防控工作已经进入最关键时期，排查摸清传染源、控制阻断传染源至关重要。全市每日开展的社区疫情"四类人员"全面排查，就是要全面摸清传染源，对"四类人员"进行集中隔离管理治疗。对全市小区进行封闭管理，就是要彻底控制阻断传染源。实行小区封闭管理会给大家带来不便，但换来的是全社会的健康和安全。小区封闭管理后，市、区、街道将采取各种措施，保障好全社会居民正常生活需求。希望全体市民能够理解支持，主动配合所在社区疫情排查，支持配合小区封闭管理，自觉待在家中，无必须不流动。

是日，世界卫生组织总干事谭德塞在瑞士日内瓦宣布，将新型冠状病毒感染的肺炎命名为"COVID-19"。2月21日，国家卫健委发布了关于修订新型冠状病毒肺炎英文命名事宜的通知，决定将"新型冠状病毒肺炎"英文名称修订为"COVID-19"，中文名称保持不变。

2月13日，湖北省召开全省领导干部会议，宣布党中央关于任命新的湖北省委书记和武汉市委书记的决定。当日，湖北省要求，坚决把疫情蔓延势头遏制住，切断疫情传播，必须摸清社区"四类人员"，应收尽收、应隔尽隔、应治尽治。

2月14日，武汉市新冠肺炎疫情防控指挥部发布通知，要求住宅小区一律实行封闭管理，小区居民出入一律严格管控，并要求切实保障居民基本生活需求，特别是做好特殊群体的关爱服务。

为了解决社区普遍人力不足的问题，武汉市开始发动社区志愿者，分类招收志愿者。同时，武汉市安排了超过 3 万名干部职工下沉社区。中国疾病预防控制中心和全国各地疾控机构选派近千人支援武汉，开展流调和防控工作。

2 月 14 日之后，武汉全市的居民小区开始逐步落实封闭管理，形成了一手收治、一手防控两条战线包抄疫情的良性局面。

2 月 15 日，湖北省委常委会扩大会议要求，要牢牢抓住救治、阻隔两大关键环节，实行筛查甄别、小区（村）封闭式管理、公共区域管控三个"全覆盖"。

2 月 16 日，湖北省政府发布《关于进一步强化新冠肺炎疫情防控的通告》，要求对所有居民开展拉网式动态滚动筛查，做到"不落一户、不漏一人、不断一天"，确保全覆盖、无盲区。

在中央指导组的推动下，武汉市部署落实五个"百分之百"举措，即"确诊患者百分之百应收尽收、疑似患者百分之百核酸检测、发热病人百分之百进行检测、密切接触者百分之百隔离、小区村庄百分之百实行 24 小时封闭管理"。

2 月 17 日，武汉市启动为期 3 天的集中拉网式大排查，再次明确"不漏一户、不漏一人"，推进筛查甄别、小区村封闭管理、公共区域管控等三个全覆盖。在这场阻击战中，54.6 万名党员下沉基层，通过公安、社区、网格一体化推动，切实摸清底数。武汉市要求各区"一把手"亲自上阵，带头冲锋大排查。各地发动党员干部、网格员、群众、志愿者，采取分栋包干、扫楼检查、挨户数灯、查看电表等办法；采取线上线下相结合的方式，线上通过微信群、电话排查，线下开展"敲门行动"。工作人员平均每天步行 3 万步以上。

截至 2 月 21 日 24 时，武汉市 13 个区共排查 3000 多个社区、7000 多个居民小区、3956806 户，共计 9995388 人，排查率达 99.8%，排查出确诊患者 25645 人、疑似患者 14492 人、一般发热患者 5744 人、密切接触者 14870 人。其中，确诊患者和疑似患者实现 100% 收治率；一般发热患者集中收治率 66%；密切接触者集中隔离率 81%。未集中收治、隔离的发热人员、密切接触者均要求居家医学观察。如此大规模的大排查，在武汉市历史上从未有过。

这第三次的大排查取得了显著成效。

中国—世界卫生组织联合专家组认为，中国采取了前所未有的公共卫生应对措施，在减缓疫情扩散蔓延、阻断病毒的人际传播方面取得了明显的效果。

2 月 27 日，湖北省疫情防控指挥部下发通知，要求下沉到社区（村）的党员干部，必须坚决服从社区（村）党组织的统一指挥调度，全岗全责抓好疫情防控工作。通知要求，除直接承担疫情防控工作的单位外，各级机关企事业单位在确保日常运转的前提下，安排不少于三分之二的党员干部下沉到社区（村）参与疫情防控工作。湖北省累计有 58 万多名党员干部下沉社区防控一线。仅在武汉，来自省、市、区机关、企事业单位等下沉党员干部达 5 万多名。

中央指导组还从全国分 7 批调配 965 名疾控和公共卫生人员驰援湖北省。这支由疫情分析、核酸检测、社区防控、环境消杀、流调督导、心理救援、营养干预等专业人员组成的援助队，最早到达，最晚撤离。这批疾病预防控制工作者与地方同志组成了流调队、检测队、消杀队、安抚队，在鄂期间累计完成 1.3 万余名病例流调，4 万名密接人员的追踪调查，检测了近 44 万份标本，对近 5000 个单位开展了环境卫生与消毒工作指导，开展各类培训 1800 多场，宣讲 5000 余次，培训人员 26 万余人，覆盖社区群众 1100 万，为当地留下了一支不走的防控队。

战场

2 月 4 日，各省（区、市）和新疆生产建设兵团报告新增确诊病例

3887 例，其中湖北省 3156 例；新增重症病例 431 例，其中湖北省 377 例；新增死亡病例 65 例，全部为湖北省病例；新增疑似病例 3971 例，其中湖北省 1957 例。

2 月 5 日，习近平总书记主持召开中央全面依法治国委员会第三次会议并发表重要讲话强调，要在党中央集中统一领导下，始终把人民群众生命安全和身体健康放在第一位，从立法、执法、司法、守法各环节发力，全面提高依法防控、依法治理能力，为疫情防控工作提供有力法治保障。

是日，各省（区、市）和新疆生产建设兵团报告新增确诊病例 3694 例，其中湖北 2987 例；新增重症病例 640 例，其中湖北省 564 例；新增死亡病例 73 例，其中湖北省 70 例；新增疑似病例 5328 例，其中湖北省 3230 例。

2 月 6 日，各省（区、市）和新疆生产建设兵团报告新增确诊病例 3143 例，其中湖北省 2447 例；新增重症病例 962 例，其中湖北省 918 例；新增死亡病例 73 例，其中湖北省 69 例；新增疑似病例 4833 例，其中湖北省 2622 例。

2 月 7 日，各省（区、市）和新疆生产建设兵团报告，新增确诊病例 3399 例，其中湖北省 2841 例；新增重症病例 1280 例，其中湖北省 1193 例；新增死亡病例 86 例，其中湖北省 81 例；新增疑似病例 4214 例，其中湖北省 2073 例。

当日，武汉市中心医院李文亮医生在抗击疫情中感染新型冠状病毒肺炎，经全力救治不幸去世，国家卫生健康委表示深切哀悼，向李文亮医生的家属表示诚挚慰问。经中央批准，国家监察委员会当即决定派出调查组赴湖北省武汉市，就群众反映的涉及李文亮医生的有关问题作全面调查。3 月 6 日，国家卫生健康委员会、人力资源和社会保障部、国家中医药管理局追授李文亮"全国卫生健康系统新冠肺炎疫情防控工作先进个人"称号。3 月 19 日，国家监委调查组发布《关于群众反映的涉及李文亮医生有关情况调查的通报》，当日晚，武汉警方通报李文亮事件处理情况，决定撤销对李文亮的训诫书，并向李文亮家属致歉。对李文亮医生被训诫一案相关责任人作出处理。4月2日，李文亮被湖北省政府评定为烈士。4月20日，被共青团中央追授"中国青年五四奖章"。

2月8日，各省（区、市）和新疆生产建设兵团报告，新增确诊病例2656例，其中湖北省2147例；新增重症病例87例，其中湖北省52例；新增死亡病例89例，其中湖北省81例；新增疑似病例3916例，其中湖北省2067例。

武汉和湖北通过排查和检测，每日确诊患者都在不断地迅速增加，另一方面，住院病房和床位供不应求的问题愈加尖锐。打仗不能没有好战场，巧妇难为无米之炊。

连日来，中央指导组一面指导督导湖北省、武汉市做好社区、村落等的社会防控，不折不扣落实"四类人员"分类集中管理措施，一面加紧开辟战疫战场，真正实现应收尽收、不漏一人。武汉市加快征用宾馆、培训中心以及党校、高校宿舍等作为集中收治隔离场所，增配医疗设备和医务人员，对疑似患者进行隔离治疗，对密切接触者进行医学观察。

武汉雷神山医院位于江夏区强军路，经过12天的建设，雷神山医院于2月6日通过验收，开始逐步地移交。2月8日起，雷神山医院由中南医院正式接管，首批医疗队员进驻，开始收治患者。2月20日整体交付，32个病区、1500张床位全部开放，全力救治已确诊的新型冠状病毒肺炎患者。全院分为2个重症医学科病区、3个亚重症病区及27普通病区，除重症病区外，病房均为2人间。设有一间手术室，用于住院期间需要手术治疗的新冠肺炎患者。医院还设置有心电诊断科、超声影像科、放射影像科及医学检验科等医技科室，能够满足新冠肺炎患者的辅助诊断要求。医院配备CT、床边超声、全自动生化分析仪、ECMO、床边血气分析仪、有创无创呼吸机等必需的设施设备，并实现CT和心电的远程诊断传输。3月16日首批5支医疗队250名医护人员正式休整撤离，

4月14日武汉雷神山医院患者清零。医院运转2个多月，累计收治患者2011人，其中重症和危重症千余人，康复出院1900余人。

2月10日，习近平总书记到北京市调研指导疫情防控工作，视频连线湖北和武汉抗疫前线，听取前方中央指导组、湖北省指挥部工作汇报。习近平总书记指出，社区是疫情联防联控的第一线，也是外防输入、内防扩散最有效的防线。把社区这道防线守住，就能有效切断疫情扩散蔓延的渠道。全国都要充分发挥社区在疫情防控中的阻击作用，把防控力量向社区下沉，加强社区各项防控措施的落实，使所有社区成为疫情防控的坚强堡垒。他强调，以更坚定的信心、更顽强的意志、更果断的措施，坚决打赢疫情防控的人民战争、总体战、阻击战。

当日，国家卫健委决定，举全国之力，集优质资源，以"省包市"的方式建立省际对口支援湖北省除武汉以外各市州新型冠状病毒肺炎医疗救治工作机制，统筹安排19个省份对口支援湖北省16个市州及县级市。

而在全国各地，基层医疗卫生机构是卫生健康服务体系的网底，对于做好新冠肺炎疫情的社区防控和关口前移具有重要基础作用。此前我国基层医疗卫生服务网络基本建成，全国有县级医院1.5万个，乡镇卫生院3.6万个，村卫生室62.2万个，社区卫生服务中心9352个，社区卫生服务站2.6万个，基本实现每个县都有综合医院和中医院，每个乡镇有一所乡镇卫生院，每个行政村有一所卫生室，90%居民15分钟内可以到达最近的医疗点。基层医疗卫生机构现有医务人员397.8万人，这支基层医务队伍在全国疫情防控战中有效地发挥了基础性的作用。

2月12日，习近平总书记主持召开中共中央政治局常委会，分析当前新冠肺炎疫情形势，研究加强疫情防控工作。

这一天，湖北新增确诊病例14840例（其中武汉13436例），现有确诊病例43455例（其中武汉30043例），累计死亡病例1310例（其中武汉1036例），累计确诊病例48206例（其中武汉32994例），现有疑似病例9028例（其中武汉4904例）。为做好新型冠状病毒肺炎患者早诊早治，落实好应收尽收、应治尽治工作，按照《新型冠状病毒肺炎诊疗方案（试行第五版修正版）》，湖北省增加了"临床诊断病例"分类，对疑似病例具有肺炎影像学特征者，确定为临床诊断病例，以便患者能及早按照确诊病例相关要求接受规范治疗，进一步提高救治成功率。当日，湖北省已报告的 13332 例临床诊断病例全部纳入确诊病例统计。因此，这一天武汉、湖北和全国的新增确诊病例首次也是唯一一次超过万例，达到了峰值。截至当日，武汉市已启用包括武汉客厅方舱、江汉方舱、武昌方舱、江岸塔子湖方舱、黄陂方舱、汉阳国博方舱、硚口体育馆方舱等 7 座方舱医院，方舱医院共有医护人员 4966 人，总收治病人 4313 人。武汉全市所有定点医疗机构已超过 40 家，加上火神山、雷神山医院，床位总数增加到 1.2 万张，全部用于收治重症和危重症患者。全市病床由市疫情指挥部统一调度。

2 月 13 日，军队增派 2600 名医护人员支援武汉抗击新冠肺炎疫情，参照武汉火神山医院运行模式，承担武汉市泰康同济医院、湖北省妇幼保健院光谷院区确诊患者医疗救治任务。

当日，湖北新增确诊病例 4823 例，其中武汉 3910 例，湖北新增治愈出院病例 690 例，武汉 370 例。

2 月 14 日，习近平总书记主持召开中央全面深化改革委员会第十二次会议并发表重要讲话强调，确保人民群众生命安全和身体健康，是我们党治国理政的一项重大任务。既要立足当前，科学精准打赢疫情防控阻击战，更要放眼长远，总结经验、吸取教训，针对这次疫情暴露出来的短板和不足，抓紧补短板、堵漏洞、强弱项，该坚持的坚持，该完善的完善，该建立的建立，该落实的落实，完善重大疫情防控体制机制，健全国家公共卫生应急管理体系。

当日，湖北以外其他省份新增确诊病例数实现"十连降"。湖北新增确诊病例 2420 例，武汉 1923 例，湖北新增治愈出院病例 912 例，武汉 486 例。

2月15日，湖北新增确诊病例1843例，武汉1548例，湖北新增治愈出院病例849例，武汉413例。

2月16日，湖北新增确诊病例1933例，武汉1690例，湖北新增治愈出院病例1016例，武汉543例。

2月17日，湖北新增确诊病例1807例，武汉1600例，湖北新增治愈出院病例1223例，武汉761例。当日，中国内地单日新增确诊病例首次降至2000例以内，湖北省外单日新增确诊病例首次降至100例以内，内地单日新增死亡病例首次降至100例以内，实现了"3个首次"。

2月18日，湖北新增确诊病例1693例，武汉1660例，湖北新增治愈出院病例1266例，武汉676例。

2月19日，习近平总书记主持召开中央政治局常委会会议，研究统筹做好疫情防控和经济社会发展工作。

当日，湖北新增确诊病例349例（其中荆门、咸宁等10市州对原"临床诊断病例"核酸检测结果为阴性的病例从确诊病例中核减，共订正核减279例），武汉新增615例，湖北新增治愈出院病例1209例，武汉553例。武汉现有确诊病例37994例。截至当日，武汉市定点医院增加到45家，共有床位19161张，同时启用了12家方舱医院，计划床位超过2万张。

战士

在武汉保卫战和湖北保卫战中，从疫情萌发直至取得战疫关键性转折乃至最终的胜利，医护人员都是主力军，担负起正面作战的重任。而湖北和武汉的医护人员更是战场上的主力部队。

1月29日，湖北省召开新型冠状病毒感染肺炎疫情防控工作例行新闻发布会。会议透露，湖北省各类医疗机构投入到发热病人、疑似和确诊病例救治的一线医务人员超过17万人。截至当日，湖北省已在549家二级医疗机构设置发热门诊接收发热病人，二级以上医疗机构严格规范设置发热门诊，实行 24 小时接诊，乡镇卫生院和社区卫生服务中心设置专门对接发热病人的诊所，实行 24 小时值班，严格实行预检分检，对发热病人分类隔离留观治疗。此外，全省确定了 131 家定点医院，收治新型冠状病毒感染的肺炎疑似和确诊病例，其中武汉市确定 30 家，其他市州确定 101 家。131 家定点医院有 8 万余名医务人员投入到新型冠状病毒感染的肺炎的医治工作中。

当湖北和武汉主战场前线医护人员人手严重不足，战局全线吃紧之际，全国各地的援军迅速集结，并及时地奔赴前线，投入了与病魔针锋相对的激烈战斗。

1 月 24 日除夕之夜，空军军医大学、陆军军医大学、海军军医大学以及三所军医大附属医院抽调的 450 名医护人员奔赴武汉。上海医疗队 136 人、广东医疗队 128 人深夜抵达武汉。

紧接着，四川、江苏、浙江、辽宁、山东、北京、重庆等地派出的医疗队陆续赶到武汉、湖北增援。到 1 月 30 日，全国已有 50 多支医疗队 6000 多名援鄂医护人员投入一线战斗。

2 月 9 日，是援鄂医疗队队员抵达武汉最多的一天。40 余架飞机运来了 5000 余名精兵强将。禁足在家的武汉人看到这些频频降落的飞机，他们顿时感觉，武汉真的有救了！

2 月 10 日，国家卫健委公布了"以省包市"省际对口支援除武汉以外湖北省其他地市州的安排，19 个省份对口支援 16 个市州及县级市。"一省包一市"，全力支援湖北省加强新冠肺炎患者救治。

2 月 13 日，11 架空军运输机为武汉运来了 947 名军队医护人员和 74 吨医疗物资。国家卫生健康委组建的 21 支重症患者救治医疗队 3170 名医务人员赴鄂投入救援。

到 2 月 17 日，共有 3.2 万余名医务人员驰援湖北，与病毒展开生死决战。

2月22日，各地援鄂医疗队人数已达38000余人。

截至3月1日，29个省区市和新疆生产建设兵团、军队等一共调派了340多支医疗队、42000多名医护人员驰援湖北，19个省份还对口支援湖北除武汉市外16个市州（林区）。从1月24日除夕夜开始，军队先后派出3批共4000多名医护人员驰援武汉。

据统计，各省区市驰援湖北医护人员数量如下：北京1215人、天津1289人、河北1090人、山西1509人、内蒙古798人、辽宁2045人、吉林1179人、黑龙江1534人、上海1608人、江苏2757人、浙江1985人、安徽1324人、福建1366人、江西1201人、山东1782人、河南1262人、湖南1458人、广东2452人、广西961人、海南843人、重庆1614人、四川1458人、贵州1401人、云南1132人。

各省区市38478名驰援医护人员分别被安排在湖北省武汉市和十堰市等16个市州，人数分别是：武汉市31097人、十堰市130人、鄂州市839人、恩施州130人、黄冈市1197人、黄石市347人、荆门市303人、荆州市826人、随州市391人、咸宁市493人、襄阳市637人、孝感市1337人、宜昌市265人，以及三个省直辖县级市：仙桃市243人、天门市150人、潜江市71人和神农架林区22人。

从除夕之夜第一批援鄂医疗队抵达武汉至3月1日，全国累计派出344支国家医疗队（其中中医医疗队17支，军队医疗队3支），共42322名医务人员，包括11416名医生和28679名护士。其中，驰援武汉市的医务人员38478名。截至3月8日，全国共调集346支国家医疗队、4.26万名医务人员、900多名公共卫生人员驰援湖北。这一大批的逆行者和当地的医务人员一起，携手并肩，与病毒展开了一场生死较量。

在这次疫情防控中，从全国共调集了4900余名中医药人员驰援湖北，约占援鄂医护人员总数的13%，其中院士3人。这次中医药援助队伍规模之大、力量之强，是前所未有的。中医药分类开展救治，在医学观察、轻症治疗和恢复期中医药早期介入，在重症、危重症期实行中西医结合，并制定了相应的治疗规范和技术方案。

3月6日，国务院新闻办公室在湖北武汉举行新闻发布会，介绍新冠肺炎疫情防控救治进展情况。截至当日，湖北省有超过3000名医护人员感染新冠肺炎，其中40%在医院感染，60%在社区感染，均为湖北省医护人员，均为非传染科医生。驰援湖北省的4万多名医护人员，到目前没有感染报告。在支援湖北武汉的医务人员中，90后、00后有1.2万人，差不多占整个队伍的三分之一。

3月16日，中央应对新冠肺炎疫情工作领导小组召开会议，要求制定方案，组织援鄂医护人员分批撤离。根据安排，3月17日，首批49支国家医疗队3787人踏上返程。

转机

2月20日，湖北新增确诊病例631例，武汉319例，湖北新增治愈出院病例1451例，武汉766例。从这一天开始，武汉新增治愈病例首次超过新增确诊病例，从此每天新增治愈病例一直都超过新增确诊病例。"四类人员"核酸检测能力达到每天2万人次，最近3天完成检测38821人次，到2月20日存量检测全面完成。全国累计派出255支医疗队，共32572名医护人员支援武汉，有力地解决了武汉市自身救治力量严重不足的问题。武汉13家方舱医院可提供救治床位13348张，已使用9313张。前期存在的患者收治难问题已得到有效解决。72支援汉的医疗队伍入驻方舱医院，极大地提高了方舱医院的救治能力。武汉7148个小区实现全面封闭管理。从这一天起，武汉市真正实现了从"人等床"到"床等人"的根本性转变，武汉保卫战的战疫形势得到了根本扭转。

在疫情局势趋于缓解之际，2月21日，习近平总书记主持召开中共中央政治局会议，研究新冠肺炎疫情防控工作，部署统筹做好疫情防控和经济社会发展工作。当日湖北新增确诊病例366例，武汉314例，湖北新增治愈出院病例 1767 例，武汉 992 例。

2 月 22 日，湖北新增确诊病例 630 例，武汉 541 例，湖北新增治愈出院病例 1742 例，武汉 965 例。

2 月 23 日，统筹推进新冠肺炎疫情防控和经济社会发展工作部署会议在北京召开。习近平总书记出席会议并发表重要讲话。习近平总书记强调，各级干部特别是领导干部要增强必胜之心、责任之心、仁爱之心、谨慎之心，勇当先锋，敢打头阵，主动担当、积极作为。习近平总书记对统筹防疫和发展作出了具体指导——落实分区分级精准复工复产，低风险地区要尽快将防控策略调整到外防输入上来，全面恢复生产生活秩序，中风险地区要依据防控形势有序复工复产，高风险地区要继续集中精力抓好疫情防控工作。

当日湖北新增确诊病例 398 例，武汉 348 例，湖北新增治愈出院病例 1439 例，武汉 772 例。

2 月 24 日，湖北新增确诊病例 499 例，武汉 464 例，湖北新增治愈出院病例 2116 例，武汉 1391 例。

当日 11 时，武汉市新冠肺炎疫情防控指挥部发布第 17 号通告《关于加强进出武汉车辆和人员的管理通告》，允许滞留在汉外地人员出城，但要坚持错峰出城、分批实施。2 月 24 日 15 时，武汉市发布新冠肺炎疫情防控指挥部第 18 号通告，撤销第 17 号公告，继续严格执行离汉通道管控。

这一天，中国—世界卫生组织新冠肺炎联合专家考察组结束了对中国为期 9 天的考察，在北京举行新闻发布会，介绍考察情况以及对中国及全球疫情防控的建议。考察组认为，全球防控工作仍面临严峻挑战。中国采取了前所未有的公共卫生应对措施，在减缓疫情扩散蔓延、阻断病毒的人际传播方面取得明显效果，已经避免或至少推迟了数十万新冠肺炎病例。此外，中国也在保护国际社会方面发挥了至关重要的作用，为各国采取积极的防控措施争取了宝贵的时间，也提供了值得借鉴的经验。考察组建议各国开展积极主动的监测，早发现、早诊断、早隔离、早治疗，严格追踪并隔离密切接触者。对有输入性病例或疫情暴发的国家，考察组建议立即启动国家应急处置方案，确保各级政府采取必要的干预措施，阻断疫情传播，做好相应准备和应对预案，必要时采取更为严格的措施。

联合考察组外方组长、世界卫生组织总干事高级顾问布鲁斯·艾尔沃德动情地说："我们要认识到武汉人民所做出的贡献，世界亏欠你们！我想当这场疫情过去的时候，希望有机会代表世界再一次感谢武汉人民。我觉得此刻，世界应该了解中国所做的事情，当每一天每个国家在犹豫该做什么不该做什么的时候，病毒的蔓延是不会停止的，病例数就可能会扩大。我们需要快速行动起来。"

2月25日，湖北新增确诊病例401例，武汉370例，湖北新增治愈出院病例2058例，武汉1456例。

2月26日，习近平总书记主持召开中共中央政治局常委会会议，分析当前疫情形势，研究部署近期防控重点工作。

当日湖北新增确诊病例409例，武汉383例，湖北新增治愈出院病例2288例，武汉1535例。

2月27日，湖北新增确诊病例318例，武汉313例，湖北新增治愈出院病例3203例，武汉2498例。当日，除湖北外其他省份，和湖北除武汉外的其他地市，新冠肺炎新增确诊病例数首次双双降至个位数。国务院联防联控机制新闻发布会通报，新冠肺炎疫情已在一些国家出现，部分国家病例增长速度较快。要坚持防输出和防输入并重，同时加强与有关国际组织和国家的合作，携手共同遏制疫情。

2月28日，湖北新增确诊病例423例，武汉420例，湖北新增治愈出院病例2492例，武汉1726例。

武汉市疫情快速上升的趋势已经得到了明显遏制，表现在每日新增确诊病例数、疑似病例数总体上在逐步下降，重症、危重症病例占确诊病例比例下降，病死率下降，这四个数字不断下降的趋势充分表明武汉疫情正在得到有力的控制。每日新增确诊病例数从高峰时的四位数下降到了三位数；新增治愈出院病例数连续超过了新增确诊病例数，现有重症病例占比一直在持续波动下降，病死率从 1 月 26 日最高点 9.0% 下降到了 4.4%。每日新增病例 80% 到 90% 是由疑似病例转过来的。定点医院收治的重症患者转归为治愈的占比从 14% 提高到了 64%。

截至 2 月 28 日，方舱医院做到了"零感染、零死亡、零回头"。武汉市建成 16 家方舱医院，实际开放床位 13000 多张，累计收治患者 12000 多人。方舱还有 7600 多名患者，空余床位 5600 张。

2 月 29 日，湖北新增确诊病例 570 例，武汉 565 例，湖北新增治愈出院病例 2292 例，武汉 1675 例。

3 月 1 日，湖北新增确诊病例 196 例，武汉 193 例，湖北新增治愈出院病例 2570 例，武汉 1958 例。

这一天，武汉硚口区武体方舱医院完成了历史使命，宣布休舱。这是武汉市首座"休舱"的方舱医院。3 月 6 日，第二家光谷科技会展中心方舱医院宣布休舱；3 月 8 日，收治过 1700 余名患者的东西湖方舱医院正式休舱，武汉体育中心方舱医院宣布休舱；3 月 9 日，武汉青山方舱医院在最后一批 18 名患者治愈出院后，正式休舱……3 月 10 日，江夏方舱医院、武昌方舱医院正式休舱，这标志着武汉 16 家方舱医院全部完成使命。

3 月 2 日，习近平总书记在北京考察新冠肺炎疫情防控科研攻关工作强调，要综合多学科力量，统一领导、协同推进，在坚持科学性、确保安全性的基础上加快研发进度，尽快攻克疫情防控的重点难点问题，为打赢疫情防控人民战争、总体战、阻击战提供强大科技支撑。

当日湖北新增确诊病例 114 例，武汉 111 例，湖北新增治愈出院病例 2410 例，武汉 1846 例。截至当日，湖北省共指定定点救治医院 238 个，全省在医院治疗病人 25050 人，累计治愈出院 36167 人，治愈率大幅提升。全省各地危重症床位配置已基本能够满足重症病人的救治需求。

武汉市 10 家危重症救治定点医院共开放床位 7286 张，共收治危重症、重症患者 3728 名。

3 月 3 日，湖北新增确诊病例 115 例，武汉 114 例，湖北新增治愈出院病例 2389 例，武汉 1859 例。

3 月 4 日，习近平总书记主持召开中共中央政治局常委会会议，研究当前新冠肺炎疫情防控和稳定经济社会运行重点工作。

当日湖北新增确诊病例 134 例，武汉 131 例，湖北新增治愈出院病例 1923 例，武汉 1426 例。是日起，国家卫建委每日通报新增报告和累计报告境外输入确诊病例。

3 月 5 日，国家卫生健康委员会、人力资源社会保障部、国家中医药管理局印发《关于表彰全国卫生健康系统新冠肺炎疫情防控工作先进集体和先进个人的决定》，授予北京大学第一医院重症救治医疗队等 113 个集体"全国卫生健康系统新冠肺炎疫情防控工作先进集体"称号，授予丁新民等 472 位同志"全国卫生健康系统新冠肺炎疫情防控工作先进个人"称号，追授徐辉等 34 位同志"全国卫生健康系统新冠肺炎疫情防控工作先进个人"称号。

当日湖北新增确诊病例 126 例，武汉 126 例，湖北新增治愈出院病例 1487 例，武汉 1038 例。

3 月 6 日，习近平总书记在决战决胜脱贫攻坚座谈会上发表重要讲话强调，各级党委和政府要不忘初心、牢记使命，坚定信心、顽强奋斗，以更大决心、更强力度推进脱贫攻坚，坚决克服新冠肺炎疫情影响，坚决夺取脱贫攻坚战全面胜利，坚决完成这项对中华民族、对人类都具有重大意义的伟业。

当日湖北新增确诊病例 74 例，武汉 74 例，湖北新增治愈出院病例 1502 例，武汉 1157 例。从这一天开始，湖北省和武汉市新增确诊病例降到了两位数。

3 月 7 日，湖北新增确诊病例 41 例，武汉 41 例，湖北新增治愈出院病例 1543 例，武汉 1259 例。

当日晚，福建泉州市鲤城区南环路欣佳酒店发生楼体坍塌事故，71名正在进行集中隔离观察者被困。12 日，所有被困者被找到，事故最终造成 29 人遇难。

3 月 8 日，在"三八"国际妇女节到来之际，中宣部、全国妇联、国家卫健委、中央军委政治工作部联合发布包括 20 人名单的"一线医务人员抗疫巾帼英雄谱"，向所有奋战在抗疫一线的女性致敬。

当日，湖北新增确诊病例 36 例，武汉 36 例，湖北新增治愈出院病例 1422 例，武汉 1163 例。

3 月 9 日，湖北新增确诊病例 17 例，武汉 17 例，湖北新增治愈出院病例 1152 例，武汉 896 例。

3 月 10 日，习近平总书记赴湖北考察武汉火神山医院，看望慰问患者和医务工作者，并深入武汉社区，看望居民群众和防控一线工作人员。强调疫情防控任务依然艰巨繁重，越是在这个时候，越是要保持头脑清醒，越是要慎终如始，越是要再接再厉、善作善成，继续把疫情防控作为当前头等大事和最重要的工作，不麻痹、不厌战、不松劲，毫不放松抓紧抓实抓细各项防控工作，坚决打赢湖北保卫战、武汉保卫战。

当日湖北新增确诊病例 13 例，武汉 13 例，湖北新增治愈出院病例 1471 例，武汉 1212 例。

3 月 11 日，世界卫生组织总干事谭德塞宣布，根据评估，世卫组织认为当前新冠肺炎疫情可被称为全球大流行（pandemic）。

当日湖北新增确诊病例 8 例，武汉 8 例，湖北新增治愈出院病例 1242 例，武汉 1053 例。从这一天起，湖北省和武汉市新增确诊病例降到了个位数。当天，湖北省政府发布最新通告：分区分级推进企业复工复产。

3 月 12 日，湖北新增确诊病例 5 例，武汉 5 例，湖北新增治愈出院病例 1255 例，武汉 1103 例。

3月13日，湖北新增确诊病例4例，武汉4例，湖北新增治愈出院病例1390例，武汉1254例。31个省（自治区、直辖市）和新疆生产建设兵团累计报告确诊病例80824例，累计治愈出院病例65541例，已有超过81%的新冠肺炎确诊患者治愈。湖北当日再次更新市县疫情风险等级，经省疾控中心组织专家依据国务院应对新型冠状病毒感染肺炎疫情联防联控机制《关于科学防治精准施策分区分级做好新冠肺炎疫情防控工作的指导意见》中的风险划定标准评估，截至3月12日24时，湖北低风险市县63个，中风险市县12个，仅武汉为高风险地区。

当晚，中央指导组防控组驻荆州防控队队员、广东支援湖北荆州医疗队队员王烁在走访查看荆州社区疫情防控工作时，被一辆急速行驶的面包车从后侧撞倒，经全力抢救无效，不幸因公殉职，年仅36岁。

3月14日，湖北新增确诊病例4例，武汉4例，湖北新增治愈出院病例1335例，武汉1181例。当天湖北省宣布，低风险地区实施外防输入策略，全区域解除城市社区和农村村组封闭管理。

3月15日，湖北新增确诊病例4例，武汉4例，湖北新增治愈出院病例816例，武汉752例。31个省（自治区、直辖市）和新疆生产建设兵团现有确诊病例9898例，湖北现有确诊病例9605例（武汉9150例），均降至万例以下。

3月16日，由军事科学院军事医学研究院陈薇院士领衔的科研团队，成功研制出重组新冠疫苗。重组新冠疫苗获批启动开展临床试验。按照国际规范和国内法规，疫苗已经进行了安全、有效、质量可控、可大规模生产的前期准备工作。

当日湖北新增确诊病例1例，武汉1例，湖北新增治愈出院病例893例，武汉836例。

3月17日，湖北新增确诊病例1例，武汉1例，湖北新增治愈出院病例896例，武汉812例。根据安排，首批41支援鄂国家医疗队3675人踏上返程。

3月18日，习近平总书记主持召开中央政治局常委会会议，分析国内外新冠肺炎疫情防控和经济形势，研究部署统筹抓好疫情防控和经济社会发展重点工作。习近平总书记强调，要加强疫情防控国际合作，同世界卫生组织紧密合作，加强全球疫情变化分析预测，完善应对输入性风险的防控策略和政策举措，加强同有关国家在疫情防控上的交流合作，继续提供力所能及的帮助。

当日湖北新增确诊病例0例，武汉0例，湖北新增疑似病例0例，武汉0例，湖北现有疑似病例0例，武汉0例，湖北新增治愈出院病例795例，武汉733例。

从这一天起，武汉、湖北新增确诊病例全都归零！

新增疑似病例归零！

现有疑似病例归零！

自1月23日关闭离汉通道以来，经过55天的艰苦鏖战，武汉保卫战终于迎来了阶段性的胜利！

3月19日，内地首次实现新增本土确诊病例和疑似病例零报告。

3月23日，包括上海在内27个省区市将重大突发公共卫生事件应急响应级别调整为二级。全国仅剩下湖北、天津、北京、河北4省区市维持一级应急响应。

3月25日，习近平总书记主持召开中央政治局常委会会议，听取疫情防控工作和当前经济形势的汇报，研究当前疫情防控和经济工作。

是日起，湖北除武汉以外解除离鄂通道管控。湖北襄阳机场、恩施机场、神农架机场正式复航。湖北省境内除武汉市17个铁路客站外恢复办理到达和出发业务。武汉市117条公交线路恢复运营。

3月27日，习近平总书记主持召开中共中央政治局会议，分析国内外新冠肺炎疫情防控和经济运行形势，研究部署进一步统筹推进疫情防控和经济社会发展工作等。

3月28日，我国现有确诊病例降至3000例以下，本土疫情传播已基本阻断。累计报告境外输入确诊病例 693 例，来自 42 个国家，其中数量较多的 7 个国家占总数的 83.4%，引起新一轮传播扩散的可能性依然较大。因而，要继续防范本土病例零星散发和境外输入病例传播的双重风险，及时发现、快速处置、精准防控。

3 月 29 日至 4 月 1 日，习近平总书记前往浙江，就统筹推进新冠肺炎疫情防控和经济社会发展工作进行调研，强调要全面贯彻党中央各项决策部署，做好统筹推进新冠肺炎疫情防控和经济社会发展工作。

3 月 30 日，李克强总理主持召开中央应对疫情工作领导小组会议。要求各地坚持公开透明发布信息，不允许为了追求病例零报告而瞒报漏报；要继续做好疫情跨境输入输出防范。加强检测力量和设备设施配备，对所有入境人员实施核酸检测，切实守好外防输入关口；当前巩固疫情防控成果，防止出现防控漏洞，必须突出做好无症状感染者监测、追踪、隔离和治疗；要有针对性加大无症状感染者筛查力度，将检测范围进一步扩大至新冠肺炎病例和已发现的无症状感染者的密切接触者、有特殊要求的重点地区和重点人群等。

4 月初，湖北省人民政府根据《烈士褒扬条例》和《退役军人事务部中央军委政治工作部关于妥善做好新冠肺炎疫情防控牺牲人员烈士褒扬工作的通知》精神，评定王兵、冯效林、江学庆、刘智明、李文亮、张抗美、肖俊、吴涌、柳帆、夏思思、黄文军、梅仲明、彭银华、廖建军等 14 名（按姓氏笔画排序）牺牲在新冠肺炎疫情防控一线人员为首批烈士，表彰他们不顾个人安危，逆行出征，敢于担当，无私奉献，用生命践行为人民服务的初心使命。

为表达全国各族人民对抗击新冠肺炎疫情斗争牺牲烈士和逝世同胞的深切哀悼，国务院 4 月 3 日发布公告，决定 2020 年 4 月 4 日举行全国性哀悼活动。在此期间，全国和驻外使领馆下半旗志哀，全国停止公共娱乐活动。4 月 4 日 10 时起，全国人民默哀 3 分钟，汽车、火车、舰船鸣笛，防空警报鸣响。

截至 4 月 6 日，我国确诊住院患者人均医疗费用达到 2.15 万元，重症患者人均治疗费用超过 15 万元，少数危重症患者治疗费用达到几十万元，甚至超过百万元，全部由国家承担。全国 31 个省（区、市）和新疆生产建设兵团新冠肺炎确诊和疑似患者的医保结算，涉及总费用约 14.86 亿元。其中确诊住院患者结算 51983 人，涉及总费用 11.18 亿元。疑似患者结算涉及总费用 3.68 亿元。

当日晚 18 时 58 分，山东省第一批援鄂医疗队员、呼吸与危重症医学科主管护师张静静，在按规定集中隔离医学观察期满，即将返家休息时，突发心脏骤停，经医院组织全院专家力量、动用全部可能手段全力救治无效，不幸去世。

4 月 7 日，我国内地本土确诊病例降至 500 例以下。

4 月 8 日，习近平总书记主持召开中央政治局常委会会议，听取新冠肺炎疫情防控工作和全国复工复产情况调研汇报，分析国内外疫情防控和经济运行形势，研究部署落实常态化疫情防控举措、全面推进复工复产工作。

从 4 月 8 日零时起，武汉市解除离汉通道管控措施，撤除武汉市交通管控卡口，有序恢复铁路、民航、水运、公路、城市公交运行。封闭了 76 天的武汉市终于正式解封！

3 月底腺病毒载体新冠肺炎疫苗首个获批进入临床研究，完成了一期临床试验，并于 4 月 9 日开始招募二期临床试验志愿者。这是全球首个启动二期临床研究的新冠疫苗品种。4 月 12 日，由国药集团中国生物武汉生物制品研究所等申报的一类新药——新型冠状病毒灭活疫苗，获得国家药品监督管理局临床试验许可，启动临床试验，并为应急使用做好充分准备。这是全球首家获批临床试验的新冠病毒灭活疫苗。4 月 13 日，国家药监局又批准了北京科兴中维生物技术有限公司研制的灭活疫苗开展临床试验。

4 月 10 日，湖北省现有重症病例首次降至 100 例以下。

4月14日，火神山医院和雷神山医院患者全部清零。

4月15日上午，最后一支支援武汉抗击新冠肺炎疫情的国家医疗队——北京协和医院医疗队在完成各项救治任务后，离汉返京。

通过医疗机构、街道社区、基层派出所、患者所在单位及家属逐人排查核对，截至4月16日24时，武汉市确诊病例核增325例，累计确诊病例数订正为50333例；确诊病例的死亡病例核增1290例，累计确诊病例的死亡数订正为3869例。

订正数据是出于尽量真实准确地反映新冠肺炎疫情带给武汉人民严重的伤害和武汉人民付出的惨重的代价及牺牲。核增死亡病例有的是在疫情早期病人激增，导致医疗资源挤兑，收治能力严重不足，有些患者未能入院治疗而在家中病亡，有的是在救治高峰期，医院超负荷运转，医务人员忙于救治，客观上存在迟报、漏报和误报现象。而由于收治患者的定点医疗机构快速增加，既有部属、省属、市属和区属医院，也有企业、民营医院和方舱医院等，少数医疗机构未能及时与大疫情网对接、报送信息。还有一些死亡病例信息登记不全，存在重报、误报情况。

4月16日，军队援鄂医疗队圆满完成医疗救治任务，全部离汉回撤，实现了"打胜仗、零感染"。

4月18日，武汉市城区整体降为低风险，全省无中、高风险市县。

4月20日，最后一支援汉疾控队顺利返京，全国各地支援湖北和武汉疾控队圆满完成了党和国家交给的各项任务。

4月22日，中央政治局会议指出，当前国内个别地方聚集性疫情又有发生，个别地方出现医院交叉感染。要做好常态化防控，要提升检测能力，大规模开展核酸和抗体检测，努力做到应检尽检、愿检尽检。

当日，湖北现有重症病例降至2例，全国现有确诊病例首次降至1000例以内，境外输入确诊病例已有半数以上治愈出院，但个别地方聚集性疫情确诊人数仍在增加。

是日起，湖北省单日最大核酸检测量达 8.9 万人份，武汉市单日最大核酸检测量达 6.3 万人份，满足应检尽检、愿检尽检。武汉公共交通全面有序恢复运营。

4 月 24 日，由国药集团中国生物武汉生物制品研究所研发的新型冠状病毒灭活疫苗正式进入 Ⅱ 期临床研究。截至 4 月 23 日，中国生物新冠灭活疫苗已完成第一阶段前三个年龄组 96 人的疫苗接种，接种情况显示安全性良好。

4 月 26 日，湖北和武汉住院新冠肺炎患者清零。湖北无新增确诊病例，湖北和武汉新增治愈出院 12 例，无新增死亡病例，无现有确诊病例，无重症病例，无新增疑似病例，无现有疑似病例。

湖北省、武汉市疫情防控由应急性超常规防控向常态化防控转变。

4 月 27 日，经习近平总书记和党中央批准，中共中央政治局委员、国务院副总理孙春兰率中央指导组离鄂返京。

这一天，距离中央指导组抵汉整整三个月！

而这一天，距离 2019 年 12 月 27 日张继先大夫第一个上报不明原因的病毒性肺炎病例则正好四个月！

战略、战术和战法

在回顾抗疫斗争阶段性胜利时，中央指导组有关负责人说，武汉保卫战是一场从未有过的艰苦卓绝的战斗。习近平总书记亲自领导，亲自部署，亲自指挥，打响了武汉保卫战和湖北保卫战，发出了总进攻的号召：武汉胜则湖北胜，湖北胜则全国胜，提出了"坚定信心、同舟共济、精准施策、科学救治"16 个字的指导思想。党中央成立了中央应对疫情防控领导小组，建立了国务院联防联控协调机制，并向湖北战疫前线派出中央指导组指导督查湖北抗疫工作。

在这场抗击新冠肺炎疫情的防控战中，全世界各个国家参加了共同的"大考",同一张卷子,谁分高谁不及格,一目了然。中国领导有力、上下协同、人民支持、一方有难八方支援,充分彰显了制度优势和体制优势,获得了优异的分数。

武汉保卫战,这是一场阻击战,目标是重重"围住"武汉,集中兵力强攻猛攻。

在作战方法上,主要集中在四个方面:筛选有效药物尤其是"三药三方"的推出,"四集中"的举措,轻症重症分类治疗,防控和大排查。

湖北省 6 万多名患者有 5 万多在武汉,在寻找有效药物方面,专家们通过研读传统古籍,经过临床试验,精选出了金花清感颗粒、连花清瘟胶囊、血必净注射液三种中药和清肺排毒汤、化湿败毒方、宣肺败毒方三种方剂,这 6 种药物通过盲试盲测,临床证明都是有效的。尤其是对于治疗轻症和普通型新冠肺炎,"三药三方"效果明显,有效地延缓了轻症转为重症。

"四集中"就是对"四类人员"实行分类管理。将约占 20% 的重症、危重症和约占 80% 的轻症、普通型患者分开管理,轻症和普通型患者全部用上中药。新冠肺炎病毒虽然传染性强,但是只要在患病早期用上有效药,就能立竿见影产生效果。

在武汉疫情早期,由于患者太多,许多人住不进医院,一度造成了一床难求的困境,患者拨打 120、12345,电话都打不进。

1 月 27 日,中国工程院院士张伯礼和中央疫情防控指导组的同志实地走访了多家医院,发现各大医院的发热门诊里聚集了几百号病人,看诊排长队,化验人挤人,CT 检查人满为患。走廊里,输液的病人与排队挂号的人混在一起。更令人揪心的是,医院里一床难求,不少确诊病例根本就住不进去。张伯礼感到既焦急又痛心。他意识到这种状况不改变,将给后续防控和治疗带来巨大压力,会进一步加速病毒的传播,必须果断采取措施。

当晚,在中央疫情防控指导组召开的会议上,张伯礼提出,必须马上对病患分类分层管理、集中隔离，将发热的、留观的、密接的、疑似的"四类人员"隔离开来，对确诊患者也要把轻症、重症分开治疗。张伯礼同时建议，征用学校、酒店作为隔离观察点，给患者普遍服用中药，用"大水漫灌"的方式达到早期干预的目的。

1月28日，首批几千名患者服上了中药；29日，3万人服上了中药。一两天后，一些轻症患者退烧了。

通过将"四类人员"区别开来，对疑似病例进行集中隔离，对普通发热病人和密接人群进行居家隔离，设立定点医院、方舱医院分别收治重症和轻症患者，正是因为采用了这样一系列科学的方法、中国的方法，结果较好地解决了武汉市病床不足的问题。

方法决定成败。抓住科学的方法，运用"四集中""四早"的方式，将重症和轻症分开，从而有效地解决了病患剧增与医疗设施不足这一尖锐矛盾。

在防控和大排查方面，将社区分成网格化进行管控，以点带线，穿针引线，提纲挈领，将整个武汉市串联起来。全市先后开展了三次大排查，确保了"四类人员"应收尽收、应治尽治、应检尽检、应隔尽隔。

在武汉保卫战过程中，指挥部紧紧抓住三条主线，一是防控，以切断传染病的传播途径，二是救治，三是物资保障。

在中国以往遭遇"非典"疫情、甲流等公共卫生事件时，我们采用了人群隔离、社区防控这种最传统的看似最笨的办法，但结果却被证实是一种效率最高、成本最低的方法。

对患者的救治，强调"早发现，早报告，早隔离，早救治"，尤其是对于确诊的轻症患者，如果轻症患者滞留在家一周不进行医疗救治就有可能演变成重症甚至死亡。要集中患者、集中专家、集中资源、集中救治。在救治上，通过研发和推广试剂盒测试，对发热和有肺部影像学特征的患者及时进行核酸检测与筛查，使确诊患者及时住院治疗，吃上中药。

在中医专家、中国科学院院士仝小林看来，这次疫情属于"寒湿疫"，中医治疗新冠肺炎的原则是：宣肺化湿。中国的医学鼻祖张仲景的《伤寒杂病论》、孙思邈的《千金方》和吴鞠通的《温病条辨》对此都有辨证施治的良方，其法均重在化湿去毒清热。在这次疫病中，以张伯礼院士为首的中医专家发现中药特别管用，发挥了很强的战斗力。同时，专家们对西药也进行了筛选，发现了三种有效药，包括阿比多尔、磷酸氯喹、洛匹那韦/利托那韦。

救治除了要筛选出有效药外，更重要的是要提供救治场所。在定点医院提供的床位不能满足需要的情形下，及时建设性地创立了方舱医院。这原本是一种野战医院，是治疗舱，武汉建设的方舱医院则是安排患者住在方舱内，而在方舱外进行治疗，在舱外配备各种医疗检查设施。开始时武汉市接收新冠肺炎患者的定点医院只有两家传染病医院，后来对一些非传染病医院病房进行了改造，使之具备接纳患者的能力，结果大幅度地提升了收治率，确保了应收尽收、应治尽治这一目标的实现。

要打好患者救治阻击战，充足的物资保障必不可少。1月27日中央指导组到达武汉时，各种医疗设备和医用物资都极为匮乏，缺防护服，缺N95口罩，全国防护服的库存只有1.5万套，日生产能力只有3万套，而当时的需求是单武汉一座城市一天就要用掉3万套防护服。于是，中央指导组迅速赶往生产工厂。此时正值过年，工人都已分散回家，为此不惜花高薪将工人紧急请回，恢复医用物资的生产，产能从开始时的每天只能生产一两千套防护服到后来提高到了日产20万套。

疫情初期，医生因为缺乏防护服，本该4小时一换的防护服，不得不改成8小时一换。许多医生、护士还穿上了成人尿不湿一直坚持在病房内不上厕所，目的就是为了节省防护服。即便如此，由于防护物资的缺乏，还是导致了较多的院内感染和医护人员感染情形的出现。

作为前线指挥，中央指导组督查工作，最重要的是紧紧扭住两个重点：一是让武汉的疫情不再进一步扩展到流行和暴发，亦即抓好"内防扩散";二是坚决杜绝不让武汉周边再出现第二个武汉,即抓好"外防输出"这个要害。

现在看来,武汉保卫战的战略、战术和战法都取得了显著成效。

武汉保卫战之所以能够在短短的四个月内根本扭转战局、取得实质性转机甚至可谓是初步胜利,是由于我国通过锲而不舍的逐步摸索,坚决果断地制定并实施了抗击新冠肺炎疫情的中国方案。

首先是统一高效的指挥体系。习近平总书记亲自领导,亲自指挥,亲自部署,多次主持召开中央政治局常委会会议和中央政治局会议,研判疫情,明确"坚定信心、同舟共济、科学防治、精准施策"的总要求,作出统筹疫情防控与经济社会发展的重大决策。3月10日亲临湖北武汉考察,要求继续把疫情防控作为当前头等大事和最重要工作,毫不放松抓紧抓实抓细。李克强总理担任中央应对疫情工作领导小组组长,协调推动各部门、各地落实防控措施。国务院联防联控机制加强统筹协调,各级党委和政府积极作为,迅即形成了全面动员、全面部署、全面加强的疫情防控局面。

其次是依法、科学、精准的防控策略。坚持全国一盘棋,设置了四道防线。第一道防线,打赢武汉市和湖北省疫情防控歼灭战。孙春兰副总理率领中央指导组驻扎武汉,指导湖北省外防输出、内防扩散,按照习近平总书记的重大决策,果断关闭武汉市对外通道,基本杜绝疫情对外输出。牢牢把握社区防控和患者救治两个关键,在社区实行网格化管理。对于确诊患者应收尽收、应治尽治,对疑似患者应检尽检,对密切接触者应隔尽隔。武汉以外,16个地市安排19个省份"以省包市"对口支援。第二道防线,坚决防范首都暴发大规模疫情。加强京津冀地区联防联控,把好入京通道关口,引导外地人员有序返回北京。全面落实社区联防联控,坚决切断输入型传染源。第三道防线,阻断重点地区疫情蔓延。湖北与周边六省建立联防联控机制,重点省份加强与湖北省信息沟通,采取措施有效防止疫情扩散。第四道防线,坚决遏制全国疫情传播。加强基层防控人员力量，追踪到人，随访到户。重点做好交通工具通风消毒、旅客体温检测和健康筛查等。普及疫情防护知识，让每一个中国人都知道应该做什么，怎么做，并且行动起来。

其三是关口前移、重心下沉的防控模式。贯彻"四早"原则，即"早发现、早报告、早隔离、早治疗"，6次修订防控方案，落实各项防控措施，使各个环节实现细化、精准化，各个步骤简明清晰，可操作。覆盖全人群、全场所、全小区。不留死角，不留空白，不留隐患。医疗机构发现病例后，2小时内完成网络报告，检测机构12小时内反馈检测结果，疾控机构24小时内完成流行病学调查并追踪密切接触者，发现一起，扑灭一起。印发了15项技术方案，针对老年人、儿童等重点人群，车站、商场等公共场所，企业、学校等重点单位采取更有针对性的防控措施，压实主体责任，保障有序复工复产。

其四是统筹调配医疗资源。武汉市短期内将收治病床从5000多张增加到2.3万张，其中重症床位9100张。将一批体育馆、会展中心、培训中心等改造成方舱医院和隔离场所，首批三个方舱医院有4000张病床，在29小时便完成建设。16家方舱医院累计收治轻症患者1.2万多人。发挥国家、地方和第三方机构力量，调配三个移动P3实验室，将核酸检测能力提高到每日3.5万人份。上述措施确保重症患者在定点医院救治，轻症患者在方舱医院救治，疑似轻症患者、无法排除的发热患者和密切接触者在隔离点治疗观察，避免社区传播。

其五是密切协作，提升救治能力。340多支医疗队和国家紧急医学救援队，超过4万名优秀医务人员紧急驰援湖北，重症医学科、感染科、呼吸科、循环内科和麻醉科等专业人员达1.5万人。坚持"四个集中"原则，即"集中患者、集中专家、集中资源、集中救治"，提高收治率、治愈率，降低感染率、病亡率。多学科专家结合临床实践，7次修订新冠肺炎诊疗方案，坚持临床与病理、前方与后方、医疗与护理、管理与医疗紧密结合，落实24小时报病危死亡、病例讨论、重症巡检等制度，力争对每位病人的救治都体现出各临床重点学科的技术优势。

其六是广泛运用高新技术手段。借助大数据和信息化手段，指导完善限制人员流动、交通管制措施，协助开展流行病学调查。8 天确定病原体，并与国际社会分享病毒毒株全基因组序列，16 天完成检测试剂盒优化，紧急启动应急攻关项目，开展药物临床实验、协调多条技术路线，同步推进疫苗研发。在预防、治疗、康复各个阶段广泛应用中医药，让古老的中医药为抗击疫情再立新功。

其七是为了人民、依靠人民的抗疫理念。举国上下患难与共，海内海外和衷共济。14 亿人民团结如一人，自觉履行公民义务，做好居家隔离、自我防护等，特别是武汉和湖北人民识大体、顾大局，做出了很大牺牲和奉献。广大医务人员临危不惧，义无反顾冲在防控和救治第一线，创造了一个个生命的奇迹，全面展现了多年来学科建设、技术发展和应急组织管理水平，生动诠释了"敬佑生命、救死扶伤、甘于奉献、大爱无疆"的崇高精神。

其八是深入开展国际交流合作。世卫组织和有关国家积极开展与中国的合作与信息交流等，我国已宣布向世卫组织捐款 5000 万美元，支持开展抗击新冠疫情国际合作，帮助发展中国家提升应对能力，应有关国家邀请，中国已派出专家、捐赠检测试剂和医疗物资等协助抗击疫情，向有需要的国家和地区提供力所能及的援助，为国际疫情防控作出应有贡献。

抗疫的中国方案也可谓是抗疫的中国经验。面对这种人类共同的未知的顽敌，中国在完全闭卷盲考的情形下，打了一场极其严酷、极其惨烈的正面遭遇战，死亡病例超过了 4600 人。如今，全球除中国以外的新冠肺炎患者已超过 200 万人，死亡病例超过 20 万人（截至 2020 年 3 月的数据）。二者相较，或许可以这样说，中国是以较小的代价，取得了较好的成果，在全球唯一一份闭卷考试中取得了较高的成绩，并且为世界各国抗击疫情赢得了宝贵的时间，提供了丰富而有效的疫情防控路径及方案。

　　武汉保卫战和中国疫情防控战是中国创造性地运用习近平新时代中国特色社会主义思想解决重大复杂问题的一个成功典范,是应对和处理社会危机的一个优秀案例,是领导干部解决重大问题的一部新版教科书,也是世界处理重大突发公共卫生事件的一个典型案例。

二

一心赴救 无惧生死——『同济』战疫

在中国疫情防控的武汉主战场，当地的医院和医护人员从作战伊始就勇敢地承担起了正面作战的重任。在三个多月的时间里，他们死死咬定新冠肺炎病毒这一恶魔顽敌不放手，直至全国各地的援军陆续赶来，直至取得扭转战局的时机。

同济医院就是其中的杰出代表。

这是一个寂静的春天，原本车水马龙的道路，只偶尔有寥寥数辆车驶过，宽阔的人行道上，偶尔能遇见一两个清洁工人或执行公务的人。春雨淅沥，梅花、樱花、玉兰花寂寞地绽放。武汉，这座中国地理中心的城市，沉浸在一片肃穆的宁静之中。

2020年2月6日深夜，一声新生儿的啼哭打破了沉寂的夜晚。在华中科技大学同济医学院附属同济医院中法新城院区，一位感染新冠肺炎的产妇小陈顺利地产下了一名男婴，在场的每一个人都流下了激动的泪水。主刀医师是妇产科的乌剑利大夫，虽然汗水湿透了他的三层防护服，雾气迷住了他的护目镜，但他还是努力透过护目镜所剩无几的缝隙来操作手术，顺利地完成了手术。

"妇产科给大家带来的是新生命的喜悦，这一场特殊的手术经历刻骨铭心，生命的希望不可阻挡！"乌剑利说。

最近的武汉，安静得出奇。同济医院产房里发出的婴儿的啼哭声，是现在武汉最美好的声音。

2月17日，出生已两周的婴儿小石榴终于和他的父亲龙仁勇通过视频见面了。在这次疫情中，婴儿的父母不幸感染新冠肺炎，但龙仁勇很快就痊愈了。出院隔离期间，这个年轻的父亲通过网络直播看到自己的亲生儿子，非常激动。他说："我们的孩子正好是正月初十六点出生的，因此给孩子起名叫'石榴'。也希望我们中国人像石榴籽一样团结，在这场疫情中紧紧地抱在一起，并肩作战。"

小石榴一出生就和妈妈分开，住在暖箱里。每天照顾他的都是"护士妈妈"。在征得孩子父母的同意后，从2月17日开始开通了网上直播。很快，网上就有了数百万的点击量。每天，小石榴的一举一动都牵动着千千万万"云爸爸""云妈妈""云哥哥""云姐姐"的心。孩子吃奶、打嗝儿、翻身，一举手，一抬腿，都让人觉得是那样的美好，就像一个天使一般的存在。有的网友给小石榴弹琴，有的网友给小石榴弹古筝，有的网友给小石榴画漫画，无数的网友隔空献花祝福。看到睡梦中的小石榴从被窝里抽出右手，握紧小拳头，再把手放到耳朵边，又香香地睡过去，网友们的心都快化了。面对镜头，龙仁勇对襁褓中的婴儿动情地说："孩子，希望你在长大以后对关心你的人特别是'医护妈妈'们铭记在心，长大以后做一个对社会有用的人。"

让人欣慰的是，龙仁勇已经治愈出院，孩子的妈妈也已康复。又经过了14天的隔离，现在，这一家人已经团聚，幸福地生活在一起。这是这个寂静的春天我在武汉听到的最美的一曲乐章，小婴儿的每一声啼哭都是世界上最动听的声音。

循着婴儿的这一声声啼哭，2020年2月底，我从北京南下，找到了同济医院，采访了医院院长王伟。

战场

这所创立于 1900 年的医院有着 120 年的光荣历史，自 1955 年从沪迁汉以来，同济医院一向是老百姓口碑中屈指可数的好医院，也是中部地区最大的综合医院，在湖北省一直占据着门诊服务量和住院服务量第一的位置，平时日均门诊服务量近 2 万人次，日均在院病人近 8000 人。平常在同济医院看病的患者中，超过 70% 是来自武汉市以外。

在位于武汉市解放大道上的同济医院主院区，日常发热门诊的就诊区只有 110 平方米。每年进入冬季，发热门诊都有不少的患者，每天大约在 50—100 人之间，往年也有一些危重病症和少量的住院死亡病例。但是，2019 年的这个冬天，情况似乎有些异乎寻常。

2020 年元旦刚过，王伟院长到发热门诊去巡视查房。他感觉有些不对劲，位于第二门诊楼的发热门诊在街边上，患者特别多。他当即指示，进行发热门诊改扩建，并把感染科一层楼病区腾出来，作为发热病人的留观病房。

但是，改扩建后的发热门诊和留观病房还是不够用，很多病人不得不坐在地上打针。急诊科副主任医师严丽都急哭了，在这个狭窄的空间里没法给病人提供更好的诊治条件。

那时，大家对于当时称之为不明原因肺炎的传染性的认识还不足，但是发热病人往往都具有一定的传染性，因此许多医护人员都感到了防护的压力与对交叉感染的担忧。

同济医院意识到这种状况对于疫情的控制不利。

1 月 15 日，医院紧急召开了办公会，决定把老内科楼全部腾空，再度扩大发热门诊的容量。因为老楼一楼是急诊外科，楼上二层是传染科门诊，其上三层的传染病房可以快速改建成满足传染病治疗所必需的"三区两通道"（污染区、半污染区、清洁区和医护人员通道、患者通道）要求的就诊环境，建立一个比较规范的传染病房。经过连续数日的紧张工作，发热诊区的改造顺利完成，主院区发热门诊和病房面积从最初的 110 平方米增加到了 5000 余平方米。

"开始时谁也没预想到会有这么大的疫情。我们就是一步一步地往前走。刚开始每天有 50—100 人的发热门诊量，等到我们改造完病区，没几天主院区日发热门诊量就飙升到了 1000 人以上。"王院长说。

幸亏当时决策得及时，如果不大幅扩大发热门诊病区，那么每天这 1000 多个发热患者一下子涌入医院，情形将不可想象，后果也将不堪收拾。

山雨欲来风满楼，同济医院党政领导意识到有可能会迎来一场更为艰巨的战争，那么，在这场战争开始之前，就需要先准备好战场！

谁都不是先知先觉者，有的只是勇于担责的人。同济医院这座全国综合排名前八、中部地区医疗服务量最大的医院，在一场即将到来的严重疫情面前，无疑首当其冲，必须身先士卒。

很快，同济医院就发现重症病人越来越多，而发热门诊楼上只有 60 张住院床位。那时谁也没有认识到此次肺炎疫情会比普通肺炎或传染病更为凶险，但是，大家都注意到重症病人越来越多。院党政领导预测会有一个大的波峰，医院的专家组也是这么判断的，大家都意识到，恐怕同济医院要承担更多的责任。

同济医院有两个新院区——光谷院区和中法新城院区都是新开业三四年的院区。特别是中法新城院区，更是被医疗建筑界誉为"花园式医院"，2018 年被评为"最美医院"。这是由德国建筑专家精心设计的，投入了大量的财力、物力和精力。来到这儿的患者，感觉犹如步入了一座花园。更难得的是，按照德国人的设计，这座医院的病房空调等都是相对独立的，便于控制病情的院内传播。但是，如果要作为传染病区收治传染病人，就需要重新改装。

院党委书记吴菁主持党委会讨论分析，大家一致认为形势不容乐观，应该未雨绸缪。通过进一步规划，最终院委会一致决定将 1100 张病床先拿出一半来进行改造。

说干就干，他们很快就将住在院区里的病人作了清理，能出院的病人就安排出院，不能出院的就让他撤离到主院区，将整座中法新城院区腾空。再把这座精心设计建造的花园式医院进行综合地改造，改造成传染病区，建立"三区两通道"的隔断。1 月 27 日，同济医院中法新城院区 550 张床位启用，作为武汉市政府指定新冠肺炎重症救治定点医院，开始接收重症患者。

然而，550 张新冠肺炎重症床位几天内即收满，同济医院领导又决定主动作为，决心改造中法新城院区剩余的病区，再启用 550 张床，并启动光谷院区改造，启用 830 张床。

就在同时，1 月 31 日，同济医院护理部接到赴火神山医院规划准备病房的任务，前线要开两个病区。"如果病房早一分钟准备好，病人就可以早一分钟入住，接受治疗。"护理部干事席新学心想。在搬东西时，他发现，步子迈小一点，频率快一点，跑起来就更能节省时间。那一天，他和护士姐妹兄弟们一样，4 个小时跑了 5 万步，2 分钟组装一架高低床，6 小时准备了 94 间病房。

"火神山信息化系统今天凌晨刚正式上线了，我们现在已经奔赴雷神山了！"2 月 4 日凌晨，同济医院计算机中心 4 名工程师转身赶往雷神山医院支援。"特殊时间，没有人考虑休息不休息，更何况我还是一名党员。现在床位紧张，很多病人没有床位，我们只希望加班加点尽快完成两山医院的信息化工作，救治更多的病人。"那时，90 后工程师庾兵兵已为火神山医院信息化建设项目奋战了六个日夜。

2 月 5 日，中法院区床位数扩充至 1100 张，全部用于收治新冠肺炎的重症患者。

2 月 9 日，同样由德国设计师设计，因建筑大气磅礴而一样被称作"最美医院"的同济医院光谷院区改建启用 830 张床位，专门收治危重病人。由于人手缺乏，先期到达的护士们都兼任搬运工，每位护士长带领团队负责清空一层楼。"为了能及时收治病人，我们必须与时间赛跑。"光谷院区 E3 病区护士长李虹霖说。

在疫情高峰期，同济医院三院区一共开放了 2025 张重症病床，出色地落实了中央提出的"集中患者、集中专家、集中资源、集中救治"的要求，承担了此次疫情武汉市收治重症病例最多的重任。孙春兰副总理、中央指导组和国家卫健委的领导同志到同济医院中法新城院区、光谷院区视察，高度肯定了同济医院的担当和远见，赞扬同济医院提供了一个很好的战场。

正是因为同济医院的战场准备好了，中央指导组决定将国家派来的 35 个医疗队、四千余名精兵强将派到中法新城院区、光谷院区，成为国家战疫技术高地。

在这里，来自北京、上海、吉林、山东、山西、江苏、陕西、河南、浙江、广东、湖南、福建等一大批重点医院的一流专家和医护人员汇聚于此，边工作边制定诊疗方案。大家协同研究制定了救治流程、管理方案、技术方案、防护系统措施等抗疫指南，为这场抗击新冠肺炎战疫提供了全局性的理论和实践指导，为打赢抗疫攻坚战创造了很好的条件。

重大疫情席卷而至，医用防护品十分紧张，在多数时候都是不够用。院里就将最好的物品都优先配置给了来支援的友军。

王伟说，那个时候他天天最忙的也是最挠头的一件事，就是到处筹措防护用品，因为防护用品日消耗量太大，总是不够用。他找了省里，找了市里，找了华中科大校友，多方筹集这些防护用品。

回顾当初为何能够提前把战场准备好，王伟说，这要归功于院党委班子非常团结，大家的大局意识很强，经过集体的讨论，最终达成了共识。这样一次伤筋动骨的改造，一是要改变原先优良的装修，损失大；其二是要花钱改造成标准的传染病房，投入大；其三是将来疫后重建，也还要付出很大的财力。因此开始时也不是所有人都很赞同，好在院党委班子很团结。今天回过头来看，大家都对当时的果断决策感到满意。大家说，如果当时全院没有打好提前量，那么今天就打不好这场硬仗。

"在这次病房改造过程中，同济医院确实体现了科学谋划、群策群力、为国担当的医疗国家队的精神。"王院长不无自豪地说。

战士

在重大的疫情面前，同济医院广大的医护人员体现出了一种英雄主义的气概，王伟说："我们医护人员真不愧为英雄，这也是医者职业精神使然。"

1月中旬起，同济医院将三个院区所有的呼吸内科、重症医学科、感染科的医生护士都集中起来，仍满足不了发热病人的就诊需要。于是，医院决定将全院各科室的医护人员进行基本培训后也调上前线，一同参加战斗。

同济医院有许多护士都生了二孩，有的医护人员自己的父母或者家人也感染了新冠肺炎病毒，大家压力很大，但是到最后，没有一个人在战场上当逃兵，一是因为激烈的战斗在感召，二是看到众多的医护人员都非常投入工作，其他人也都不知不觉地受到了影响和感染，自然而然地融入了这场战斗。

这就是我们的医护人员，他们是名副其实的白衣战士！他们都是平凡的无名英雄！当大战来临之际，没有一个人选择后退或者逃离，恰恰相反，一个个身在外地的、新婚不久的、家里孩子幼小的、正准备与家人度假的医护人员都纷纷赶回医院，奔赴前线。

急诊科副主任医师严丽三个月前就申请获批，年休要陪同双胞胎儿女去度假。一月初完成第一轮发热门诊值班并经隔离后的她，与丈夫儿女开启休假行程。临近登机时，她得知两个同事生病，就果断地退掉了手中的机票，迅速赶回医院。她说："战斗的集结号已吹响，我们会一直撑下去，直到春暖花开。作为党员，我责无旁贷。"

在听说医院发热门诊急需支援时，入党19年的副主任医师桂伶俐递交了请战书："每到国家以及社会存在着这些重大的危机的情况下，我想总有千千万万的人承担这个责任，我愿意成为千千万万人中的一员。"

"因为专业原因，我无法承担重症患者的主要治疗工作，但做好基础工作我一定行。"眼科教授李贵刚也是第一时间请战，要求到前线担任住院医师。他说，"我给自己的定位是，值一线班、夜班，做最基础的临床工作；照顾病人、问病史、写病历、开医嘱，做好上级医师的助手。"

感染科第一批进发热病房的郭威医生说："不计报酬，无论生死，防疫一线我们上！"他道出了大家共同的心声。

他们中，有"逆行战士"、湖北省医疗专业组组长、呼吸内科主任赵建平教授，有"最危险的，我们上"的护士带头人汪晖主任，有首批支援金银潭医院、经历过感染又重返岗位的钟强教授，有曾经参与抗击"非典"，如今又主动要求前往发热门诊的胡娜护士长，有取消婚礼投入到紧张疫情抗击工作中的护士，有"封城"最后时刻在高速路口递出孩子火速返岗的急诊科夫妇，有辗转返汉参与抗疫的药学部青年员工……

"医者担当，护佑健康！"这是疫情袭来时同济人发出的铮铮誓言！

医院成立了发热门诊临时党支部、中法新城院区重症救治定点医院临时党支部、光谷院区重症救治定点医院临时党支部、光谷科技会馆方舱医院临时党支部。党委书记吴菁、院长王伟和院党委班子以身作则，率先垂范。1月30日，大家一道站在党旗前宣誓，重温入党誓词。通过党员带头、干部带头带动了全院上下，唤醒了每位医护人员的本性和使命感，激发起了大家崇高的职业道德和职业精神。与国家同舟，与人民共济，同济医院120年的文化在这个危难时刻再次彰显溢彩，"格物穷理、同舟共济"这句院训深深烙刻在每一个同济人身上、脑中。"敬佑生命、救死扶伤、甘于奉献、大爱无疆"的医者精神，成为今天抗疫一线所有医护工作者精神状态的一个缩影。

在同济医院门口有一块巨石，上面用红色的字体镌刻着："生命之托，重于泰山。"这行字也深深地镌刻在每一位同济人的心上。2月9日，院党委发出《致同济医院全体职工的公开信》。信中写道："生命重于泰山，疫情就是命令，防控就是责任。……同胞同袍，大疫大义，大爱无疆。在此疫情防控关键时期，全体同济人要坚决树立大局意识，坚决听从国家召唤，坚决服从组织安排；全体党员干部要以身作则、履职尽责、落实落细；全体职工群众要弘扬格物穷理的科学态度，守护生命、守卫健康；发扬同舟共济的人文精神，加强防护、科学轮休、守望相助。……让我们紧密团结起来，在党中央的坚强领导下，在全国同仁和各行各业的大力援助下，以对人民群众生命和身体健康高度负责的态度，同舟共济、一心赴救，奋力夺取防控新型冠状病毒肺炎疫情阻击战的最后胜利！"

与此同时，医院加强了院感科学管理和防护，注意对值班医护人员的轮班倒休。

医院在防护上做足了功课。医院特地做了一项研究工作，从发热门诊、发热病房中抽取医护人员100人，普通门诊、普通病房抽取医护人员100人，未进入病房的普通工作人员中抽取100人，同时进行核酸检测，结果显示三组人员无明显差异。通过这项检测告诉每一个医护人员，在医院里工作被感染的风险是一样的，只要大家做足了防护就完全可以避免被感染。

同时，医院还对院感处理后的发热门诊和发热病房的环境，如电梯门扶手、工作台、空调等，进行100次采样检测，结果均未发现新冠病毒。院方将结果及时告知医护人员，让大家安心工作。

对于那些已经确诊感染新冠肺炎的医护人员，同济医院不惜代价，组织最好的专家组全力进行救治，使绝大多数的医护人员转危为安，病愈出院，从而极大地稳定了军心。

在新冠肺炎疫情刚刚蔓延时，医护人员的压力非常大，尤其是看到自己的同事倒下，被送进了重症病房，更是给少数人带来了很大的恐慌。

大家已经意识到发热门诊风险大，特别是在给患者做咽拭子采样时，患者嘴里喷射出的唾液飞沫可能都具有传染性。而且，刚开始大家对于新冠肺炎的传播途径并不很清楚，大多只戴口罩，注重防护口鼻，而多数都忽略了对眼结膜的防护。急诊科的青年医生陆俊有可能就是这样被感染上的。

1月初的一个晚上，陆俊值夜班，一个人接诊了30多个发热待查病人，那时候大家对这种不明原因的肺炎认识不足，也不清楚这个病毒会不会人传人，因此在值夜班时陆俊除了戴上能防病毒的N95口罩外，并没有穿防护服，戴护目镜。

1月5日，他发起了高烧，通过CT检测发现双肺感染，乙流检测阳性，接着持续9天高烧不退。新冠肺炎核酸检测试剂启用后，陆俊成为医护人员中第一例确诊的新冠肺炎重症病例。1月17日他被转到了金银潭医院，一度出现了呼吸困难。

在专家组主任赵建平、重症医学科主任李树生等的精心救治下，陆俊经过输液、雾化、服用抗病毒药物和呼吸支持治疗，他的核酸检测两次为阴性，脱离了危险。1月23日，陆俊得知网上关于自己的谣传消息后，委托支援金银潭医院的协和医院眼科医生刘伟拍下自己活动的视频发到网上，替他辟谣。作为一个危重症患者，他在医务人员的救治下成功脱险，他希望用自己的亲身经历告诉大家不要畏惧，要自信。

1月29日，陆俊回到了同济医院的普通病房，3月28日治愈出院。

陈广是感染科的大夫。1月13日，同济医院主院区的发热病房正式投入使用，陈广主动请缨。第一天他一口气就收治了7名高度疑似感染新冠病毒的肺炎患者。有一位60多岁的大妈突发急性心功能衰竭，医生们毫不犹豫冲上去就给她做心肺复苏，根本来不及戴防护面罩，他们的脸距离患者的口鼻只有30厘米，回想起来都让人后怕。

给患者采集咽拭子标本，患者一张嘴就会产生大量夹带病毒的气溶胶，这是一线护士必须面对的风险。为了减少护士暴露的时间，陈广所在小组所有的医务人员都参与采集咽拭子。最多的一次陈广和心内科的白杨大夫一起采集了 32 个标本。作为医疗小组组长，陈广说："大家都是一条战线上的战友，危险的工作，我们一起来分担。"

2 月 5 日，中法新城院区将床位扩展到 1100 张，全部用于收治新冠肺炎的重症患者。本该轮岗休息的陈广又主动请战。

与此同时，他的妻子、同济医院妇产科医生袁明也主动报名奔赴一线。

"老婆，一定要做好防护，发热门诊比病房更辛苦，风险也更高。门诊病人特别多。"陈广再三地叮嘱。

为了去一线，袁明狠狠心给刚满一岁的小儿子断了奶。4 岁的大儿子哭着恳求妈妈不要走。袁明说："宝贝乖，晚上妈妈跟你视频哦。"她硬是扔下两个幼儿也上了战场。

同济医院综合科的一名护士在发热门诊上班，她的父母、丈夫都不幸被感染了，她的丈夫病情尤其严重。但是那时因为没有床位，只能在发热门诊里留观。这位护士便把丈夫的 CT 照片通过微信发给陈广，请他帮忙看看肺部的感染情况。

收到微信，陈广马上给这名同事打电话："我跟院里说说，想想办法给解决一个床位。"

同事却说："不用了，谢谢！您帮着给定个治疗方案，我们就在家治疗，比我们更重的病人还很多，优先收治他们吧！"

听完同事的话，陈广坐在那里就哭了起来。

这就是自己的战友呀！在每一名大夫的身后，站着的是他们的父母，他们的孩子、老师、亲戚、朋友、同事和同学。"我们真的已经无路可退，我们只能向前冲，只能挡在最前面，这时候医生不上，还有谁能上！"

在这场战役中，有许多人像陈广这样，夫妻、父母或子女都是医务工作者，都在前线冲锋陷阵。在这场没有硝烟的战争中，医生就是战士，他们只能英勇向前！

张霓是同济医院感染科三病区的一名普通护士。1月18日晚，她从发热病房下班赶往大伯家探望送饭。张霓一岁时父亲因车祸去世，在后来的30年的人生里，张霓都是奶奶和大伯把她拉扯大的，大伯也把她视作自己的女儿。

张霓和往常一样敲门，足足敲了20多分钟，又不停地拨打大伯的手机，房间里没有任何回应。撬开门，就发现大伯倒在地上，已经去世了。她打开大伯的手机，发现最后一个电话就是打给自己的，他打电话一定是想向她求助的，但是那时张霓正在隔离病房里，不能带手机，永远错过了这个生死攸关的来电。

张霓抱着大伯冰冷的手臂，一遍又一遍地哭着说"对不起"。

在过去的十几年里，再急的事大伯也不会给她打电话，怕影响她工作，这是他第一次也是最后一次在她工作的时候打给她的。

这是一个永远也接不起的电话！

她每天都守护在患者身边，但却救不了最亲的人的生命！

料理完大伯的后事，张霓便向护士长请求重返一线。护士长劝她多休整两天。

张霓回答："所有的医护人员都在抢救患者，我的亲人已经没了，不能再让更多的人失去亲人，何况我还是一名党员。"

她很快就回到了病房。在她随身携带的背包上，别着一朵白色的绢花，小布条上写着黑色的"哀念"二字。

都说给重症病人上ECMO难，撤ECMO更难，但最难的是这一过程中的守护。新冠肺炎阻击战中，有一支平均年龄仅26岁的"红色娘子军"，她们巾帼不让须眉，坚守住生命的最后一道防线，用实际行动撑起了抗疫"半边天"。

"第一个星期是我最痛苦的时候，因为没有人能够接替你的活，电话时刻响起，整晚睡不着觉！"2月9日，管志敏作为同济医院心内科CCU护理的骨干，第一时间接到任务来到了光谷院区。

"最难的不是技术层面，而是心理压力。"ECMO 转速一分钟两三千次，一旦操作不严密，不仅连累其他设备的运转，还会毁掉整个系统，甚至让病人的血喷溅整个病房。现在，"红色娘子军"坚持 4 小时轮班，24 小时坚守，已经能够随时应对着各种不可预料的突发状况。

"ECMO 护心小组群内消息一响，所有医生护士都会第一时间查看是有什么突发情况吗？"管志敏说，"看到病人正顺利恢复中，大家都很开心，因为过程实在是太艰难了！如果救不活，我们都会很受打击。"

鏖战

同济医院承担着新冠肺炎重症危重症治疗基地的重任。自 1 月底开始，35 支国家医疗队会师于此，目标只有一个：降低重症病亡率，提高救治成功率。但是，针对这个病症也没有特效的方法和药物，这是大家遇到的最大的难题。

如何让 "35+1=1"，让同济医院与 35 支国家医疗队聚丝为绳，形成最大合力，是当时面临的一个挑战。因为 36 个医疗组织，各自的文化背景、医疗优势不尽相同，所以要打好阻击疫情这场大战，第一件事就是要统一规范、统一指挥。

为了及时总结临床救治经验，吸取各支医疗队特色诊疗方法，规避因规范标准不同带来的误差，在国家卫健委的直接指导下，同济医院成立战时专家组和医务处进行质量控制，建立会诊制度和死亡病例讨论制度，并由医疗队联合成立核心质控组，交叉查房，层层讨论，提出更优建议。

同时，同济医院还联合北京协和医院、中日友好医院等共同发布《重症新型冠状病毒感染肺炎诊疗与管理共识》，对患者院前评估及转运、病区设置及管理、医疗质量评估、多学科联合诊疗及整体护理等诊疗流程进行明确规范。《共识》的形成，以及临床中大量临床实操和经验讨论，让专家们初步勾勒出患者病程进展规律，并有针对性地总结出一套"组合拳"。

而针对各支国家医疗队在诊疗过程中普遍遇到的临床问题，同济医院发挥综合医院多学科优势，组建了 7 支专科临床支持小分队，包括护心队、护肾队、护肝队、护脑队、中药特殊治疗队和气管插管队、体外膜肺氧合（ECMO）队、康复队。各临床小分队分别由中国科学院院士、同济医院外科专家陈孝平，内科主任王道文等各专科主任担任队长。专家们在总结前期治疗经验的基础上，对患者特别是危重患者病情发展中出现的各种情况进行预判并提前干预。

"ECMO 能撤，得益于关口前移救治理念的突破，"陈孝平院士多次参加两个分院区的病例讨论，"只要病人还没有撤掉气管插管，就不能算是病情好转。不到最后一个病人出院，就不能说取得战疫最后胜利。"突破的取得，得益于各地医疗队的通力协作，得益于救治过程中经验的积累。

通过密切合作，大家形成了一套比较完整的诊疗技术规范，统一流程。在七八天的时间内，便将重症病例的死亡率从 5.58% 降低到了 3.39%。这样一个战果得之不易。

1 月 29 日，78 岁的新冠肺炎患者卢金活老人治愈出院，成为湖北全省首个高龄重症患者的治愈病例。

1 月初，卢金活在打乒乓球时接触到染病的球友，随后出现发热、乏力症状，1 月 9 日进入同济医院接受隔离治疗。因为老人患有 20 多年的高血压和糖尿病，入院后病情逐渐加重，1 月 18 日一度出现危重症状。同济医院呼吸与危重症医学科主任赵建平在老人一入院就给他服用抗病毒的药。卢金活出现了严重的呼吸困难，低氧血症，双肺都白了，医生接着又给他上了呼吸机。医护人员一直都瞒着他病情，像哄小孩一样安慰他："老爷爷，您没事儿，有我们医院最好的赵主任亲自给您治病，您很快就会好的。"

老人也很听话，每天都把自己收拾得干干净净，身体再难受也努力地吃东西，心态乐观，积极配合。

通过对症治疗，老人的烧退下来了。开始时他也有些害怕，烧退下来以后他就不害怕了。经过 20 天的全力救治，医生终于把他从死亡线上拉了回来。

在老人出院这一天，赵建平亲自去送他。"这是我最开心的一天。"他说。

有一位七十多岁的女病人，入院时血氧饱和度只有 70% 多，上了无创呼吸机后，血氧饱和度也只有 80%，赵建平一直守护在她身边，精心调整无创呼吸机参数，慢慢地调试使用药物和激素。到了第四天，患者的血氧饱和度达到了 90%-95%，第七天达到了 98%，终于脱离了危险。

这个转危为安的病例给赵建平带来了莫大的信心。他发现，对于氧合情况不好的病人，精准调整无创呼吸机，配合小心调试药物，能有效地避免一系列的并发症，提高救治成功率。

"越是难的病例越是要用心。每一个都是鲜活的生命，我是全省专家组组长，我首先是一个医生。"赵建平说。在治疗中他坚持以病人更好的康复、更好的生活质量为目标，积极实施自己的措施，在临床上悉心探索、照料，帮助病人度过最危险的时期。

"我是一个肾移植 12 年的患者，2 月 4 号感染新冠肺炎，13 天后出院，是医生给了我另一次生命，也让我看到了人性的光辉。"郑先生是一位肾移植患者，常年需要使用免疫抑制药，不然自身免疫力会不断攻击移植器官。而这又与新冠肺炎病毒用药的关键——提高免疫力，形成截然的矛盾。

怎么办呢？"这就像在走平衡木，我们必须在其中小心取舍，选择对患者最好的治疗方法。"同济医院器官移植研究所所长陈知水说。考虑到患者接受肾移植手术已经 12 年，情况较稳定，但新冠肺炎症状比较重，且持续发烧，所以决定让其先停药，同时密切观察。

2 月 2 日郑先生开始停用抗排斥药，2 月 6 日被收治在同济医院中法新城院区。同济医院心内科医师徐西振和吉林援鄂医疗队杨俊玲主任医师共同努力为郑先生制定了周密的治疗方案，考虑到郑先生是肾移植患者，他们在抗病毒治疗和预防细菌感染的基础上，应用了小剂量的激素，在控制肺炎的基础上还具有一定的免疫抑制功能。

住院三天后，郑先生体温恢复到36.4℃，食欲不振得到明显改善。杨俊玲和徐西振立即与器官移植研究所的专家们讨论，决定让他加上半量的免疫抑制剂。

住院七天后，郑先生成功脱掉了氧气机，核酸检测呈阴性，大家决定让他回到正常的免疫抑制剂的剂量。

住院九天后，郑先生核酸检测再次呈阴性，CT结果显示此前的病灶已经完全吸收，而且移植肾功能也始终保持正常。

经过同济医院医护人员和各地援军35支国家医疗队的和衷共济，勠力同心，新冠肺炎重症患者的救治取得了较好的战果，病亡率得到了大幅地降低，重症危重症转为轻症和痊愈出院的比例越来越高。每一支国家医疗队都有自身的医院作为后方支撑，譬如北京协和医院通过远程会诊，提高了对重症患者的综合诊治。同时，在光谷院区、中法新城院区也组织有专门的救治专家组，经常进行会诊，每天都开展死亡病例讨论，进行24小时危重症报告。

患者黄先生感染新型冠状病毒肺炎住进同济医院，接诊时医生发现"肌钙蛋白高达13000（pg/ml）！高出正常值（≤34.2pg/ml）数百倍！"这意味着他出现心肌梗塞。更糟糕的是，黄先生有着近10年的高血压、糖尿病及脑梗塞病史，原本就伤痕累累的身体再次经历心梗和新冠肺炎的双重打击，病情危重。

2月20日上午，心内科周宁副教授和汪潞芸医生一道，在三级防护下为患者开展主动脉内球囊反搏治疗。在两位医生的密切配合下，手术顺利，他的血压和血循环很快就稳定下来了。最终黄先生的肺功能也逐渐好转，血氧饱和度上升至98-100%，心肌损伤标志物肌钙蛋白也稳步下降至 6700，心脏状况较前明显好转，给进一步的肺部治疗带来了一线生机。

来自 5 家医院的 18 位麻醉医生在光谷院区组成了一支混编的"插管敢死队"，他们要应对来自医院 16 个病区和 1 个 ICU 的急救气管插管任务。紧急的气管插管风险极高，同济医院新冠肺炎病人病情重，体质差，无法耐受长时间缺氧，及血压、心率的剧烈波动，所以想要把握这些病人的插管指征，顺利完成插管任务，只有统一标准才行。华山医院医疗队、青岛医疗队、同济队的麻醉医生，拿出此次疫情救治任务中可执行的"麻醉医生共识"。因为气溶胶扩散会导致病毒传播，而当麻醉医生在病人口鼻附近进行近距离操作时，呼吸道会喷射出大量的病毒气溶胶，其风险可想而知。"我们不上，谁来上？"这就是小分队队员们所想。

麻醉科支部书记万里教授介绍，通过统一的标准流程，30 天的时间里小分队已成功完成近 200 例气管插管操作，成功率 100%，为病人争取到更多的时间和希望。其中，年龄最大的病人是一位 85 岁的老人，合并有高血压、冠心病等多种基础疾病，麻醉医生在插管过程中熟练应用多种血管活性药物，在顺利完成气管插管的同时，保证了整个过程中病人生命体征的平稳。

74 岁的王奶奶于 1 月底开始发烧、胸闷、咳嗽、气喘，经确诊感染了新型冠状病毒肺炎，2 月 11 日，因病情加重被转至同济医院。

"炎症因子是正常值的 10 倍，极有可能出现炎症风暴。"王奶奶入院时神志模糊，在面罩给氧的情况下，血氧饱和只能维持在 95% 以下，存在严重的呼吸衰竭。同时，接诊医生发现王奶奶还合并有多年的慢性肾功能不全，这无疑是雪上加霜。

同济医院肾内科主任徐钢教授立即带领"护肾队"对王奶奶进行会诊，新冠肺炎患者由于病毒感染导致机体释放大量的炎症因子，炎症因子会损伤心脏、肝脏、肺部、肾脏等多器官，严重者可以引起急性多器官脏器的衰竭，甚至是死亡。利用血液净化技术清除炎症因子阻断炎症风暴，对患者的各器官提供支持治疗，避免重症转化为危重症，将为患者的后续治疗赢得时间，能有效提高救治率。

2月15日，"护肾队"为王奶奶进行了血液净化治疗，之后几天又连续进行了多次治疗，王奶奶的肺功能、肾功能逐渐好转，血氧饱和度上升至98-100%，体内的炎症因子也基本恢复至正常值。

护肾团队医生每天会通过监测炎症指标对各病区患者进行筛查，一旦发现患者炎症因子值增高，达到预警值，就主动与各医疗队医生对接，对预测有可能出现炎症风暴的患者制定血液净化方案，避免后续心脏、肺部产生不可逆转的损伤。

中药特殊治疗团队与国家医疗队中的中医团队联合，制订了《同济医院关于新冠肺炎治疗中成药推荐意见》以及中药免煎套餐，在救治过程中积极发挥中医药作用。这些小分队集中优势医疗力量，重点解决单个支援医疗队力量薄弱的问题，以实现医疗质量同质化，是提高新冠肺炎的治愈率，降低死亡率的一个重要举措。

十指成拳，2月28日，同济医院一位危重症新冠肺炎患者成功脱离呼吸机、ECMO体外心肺支持，恢复自主呼吸。正是通过MDT多学科合作，大家共同筑起了救治新冠肺炎的最后一道防线。

患者的康复需要密切的医护配合。医院护理部通过构建联合护理部管理体系、提供同质化的整体护理，践行可视化、标准化护理质量管理，开展多学科协作，提高危重症护理质量，打造有温度的护理。已形成了全国护理共识，拟定基础护理指标15个、专科护理指标7个，制定专业操作标准10余种，如ECMO术前准备核查清单、俯卧位机械通气流程，并创新"糖果翻身法"、鼻肠管床边置入流程、肺康复护理计划清单、住院病人营养筛查表等，为病人提供高质量专业照护。

国务院应对新冠肺炎疫情联防联控机制医疗救治组还下文专题推广同济医院重症患者救治管理经验。

全国人大常委会副委员长、原卫生部部长陈竺得知该消息后，对同济医院的工作给予了高度评价："你们所在做的必将开创人类医学史尤其是重症医学史的奇迹。"

战争是需要讲究战术的。在与疫情作战的战术上，同济医院注重科学防护，精准施治。医院高度重视院感管控，建立可靠的防护系统。对医护人员进入病房进行全程监控，由院感部门对各科室进行监控，对医院内的污染情况进行有效控制，通过培训、宣教普及防护知识。严格院感控制起到了很重要的作用，也增强了广大医护人员的信心。来同济医院支援的 35 支医疗队 4000 多名医护人员一个多月来没有出现一例感染病例。

同时，同济医院特别重视保障医护人员的心理健康。院方发放了心理调查问卷，5000 多位医护人员填写了答卷。通过对答卷进行分析，结果发现，工作 10 年以上的女性医护人员，有的是双胞胎的母亲，有的是父母或亲人感染新冠肺炎，这部分医护人员发生心理应激反应的约占 20%；另有 10-15% 的人表现出心理焦虑；而对医院党委、科室的关怀表示满意的则占 90% 以上，对医院的消毒防护措施表示放心的占 80% 以上，对排班轮值满意的占 80% 以上……医院用数学模型进行了分析，通过领导鼓励、党员挂帅、合理排班、做好防护和后勤保障、安排好医护人员的宾馆住宿和饮食休息等，就能够对消解医护人员的焦虑和应激反应起到很好的作用。这方面的研究成果已经形成了专门的论文在杂志上发表，受到世界卫生组织专家的高度肯定。

同济医院还通过缩短工作时间，加强防护，切实保障医护人员的健康，同时重视解决医护人员的后顾之忧。医院党委的关怀使大家能够保持身心健康，精神面貌越来越好。

在与疫情艰苦的较量中，同济医院因为每个点都踩准了，都打足了提前量，做到了科学管理，同心赴救，从而使医院的运行相当高效，甚至创造了一些奇迹，譬如一天收治 400 多例重症患者。一个晚上，有 150 多例重症患者同时转移到中法新城院区，要逐一完成分诊，把病人分到不同的病房，而且不能出现一点纰漏，这是非常难的，然而同济医院的白衣战士们做到了。

抗击新冠肺炎疫情是同济医院当前的第一要务，但是，作为一家综合性医院，同济医院还承担着治疗其他危重疾病的重任。在主院区集中对包括恶性肿瘤、心梗、脑梗等危急重症患者进行治疗，医院领导一直想恢复主院区的非新冠肺炎病人门诊，但是总是不断地有复诊的发热病人。同时，还有许多急诊患者需救治，包括住院、手术治疗，这些病人如果和发热门诊混杂在一起，极易发生交叉感染。为了做好其他急重症患者的治疗，院方听从抗疫指挥部命令，将主院区的发热门诊关闭，把病人引导至指挥部指定医院。

同济医院必须承担起在两个战场上同时作战的重任，主院区开放急诊病房，开展手术，拉开第二战线。

原先在同济医院住院的病人，在过年之前已经出院了一批，过年之后留在医院里的病人，因为离汉通道关闭又无法回去。现有900多人留在主院区，院方需要照顾好这些住院病人的生活。而那些感染新冠肺炎的病人分诊到中法新城和光谷两个院区，不少患者十分惊慌，没有带洗漱、生活用品，医护人员还要为他们一一准备生活用品，给他们送去温暖，让他们镇静下来专心治病，因此医护人员的工作任务十分繁重。

除此之外，医院还承担着管理武汉市光谷方舱医院任务，委派院长和管理团队，同济医院向金银潭医院派出了专家组，赵建平教授还担任了湖北省医疗组专家组组长。

同济医院特别注重运用互联网、AI等高科技，在全国率先创立了线上发热门诊和和疫情期间"常规视频门诊＋药品配送"。1月24日，同济医院发热门诊在线问诊开通，当日问诊量超1万人次，有效缓解了发热病人蜂拥就医问题。截至目前，先后为武汉市和湖北全省的8万多人次的发热病人提供了网上问诊。通过这一创新做法，有效地将轻症患者留在家中，对分流病人、稳定病人及其家属情绪，安定人心，尤其是防止交叉感染发挥了很大的作用。呼吸内科张惠兰教授根据2000例在线咨询，总结了 6 大常见问题给群众参考，成为通俗易懂的百姓问诊宝典。专家们还自发成立科普专家团，精心编写了 12 篇科普文章，图文并茂地进行网络传播，成为群众的一颗定心丸。

面对疫情严峻形势和防疫封闭管理要求，慢性病患者等的医疗需求日益凸显。同济医院再次创新，2 月 14 日率先开通了"居家＋网络视频问诊"功能，患者可以线上问诊，通过可视化的视频沟通来诊疗，再进行网上配药，快递到家，使患者足不出户即可得到有效的诊治。

现在，同济医院每天还要接诊 500 多名急诊患者，开展手术和住院治疗。而在这些患者中，有些是以消耗性疾病入院的，这其中也散发有发热和新冠肺炎患者，而有的新冠肺炎患者非常隐蔽，没有症状，因此需要对这些病人在排查区进行系统的排查。为了做好排查，就需要测量患者的体温，做必要的 CT 或者核酸检测，入院伊始都要安排在专科观察区一人住一个单间，经过检测确认没有问题，隔离一段时间后才可以转到其他病房进行治疗。同济医院坚持做到严防死守，不让新冠肺炎在院内发生聚集性感染。

如此严谨求实的作风是同济医院 120 年的历史和传统造就的。正是由于实施了如此严密的防控，才使得同济医院医护人员的感染病例降低到了较小幅度，在最近一段时间内已经没有新发医护感染病例。

而对于早期由于不了解新冠肺炎传播途径而感染的本院医护人员，同济医院给予了最大的关怀和关爱。一是组织最好的专家团队全力进行抢救，使得绝大多数的感染者能够很快康复，或者使病症减轻。同时院方也在考虑对这些被感染的医护人员建立定期检查随访系统，建立长期的身心健康档案，将他们康复以后的健康状况很好地管理起来。

对于感染新冠肺炎的医护人员，院方将本部、国家和社会各方面的捐赠、红十字会的津贴等都及时送到他们手中。

2 月 27 日，院方专门给医护人员的全体家属去信，对大家的奉献、牺牲和付出表示高度的赞扬，同时送去了院方的温暖和关心。信中写道：

"这个国家之所以英雄辈出，是因为有一群积极培育、支持英雄的伟大的人民；同济之所以能'与国家同舟，与人民共济'，是因为在任何时候都有一群勇赴国难的同济人以及你们这样的家属！英雄们的伟大成就国家的伟大，你们的伟大成就英雄们的伟大，英雄们是这个春天的象征，你们是这个春天的底色！"

对于医护人员的家属包括其父母和亲人如有感染者，同济医院也都安排在本部就诊。对奋战在一线的3000多名医护人员则注意对他们实行轮班轮休，强制性休息。

医护人员在前线奋战，后勤部门也竭尽全力做好保障。后勤、工会、共青团等组织都充分动员，及时收发各种医疗设备、医护用品和社会各界的捐赠物资。后勤科在改造病房时，为了尽快完工，甚至采用"土法上马"，比如将病房的墙壁凿开，给每个病房安装独立的排风系统。在病房里集中供氧压力不够，稳定性不足，这就需要往病房里送大氧气罐，送进送出都要进行消毒，后勤科安排了专班人马来运送氧气罐。全院一天就要用掉300多罐氧气。

在诊治过程中，同济医院创造了许多有益的经验和实用的方法。譬如对发热孕妇生产的管理，医院在中法院区临时改造了35个病床，开辟了新生儿和儿童病区，收治了十几位幼儿。其中有的是父母感染，有的是孕妇感染。这些感染者经过治疗没有出现重症病例，感染者的新生儿也没有出现死亡病例。

3月6日，在《明天会更好》的歌声中，由同济医院接管的光谷方舱医院最后21名患者治愈，光谷方舱贴上了封条！同济人带领480名国家医疗队员实现了"患者零死亡、出院零回头、医护零感染"的目标，完成了又一个使命任务。

3月初的武汉，这里的春天静悄悄，正在日夜不休地上演着一场场与死神的争锋战。这里的人民，对于生的渴望永远是坚定执着的，他们对于生活的热爱从来没有因为瘟疫、因为战争而有过丝毫的改变。而同济医院，这座有着 120 年历史的古老而年轻的医院，在这场与新冠肺炎疫情搏战的过程中，义不容辞，挺身而出，义薄云天，自觉担负起自己的职责和使命，践行了"与国家同舟，与人民共济"的初心。

正是因为有成百上千像同济医院这样的医疗机构的自觉担当，有成千上万的白衣战士在奋勇作战，武汉，这座处于疫情之中的危城，已经渐渐地看到了曙光，感受到了春天的温暖。

三

勇敢的女孩

　　　　　我们扎根于这个伟大的国度，无畏一切考
　　验的淬炼，因为这是我们的梦想之地。哪怕荆
　　棘仍在，依然通向山顶，值得我们不停脚步，
　　值得我们咬牙坚持。

"永恒的女性，引领我们飞升。"

世界因为有了花朵而变得五彩缤纷，人类因为有了女性而变得无比美好。

女性不单是美丽和美好的代名词，她们同时也是勇敢坚毅的人。在抗击新冠肺炎疫情的武汉保卫战和湖北保卫战中，英勇奔赴一线的医护人员中，女性超过了一半。她们，坚毅而果敢，执著而有爱，她们是战斗在抗疫前线的一道最美风景。

胸怀爱，渴望爱

只要心中有爱，就一定能收获真爱。已过30岁的田芳芳就是这样一位胸怀大爱同时渴望着收获真爱的女孩。

田芳芳是湖南省中医药研究院附属医院心血管科的主管护师，1989年出生在一个医护世家，湖南益阳安化人。她的父亲和哥哥都是医生，母亲和嫂子都是护士。当年在作个人职业选择时，芳芳受到家庭的影响，

自然而然地选择了当护士。

在刚开始参加工作时，她才发现当护士其实很累。但是，在工作了10年之后，现在的她觉得当一名护士挺好：工作稳定，而且还能时时帮到别人——帮助别人可以使自己快乐。每当看着自己照护的病人病情慢慢好转，她都会很开心、很快乐。她现在很喜欢自己的这份职业。

2020年1月28日，正月初四。芳芳看到自己所在的医院护士群里大家都在谈论医院将要组织支援湖北武汉预备队的事情。

芳芳想来想去，觉得自己是一名党员，有着10年的护理经验，而且曾在重症监护病房工作过，无论从个人能力还是职业责任心方面来说，自己都必须要尽一份力，她得去。

于是，她当时就跟父母提出："我要报名去武汉。"同为医护人员的父母异口同声地支持。

她的父亲曾参加过2003年抗击非典一线的战疫。他对女儿说："从那一次'非典'的经验来看，只要做好防护，做好隔离，一般问题不大。既然你想去，那就去尽一份力。"

其实，早在2013年的雅安地震发生后，芳芳就曾想报名奔赴地震前线参与救援，但是却因为各种原因没能成行。因此，她的心里一直都有一份渴望，希望能有机会亲临前线。

在工作中，田芳芳一向是一个乐观开朗的女孩。她微信的昵称叫"甜姑娘"。她自称自己好像从来就没有心情低落的时候，平时性格大大咧咧。在单位里，她有一大批的忘年交。那些五六十岁的患者，对她就像对待自己的女儿一样亲热。

有一次，芳芳在自己的朋友圈里发文说，想吃麻辣拌。真的就有一位患者阿姨给她寄来了麻辣拌。

医院通过慎重遴选，最终选择了4名护士驰援武汉，大都有ICU或呼吸科的工作经验，田芳芳亦名列其中。

看到自己的名字也在出征行列里，田芳芳既感到兴奋，又有一点点紧张。

2月10日，芳芳获准参加湖南第三批支援武汉的国家中医医疗队，奔赴武汉，第一批进入武汉江夏区大花山方舱医院。

到了方舱医院，芳芳和队友们一点都不生分，感觉像是到了自己的主战场一样。芳芳觉得武汉那里的人都超级好，病人都很体贴，也很理解他们医护人员，都在一个劲地说："感谢你们。"

当时，武汉疫情相当严重，大花山方舱医院开舱刚三天病人就爆满。白班方舱内只有三名护士，大家相互协作，每人连续在岗6小时，一刻不停，精神高度集中。

在紧张而繁忙的工作之余，同事们想尽各种办法调整心态，也帮助患者找回乐观的心情。

芳芳的一位同事半开玩笑半认真地在自己的防护服上写上"我要找个男朋友"。

芳芳看到后，说："我也写一个。"

于是，有一天上完夜班，她就找了一张A4的白纸，用粗的签字笔写上这么一句："希望疫情结束，国家给我分配一个男朋友！！！"

同事老蒋帮她拍了一段视频。这段视频把当时在场的同事和患者都逗得乐开了怀。

有爱就要大声说出来。这确实是芳芳的心声。眼瞅着自己就快31周岁了，虽然爸妈不催，她自己心里还着实有点儿着急的。

抱着闹着玩儿的心理，芳芳顺手就将这段视频发到了自己的头条上。

在谈到择偶标准时，芳芳说："因为我有1米69，我想找一个比我高一点的，还有就是人品好，性格好。"

没承想，这段简单的视频迅速地在微信群和朋友圈中不断地发酵，很快便弄得"举国皆知"。全国人民都知道了田芳芳想要找个男朋友。

网友们纷纷留言："可爱的小姐姐，你别急，追你的人要开始排长队了！"

在微博上，许多网友果真开始在线排队。他们说："你保护别人，我保护你。"

江苏卫视《非诚勿扰》节目主持人孟非隔空喊话："田芳芳同学，国家没有库存这个，我们来爱吧！我们已经在行动了！"

得知这一消息，田芳芳赶紧通过朋友联系上了孟非。她给孟非发去微信说："谢谢您！我也很诧异，突然就全国都知道我要找对象了，我当时只是看到同队友拍了一张，下班的时候就想自己也单身，也跟个风拍一张，发了自己头条里。不想参加什么节目，也不想成为网红，只想好好做好本职工作，做好护士该做的，帮助武汉人民一起渡过难关，一起早日战胜病毒。希望大家都健健康康的！武汉加油！再次感谢您！"

在医院里，芳芳没有受到意外成为"网红"的干扰，始终专心一意地做好自己的本职工作。由于要穿着厚厚的防护装备，每天的工作都非常辛苦。有时方舱外面下起了大雨，但是穿着防护服的芳芳在病房里操作时却仍会因为闷热而浑身出汗不已。

"衣服里就像在下小雨，浑身都湿透了。"她说。

在方舱内除了做好医疗护理工作外，因为怕增加清洁工人的感染风险，芳芳和同事们每天还要自己动手给患者配餐送餐，清理各种垃圾。

医院二楼没有污水排放口，每当垃圾桶里的水满了，他们就要将水桶抬到楼下去倒掉。而穿着笨重的防护服要完成这项重体力活，又因为都戴着 N95 口罩，外面还要再套一层外科口罩，感觉非常地闷，喘不过气。那天芳芳在平静状态下给自己测量心率，一分钟都快达到 110 次。

2 月 9 日，因为准备赶赴武汉，芳芳错过了父亲的生日。2 月 24 日是芳芳母亲的生日，她也只能隔着屏幕送上一句祝福。因此在接受记者采访时，芳芳表示，等疫情结束，我想抱抱我爸妈。

2 月 25 日凌晨 1:30，可能是前一天没睡好，所以有些不舒服，芳芳的偏头痛复发。她好几次都差点呕吐，因为担心吐到口罩里会更加难受，她硬是忍了下来。为了带新来的同事上班，一时她也无法出舱，就给自己进行穴位按摩，头痛才稍稍缓解。

在方舱内，芳芳和同事们采用了各种中医疗法，包括耳穴压豆、穴位贴敷、穴位按摩等类治疗每天都要做，此外还要带领患者教他们学八段锦、五禽戏等健身操。为了带大家跳广场舞，芳芳工余时间自己跟着网络视频不停地在学。可能是因为缺乏舞蹈细胞，虽然她很努力，但也只学会了一点点。

治病先治心病。田芳芳经常和患者说的一句话就是：心态最重要，你们都会好的。患者们都从这位热情、开朗的湘妹子身上体会到了她的乐观，都被她的乐观感染。

有一天晚上上夜班，芳芳和同事突然接到通知，江夏大花山方舱医院将要开辟新的 B 馆以收治更多的患者，他们这个小分队有可能要搬到 B 馆去工作。

患者们听说了这件事，都舍不得他们离开。不少患者甚至表示，要跟他们一起转移到 B 馆。

后来又接到通知说不开辟新馆了，芳芳和患者朋友们都好开心。

在方舱里，芳芳一如既往地特别招阿姨们喜欢。

160 号病床的杨阿姨，就是这样的一位患者。

刚进方舱时，杨阿姨很焦虑，因为她的儿子也生病了，且病情较重。她惦记着儿子，骗他说自己已经好转出院，其实还在方舱医院治疗。芳芳到武汉上的第一个夜班，正好看到了这位处在焦虑之中的杨阿姨，杨阿姨非常着急，希望早点出院。护士给她测的体温 37.4℃，稍微偏高。因为过于紧张，她每隔几分钟就要求重新给自己测一次体温。

芳芳注意到了这一点，就特意耐心地陪她聊天，甚至连上厕所都陪着她。

在芳芳的开导下，杨阿姨渐渐地开始平静了下来。怕她一个人继续胡思乱想，芳芳又和她互加了微信，经常和她微信互动。哪怕是轮休的日子，芳芳也跟杨阿姨微信不断，让她不用紧张，放宽心，告诉她："有我们在，不会放弃你们，也不会不管你们的，更不会嫌弃你们。我们一起努力，一起加油，战胜病毒！"并且跟阿姨约定："我在方舱外面等着你出院，你赶紧好起来。"

杨阿姨很感动，回复说："谢谢您，我的女儿。"

这是芳芳第一次被患者称为"女儿"，她的心里感到特别温暖，因为患者已把她当作亲人，她感觉自己一切的付出、自己所做的一切都是值得的。

从这一天开始，芳芳对杨阿姨也改了称呼，叫她"妈咪"。

有时轮到芳芳休息，阿姨就会在微信里问她："你什么时候来上班呢？我想你了！"

那天当大家都在议论医疗队有可能要搬去 B 馆时，杨阿姨就不跟芳芳说话了。

芳芳问她："你怎么啦？"

阿姨都快哭了，哽咽着说："我舍不得你！"

芳芳伸出小指头，和阿姨拉了个勾，说："我跟你约定，等你出院的时候，哪怕我被调去了 B 馆，只要哪一天我轮休，我一定去接你出院。"

2 月 27 日，芳芳下了夜班。杨阿姨在微信里跟她说，她的第一次核酸检测结果出来了，是阴性！芳芳感到特别的开心。

当记者问到她找男朋友的事，芳芳回答："我根本就没想到会火。本来就只在自己的头条里面发了一下，突然间，什么'武汉导师群''大学同学群'，包括我自己的小学同学群，认识的不认识的群，全都看到了，我自己都不知道。本想跟风拍个照，结果跟成了龙卷风。我根本就没想要当网红，我只想做好自己的本职工作，真的，我只想赶紧帮助武汉人民把这些病治好了，把病毒打败，大家都健健康康的，然后我也想回家了。我想我爸爸妈妈了，而且我想吃我爸做的菜。我有点吃不习惯武汉的菜，这是实话，真的。我很感谢哥哥、嫂嫂对我工作的支持和理解，我也想我两个小侄子，可想可想了！"

当记者问她希望通过采访说点什么时，芳芳回答："我想对国家说，可不可以派个靠谱点的男朋友？还想对我的 160 杨妈咪说，赶紧好起来，我要接她回家，以后我要来武汉吃香喝辣了。"

她也早都想通了，男朋友的事随缘就好，其实缘分来了，挡都挡不住。

在她眼里，湖南湖北，鄂湘本是一家人。江夏大花山方舱医院是一个有爱的大家庭，虽是因为疾病大家聚在了一起，这是一段特殊的缘分。作为医护人员，他们一定会守护好患者的健康，一个都不抛弃、不放弃。

芳芳说："我们要集体把医院弄倒闭。武汉加油！武汉人民是最棒的！"

江夏大花山方舱医院自 2 月 14 日开舱，运行 26 天，共收治轻症新冠肺炎患者 564 人，治愈出院 392 人，部分病人转出。3 月 10 日，大花山方舱医院正式休舱。

3 月 17 日，芳芳随同湖南援鄂医疗队圆满完成了医疗援助任务，回到了长沙。在大花山方舱医院奋斗的 30 多天里，医院没有扩增新的病区，医护人员亦无一例感染。

4 月 1 日，医疗队经过 14 天的医学隔离观察后平安回家。

回到了阔别 50 多天的自己工作的医院，看到了一直想念的熟悉的院子和大树，芳芳激动不已，感觉自己就像出了一趟远门，现在终于回到家了。看到同事们为了迎接他们做了精心的准备，她感到太幸福了。

在接受记者采访时，芳芳笑语："有那么多男士说要追我，但是至今没有一个人真的到医院来找过我。"

感恩爱，传递爱

女性不仅胸怀大爱，渴望爱，她们同时也是爱的使者，爱的传递者。1996 年出生的汶川女孩佘沙，就是这样一位传递爱的白衣天使。

佘沙是四川省第四人民医院内四病区肿瘤介入的一名护士。她是一位平平凡凡的女孩，唯一显得与众不同的是，她出生在汶川，是汶川特大地震的幸存者。

2008 年 5 月 12 日，汶川大地震发生时，佘沙 12 岁，正在读小学五年级。他们学校的校舍和老百姓的房子大多倒塌了，许多被埋在废墟下的人都被穿着军装的解放军和穿着白大褂的医护人员抢救了出来。佘沙所在的汶川县漩口镇宇宫村距离震中映秀镇中心的直线距离不足 10 公里，因此漩口镇受到地震破坏也极其严重，加上道路交通不便，在震后初期，救援工作困难重重。但是，解放军、医护人员和志愿者们克服了重重困难，第一时间赶到了漩口镇，展开抢救。

那时的救援场景给佘沙留下了终生难忘的印象。小小的佘沙当时就立下志向，长大后也要去当兵或者当一名护士，有一天也能像那些解放军和医护人员那样，在别人需要的时候伸出援手去帮助他人，抢救生命。

四年之后，2012 年，佘沙初中毕业。她当兵的愿望没能实现，但是当护士的愿望却逐步成真，她顺利地考取了四川省卫生学校（2014 年更名为四川护理职业学院）。三年后，她以优异的成绩毕业，被四川省第四人民医院录用为护士，佘沙少年时的梦想终于实现。

然而很快便应了那句话"理想很丰满，现实却很骨感"，在医院工作的 4 年多时间里，佘沙遇到了各种各样的烦恼，有时患者不理解，对医护人员多有抱怨，医患关系并不永远都是融洽的。佘沙有时心里也会感到困惑和迷茫，觉得自己是来帮助患者的，吃苦受累，任劳任怨，却还会导致各种的不理解，甚至是一些责骂。

但是这位心地善良的女孩总是努力地去做好自己的工作，忍气吞声，默默地尽自己的职责。慢慢地，患者对她也有了更多的理解和好感，也经常关心她的生活。在平凡的工作岗位上，佘沙渐渐感受到了自己的价值。

2020 年春节前夕，佘沙看到武汉抗疫前线医务人员紧张，缺医少药，各地的医护人员纷纷奔赴武汉开展救援，她觉得自己尤其应该去，因为自己是当年受过医护人员帮助的汶川女孩。

佘沙通过自己的观察深刻地体会到，我们中国人非常团结，哪里有灾难，其他地方的人都会过去帮忙，都会尽自己的力量去帮助别人。现在武汉人民有难，自己又正好是一名护士，可以去尽一份力量。每天看新闻，她就想到了当年汶川地震的场景，更加觉得自己应该去武汉支援。于是，她数次向院方主动请战。

佘沙跟自己所在病区的护士长赵永琴发去微信，陈述自己的理由：

"赵老师，这几天我也一直在关注新型冠状病毒，如果需要护士请先通知我，我可以去一线。原因如下：

1. 从全院护士来看，我年龄小，如果不幸被感染了，恢复肯定会比年长的护士老师快；

2. 我没有谈恋爱也没有结婚；

3. 身为汶川人，我得到过很多的社会帮助，如果我有机会能够去前线出自己的一点力，我一定义无反顾。"

护士长非常感动，回复说："沙沙，这两天你让我很感动。"

佘沙回复："因为我和其他的护士不一样，我是汶川人呀！"

招募支援湖北的医护人员首选在 ICU 或呼吸科工作的，佘沙的专业不对口，她一方面担心怕自己不会被选上，一方面在下意识里又坚定地认为，自己一定要去，因为她是汶川人。

1 月 25 日，四川省第四人民医院召集该院第二批援鄂医疗队成员，佘沙又一次主动报名。

这一次，她如愿入选。

2 月 2 日，佘沙参加四川省第三批援鄂医疗队出征。她是这批医疗队里年龄最小的队员，也是四川省第四人民医院唯一一名奔赴武汉前线的护士。医院的领导和同事为她举行了一个简短的欢送仪式，同她合影留念，并向她表达敬意。

佘沙由衷地说："12 年前，汶川地震受到全国各地的支援，我是受援者，今天，我是支援者，是感恩者，我将尽最大努力支援他们。"

驰援武汉，佘沙都不敢告诉家里人，因为她估计父母都会很担心不让她去。在院方批准了她的请求后，她才告诉了哥哥佘青松，并且叮嘱他不要告诉家里。

哥哥一再劝阻她不要去，但是佘沙的主意已定，谁都拉不回来。

就这样，佘沙和同伴们入驻新冠肺炎重症患者的一家定点收治医院——武汉大学人民医院东院区。开始时，她被分在医护人员住地，负责院感和协助后勤工作。

她和华西医院的杨翠、成都市第三人民医院的王静一起，对整个住地酒店进行了分区，把所有的进出口都分了清洁区及污染区，并贴上了鲜明的标识。

三部电梯也分为只进电梯及只出电梯。为了避免交叉感染，她们在每层楼的电梯门口都放置了免洗手消毒液及按电梯用的纸巾。在大门口处放置了专门丢弃口罩的垃圾桶和免洗手消毒液，方便下班回来的队友在门口及时进行手卫生消毒和更换口罩，减小被感染的风险。

她们还帮助驻地的清洁工人对清洁工具进行了分类分区域，并做好标识，及时查看打扫消毒的情况。

许多单位给医疗队员们捐赠生活用品，每当捐赠物资送到驻地，佘沙就和同伴们负责清点，认真制定发放计划，再通知各家医院的领队前来领取物资。

每天她们还要负责了解所有队员有无身体或心理不适，及时发现、报告和处置。

虽然工作非常琐碎，但是佘沙都坚持一丝不苟地去做。她们要确保每一个细节都做到位，确保队友们万无一失。佘沙心想，只有队友们全都平平安安、健健康康，他们才能够到临床去救治更多的人。

然而，佘沙并不满足，她觉得自己既然都到武汉来了，就应该进到医院的病区里去，那里才是真正的抗疫前线。

在她接连三次的主动请缨下，2月13日，医疗队终于批准她进入人民医院东院区五病区。

刚进入隔离病区，佘沙内心一度也曾感到惴惴不安。但是，当她想到自己的背后有一个强大的祖国在支持着他们，看到队员们一个个不顾危险英勇工作，渐渐地，她就把心放下来了。

这时，她主要负责协助总务和医院感染控制的工作。

每天，她都要和医疗队其他队友一起清查医疗物资，及时补充，还要去领取她所在科室的物资。佘沙把这项工作戏称作"搬运工"。

刚到医院那段时间，总务人手少，患者多，科室医疗物资消耗大，佘沙每天都要去各处物资领取点领东西。防护服、手套、药品这些东西都还算轻便，而患者要用到的呼吸机等医疗器械就很沉，又不好搬运，只能一台一台地往回搬。手推车本来就不多，而一旦送进了污染区就不能再推出来，因此，进病房的物资大都要靠人肩扛手提。那几天，佘沙的手累得都抬不起来。

佘沙最重要的工作是做好院感控制，他们要负责出入医院所有医护人员的防护工作。

每天清晨 7 点，在其他医护人员还没有上班之前，院感护士就要先对整个环境进行消毒。所有医护人员用的电脑以及要接触到的地方都需要细致地擦拭消毒，每天擦拭 2 次。有些进病房同事的面屏和护目镜需要反复使用和消毒，佘沙他们必须先对这些面屏和护目镜进行浸泡，再由其他专业科室老师拿去消毒。医疗队的更衣室和脱防护服的地方都贴了完整的操作流程。

每天他们都必须盯着每一位进入病区的医务人员穿防护服，发现有一丁点不合规就要马上纠正，这样做的目的主要是要确保各类防护装备穿戴准确，防止因防护不到位而发生感染。佘沙把自己的这项工作比喻成"守门员"，她要为大家把好这一关，守好这道门。

很快，佘沙又不满足了。她是一个深深懂得感恩的汶川人，她到武汉就是来报恩的。因为学的就是护理专业，她认为自己应该进到最危险的红区病房里去，用自己的专业直接去照顾病人。

又经过了两次的申请，她终于如愿以偿，走进了24小时轮班的病房。每天，他们都要负责照护患者、配药换药、测量体温、送餐、保洁等。

开始时，佘沙每次都要提前一个小时到医院去做进入红区的准备——穿戴好防护服。到了后来，动作熟练了，每次只需10多分钟，她就能把防护服穿好，把各种防控准备都做好。

患者对他们充满了崇敬之情，也很心疼他们。看到佘沙这样小的"孩子"都来支持武汉，他们一次次真心地提醒她：一定要注意个人防护，平平安安地完成任务回去。

所有这些，都给佘沙留下了难忘的印象，她感觉武汉人民确实了不起，是英雄的人民。

在病区工作时，佘沙幸运地遇到了一位热心的护士长叶曼。

说来也巧，2008年时叶曼正好是佘沙现在这个年纪，也是新参加工作不久。她所在医院收治了来自汶川的受伤患病的群众，叶曼也毫不犹豫地报名，作为一名志愿者参与救治工作。

当年，汶川有难，武汉的医护人员毫不犹豫地伸出了援手。如今，汶川当年受到过救助的小女孩，包括佘沙、邓小丽、张琴等都已经成长为医护人员，又回到武汉抗疫一线来帮助抢救生命。突然接收到曾经帮助过的人的回报与感恩，叶曼心里特别感动。

如此相似的一幕，让叶曼不由得感慨万端：时光荏苒，岁月如梭，种豆得豆，种善得善，当年自己和武汉医护人员种下的爱和善的种子，如今竟收到了实实在在的回报。当善良与感恩相遇，这种缘分，莫非是在冥冥之中就注定了的？

在工作中，叶曼对佘沙给予了更多的关爱，像大姐姐一样地心疼她，处处都热情地指点和帮助她。佘沙也很勤奋认真，像小学生似的，虚心地向前辈医护人员学习，努力做好工作的每一个细节，确保自己的同事都不被感染，让每一名患者都能得到精心的照料。

一个多月的相处，叶曼对佘沙的评价是：有热情，有担当，有干劲，做事情很有效率，把各个细节都做得很好。

在病区工作非常辛劳，穿着厚厚的防护服，人连呼吸都有点困难。佘沙是第一次穿上这样的防护服，即便外面天寒地冻，穿着防护服的她仍然是满身汗透，贴身的衣服都是湿漉漉的。有时，戴着 N95 口罩因为憋气而感到非常恶心，也要硬忍住以免吐在口罩里，那样就必须出去换掉防护服。耽误工作不说，还会浪费一套防护服。这是佘沙所不愿意的。因此，每次无论多么难受，她都要竭力克服恶心的感觉，在病房里坚守、坚守、再坚守，一直到 6 个小时换班的时间。穿上防护服时整个人就像中了暑一样，常常感觉晕晕乎乎的，而脱防护服时更紧张，佘沙觉得就像在"拆炸弹"，更要小心翼翼。

3 月 7 日，中宣部宣教局、全国妇联宣传部等部门联合发布了"一线医务人员抗疫巾帼英雄谱"。佘沙作为四川省唯一代表上榜。

在接受记者采访时，佘沙说："我觉得这个荣誉其实不是我个人的，应该属于全体四川省支援湖北医疗队。"她认为自己只是做了一个护士、一个感恩者应该做的。

在武汉前线，佘沙看到全国各地赶来支援的队伍，觉得祖国太强大了，就积极向党组织靠拢，于是主动递交了入党申请书。结果，很快便获批准，成为了一名预备党员。

3 月 27 日，武汉大学人民医院东院区的 8 个病区关闭，患者清零。

3 月 31 日，佘沙所在的医疗队圆满完成了援鄂任务，返回四川成都，受到了英雄般的礼遇和欢迎。她在武汉一共坚守了 59 天。

经过集中隔离后，佘沙回到了自己的医院，与熟悉的同事们重逢，受到了大家热烈地欢迎和褒扬。

医院特地给佘沙放了个假。4 月 15 日，佘沙返回家乡漩口镇宇宫村。漩口镇当地的领导和村民手捧羌红（羌族人祈求吉祥的信物）和哈达，早早地在路边等候佘沙这位战疫英雄归来。

　　佘沙觉得自己微薄的付出却赢得了大家异口同声的赞扬，这也更加坚定了她的决心，在今后要更加严格要求自己，加倍勤奋工作，去帮助更多的人。

　　在迎候佘沙的人群中，还有她91岁的奶奶。奶奶见到佘沙，眼睛都红了。在佘沙奔赴武汉救援期间，全家人一直都替她揪着心，奶奶每天都要看电视，虽然她始终不言不语，但是她心里的那份牵挂，每一位家人都能感受得到。

　　最开心的还有佘沙的哥哥佘青松。当妹妹在前方战疫时，哥哥也没有闲着。从疫情发生后，他就参加村里的防疫消毒队，每天背负消毒喷雾器，对村社的各个角落进行喷洒消毒。

　　当初他曾极力反对佘沙去武汉前线，如今，看到妹妹生龙活虎地回来，依旧是那样可爱，哥哥赶紧自己下厨，准备火锅。这是佘沙最爱吃的。

　　佘沙的妈妈刘群是宇宫村的一名网格员。疫情期间，她每天坚守在村道防疫卡点，查车辆、量体温、做登记，守护着一村的平安。

　　佘沙的爸爸佘开云一直在村子附近的阿坝铝厂上班。疫情期间他依旧坚持去工厂上班，为恢复生产尽自己的一份力。

　　佘沙全家人都始终坚守在自己的岗位上，为疫情防控默默无闻地出一份力。

　　回到家，在浓烈亲情的包裹下，佘沙又变回了小女孩的模样，每天都睡到了自然醒。

　　五一节一过，佘沙就回到了医院上班。

　　"工作内容其实没有什么变化，还是如往常一样，负责介入手术和病房工作，但心态上更成熟了。"佘沙说。

勇敢不仅因为爱和善

　　女性带给人的是安心、舒心和放心。她们就像一束光，照亮黑暗；她们又像一道彩虹，出现在雨后的天际。而有时，她们则犹如一颗流星，像烟花一样，在天空昙花一现，璀璨无比……

4月5日，一道令全国人民揪心和震惊的消息传来。

山东第一批援鄂医疗队成员、山东大学齐鲁医院呼吸与危重症科主管护师张静静在结束14天的集中隔离，即将返回家中休息时，猝发心脏暂停。

3月21日，张静静结束援鄂任务，回到济南集中隔离。4月4日晚17时，结束集中隔离，原计划4月5日早上回家休息。

4月5日早餐时，同事没有见到张静静，便去敲她的房门，无人应答，冲进房间后，发现她躺在床上没有反应。同事迅即拨打急救电话，张静静被紧急送往济南市章丘区人民医院抢救，后又被转运至山东大学齐鲁医院抢救。

4月5日至6日，全国人民一直都在热切关注和惦挂着张静静的病情，都在为这位美丽善良、传播大爱的英雄默默祈祷，祈盼她能够苏醒过来。无数的祝福都飞向了济南，飞向了齐鲁医院。

然而，天不慈悲。尽管齐鲁医院动用了全院最强的医护专家力量，采用了最先进的医疗技术，实施了一切可能采取的手段，最终，依旧没能留住张静静！

在经历了近36个小时的紧张抢救，4月6日晚18:58，张静静如同她的名字一样，静静地离开了人们，没留下一句话，也没能和自己的爱人、父母和孩子见上最后一面！

张静静的丈夫韩文涛是山东钢铁集团派遣前往塞拉利昂矿山工作的职工。他俩是高中同学，相识已经有18年，2020年是结婚的第六年。女儿雅雅2015年4月出生。

自2015年10月以来，韩文涛就在非洲参与援建工作。每12周才有一次回国休假的机会，每次休假除去往返路途上的时间，真正能待在家里陪伴妻儿的时间只有 25 天。张静静是一位责任心极强的人，单位有什么事情向来都是随叫随到，即使丈夫每年休年假从国外回来，她也从不请假。

2019 年 12 月 30 日，是韩文涛和妻子最后一次团聚。那时，他已结束国内休假准备启程返回非洲。这一天，他提出，下次回家时，一定要和妻子去补拍推迟了 6 年的婚纱照。

2020 年 1 月 17 日起张静静就在医院值班，他们 5 岁的孩子则被张静静父母接回菏泽的老家照料。

1 月 24 日，除夕，张静静刚在医院完成 3 小时值班，看到医院微信群里发布的《关于组派医疗队援助湖北应对新型冠状病毒肺炎感染疫情的通知》，当即报名。随后，她向医院递交了请战申请，说："我亲历禽流感、甲流疫情，有救治经验，又是主管护师，应该首批去。"

这天晚上 8 点，她和丈夫像往常一样进行了视频通话，但她并没有告诉他自己已报名去湖北，只是显得非常非常开心，也比以前温柔了很多。

次日大年初一，接到参加山东省首批援鄂医疗队赴鄂通知的张静静，匆匆赶回菏泽老家看了一眼父母和孩子，便马不停蹄地赶回济南。

北京时间 1 月 25 日下午 13 时 21 分，韩文涛刚刚睡醒，便看到手机上有亲人和朋友的多个未接来电。

拨通电话，他这才得知妻子要去湖北，但直到晚上 6 点，韩文涛才联系上了张静静。此时，她已坐上了去机场的大巴。她对丈夫说，国家困难面前，总得有人站出来。

韩文涛一面心疼妻子，替她担心，一面又对妻子的所作所为倍加赞许，认为这是一种大爱至善之举。他由衷地祝愿妻子能够平平安安归来。

张静静随同其他医疗队员搭上飞机，奔赴湖北，决绝，而又有一些牵挂。她心里清楚，此一去，前路艰险，犹惦挂，家中尚有幼儿，且有年迈双亲。

在去黄冈的行李箱里，张静静还带着书，她是想着空闲时间看一下书。因为她去年 9 月刚刚评上主管护师，是科室的骨干成员，33 岁的她正打算继续报考研究生。

1 月 26 日凌晨两点半，搭载山东医疗队的飞机抵达武汉。

抵达后，第一件事是清点各自带来的物资。山东首批援鄂医疗队被分配到疫情严重的黄冈市，当地医疗防护用品缺乏，因此援鄂医疗队员们只携带了换洗衣物，行李箱内装的全是防护用品。

山东省医疗队对队员进行了分组，张静静被分在了普通医疗二组，齐鲁医院另外四名同事分在重症医疗组。为了避免不必要的感染，医疗队员们都是单间住宿，在自己房间用餐。

和包括齐鲁医院在内的山东医疗队一道参与对口支援黄冈抗疫的，还有以湖南湘雅医院为代表的湖南医疗队。医疗界"四大天团"中的两个汇聚黄冈，并肩作战，给黄冈人民注入了巨大的信心和力量。

医疗队随后进行了关于新冠肺炎知识的强化培训，接着便分配各自的工作任务，确认工作重点，同时还要想方设法解决物资紧缺的问题。

到达黄冈的第三天，在进病房之前，张静静给自己理了一个寸头。她担心自己的一头长长的秀发容易藏匿病毒，而且穿脱防护服也极为不便。为了能够更好地照顾患者，她毫不后悔地理了个男孩一样的发型。和她一起剪发的，还有山东医疗队的数十名女战友。

黄冈大别山区域医疗中心（黄冈中心医院的新院区）原定竣工时间还有三个多月，为了应对疫情而紧急启用，被称为"黄冈版小汤山"。

经过昼夜清扫，医疗中心共整饬院房 15000 余平方米，安装病床 700 余张。开辟出了两个病区，开始紧急筹划建立各种病房工作流程和诊疗规范。首批开放 110 个床位，12 个重症床位。

1 月 28 日晚，大别山区域医疗中心 ICU 初步筹建完毕，基本具备收治病人的条件。

1 月 29 日 0 点，开始收治病人。1:25，第一位病人送来了。

进入病房，在和患者打交道过程中，张静静很快便发现，黄冈当地的方言和山东的方言差别很大，患者说话的语速稍微一快，他们就很难听懂。因此在刚开始接收患者的几天，与患者的交流和沟通都很成问题。

更麻烦的是，由于穿着厚厚的防护服，戴着 N95 口罩，医护人员的声音很难传出。张静静他们为了让患者能够听清每一句话，基本上都要靠大声喊话，这就更加劳神费力。

怎样才能更好地与患者的沟通呢？善于动脑筋的张静静再三琢磨，想到了一个办法。她立即着手制作一本小手册，把医护人员经常要表达的一些意思都印在手册上。最初的时候，因为患者多，救护任务重，医护人员工作相当忙碌，张静静利用休息时间抓紧制作。最初的这本手册只有 20 页，张静静一张一张地打印了出来。

2 月 1 日开始，《大别山区域医疗中心护患沟通本（山东医疗队）》就开始在医疗中心南楼 5 层病房内使用。

在接下来的时间里，张静静不断耐心地同黄冈的患者进行沟通交流，一遍又一遍地揣摩，一个词一个词地弄清如何用黄冈方言来表达。譬如，要安慰年老的男性患者不要害怕，用黄冈方言就要说"爹爹，你抹黑不过"；要询问患者的身体状况，就问"你现在虚浮（舒服）点了吗？"……

在这段时间里，张静静边自学，边求教，学会了不少的黄冈方言，并且一直坚持用方言与患者进行简单的对话交流。

随着工作的步步推进，张静静结合救护需要，对沟通本做了几次的修订。

她把手册分成两部分，前面是常用的黄冈方言与普通话对照，后半部分是护患沟通交流中常见问题的答复，包括经常要提示患者的内容，比如："使用呼吸机时请勿张口呼吸，张口呼吸容易造成肚子胀"，"为了保证您正常输液和保护您的血管，需要留置针静脉输液"……

张静静将这些内容用黑色大字打印在一张张 A4 纸上，然后再装订成册，最终形成了一本中规中矩的《大别山区域医疗中心护患沟通手册》。

这本简单明了的手册有效地解决了护患沟通的难题，受到了患者和医疗队员们异口同声的称赞。

张静静已有 10 年的护理经验。她知道患者住院又没有家人陪伴，心里难免恐惧害怕，这时如果用方言同他们进行交流，就能很快让他们对自己建立起信任，而这种信任和同患者之间的顺畅的沟通，对于疾病的治疗又是十分有利的。特别是在新冠肺炎的隔离病房里，患者能够依靠的只有医护人员，因此，关心和安抚患者有时比治疗还重要。

有一位 60 多岁的男患者，他是从其他医院转到大别山区域医疗中心的，来时只穿了一身秋衣秋裤和一双一次性拖鞋。

张静静看到这位大爷的惨状，不仅没有嫌弃，而是赶紧尝试着用黄冈方言跟他交流，尽力地安抚他。同时，她又和同事们找来了一身衣服和一双鞋子送给了老人。老人热泪盈眶，连声道谢。

在医护人员的悉心治疗照护下，大爷很快就治愈出院了。

在黄冈的每日每夜，张静静都用心去感受和体悟。文笔很好的她写下了一篇篇的抗疫日记，记录下在抗疫过程中一件件感人的小事和工作中的点点滴滴：

有一位退伍军人在出院的时候，向医疗队员们敬了一个标准的军礼。

张静静参与救治过的一位女患者由衷地对她说："咱们年龄相仿，都是 80 后，我可能一辈子也忘不了在大别山区域医疗中心，你们山东人对我们的帮助，我可能会一辈子记得，有个女孩叫张静静，记得您是如何把我们一步步从死亡的边缘拉回，千言万语道不尽感激。"

还有一位患者告诉张静静："凌晨四点，当看到你们还在，我心里无比踏实。你们真的是暗夜中期望的一束光，帮助我们找到归岸的路。"

张静静在日记中写道："真心换真心，只要患者需要，我就会一直在。"

有的患者需要使用吸入装置吸入药物进行治疗，而使用吸入装置有五个关键步骤，患者需要熟练掌握吸入方法，药物才能真正发挥作用。在参与救治过程中，张静静发现，许多患者都不会使用吸入装置来吸入药物，而护士们又因为穿着厚厚的防护服，无法亲自演示。

怎么办呢？怎样才能让患者看到真人的现场演示呢？

张静静想到了自己所在的齐鲁医院有关于这方面的视频，于是她上网查找到如何使用吸入装置的视频的二维码，再打印出来，贴到病房里。患者通过扫描二维码，就可以直接观看视频，跟着视频示范进行反复练习。

她的这个好点子，又一次受到了队员们的交口称赞。

患者也经常让张静静感动。

有一次，她值大夜班，早晨 6:30，去给一位 50 多岁的阿姨抽血。阿姨的血管不好找，平时都要戴眼镜的张静静找了好一会儿，凑近前去看了又看，想要找到一根万无一失的血管，避免一针扎不出血，再次穿刺会增加阿姨的痛苦。

就在她凑近去之际，突然听见阿姨开口说话："孩子，别离我太近！你们这么年轻，从山东大老远到我们黄冈来，我不想把病传给你！"

瞬间，一股暖流涌遍了张静静的全身。此时此刻，她感觉自己所有的辛劳和付出都是值得的。

2 月 4 日，正好是立春节气，这是一年春天的开始，大别山区域医疗中心首例治愈患者出院。这是山东援鄂医疗队收治的首批患者之一。

在当天的日记中，张静静真情地写道：

"和年幼的孩子分离我没哭；没能陪父母吃上团圆饭我没哭；战场上累到颈椎病复发我没哭；条件艰苦，没桌子用手端着吃饭我没哭；一早晨抽 30 个患者的血我没哭；为卧床的患者翻身换尿不湿，我没哭；一天下来，脸上被口罩勒出压痕、压疮，我没哭；从隔离病房出来，全身衣服汗湿透，往下滴水，我没哭……但是，当被患者集体点赞，当患者竖起大拇指的那一刻，原谅我没忍住，泪流满面；当看到患者治愈出院，给我们挥手告别，原谅我没忍住自己的眼泪。

"我们最渴望的，就是患者的平安；我们最希望的，莫过于患者痊愈出院。没有一个冬天不可逾越，没有一个春天不会来临。今日立春，希望'从此雪消风自软，梅花合让柳条新'，希望从今天开始，我们听到的都是好消息，希望阴霾消散，胜利来临。"

初到黄冈的十几个日日夜夜，张静静一直都没能得到很好的休息，神经时刻紧绷着。紧张、焦虑、担忧、辛劳、疲惫，交织在一起。在最开始的几天里她甚至夜不成寐。

随着治愈出院的患者越来越多，张静静的心情也渐渐地放松了下来。2 月 14 日夜里，她终于睡上了一个安稳觉。这是她到黄冈后睡得最好的一次。

3 月 7 日上午，张静静在自己的朋友圈里写道：

"若我归来，请不要为我做什么接待。只想回家好好地睡上一觉，睁开眼后，自己还在。遭遇了疫情，杏林中人责无旁贷。若我归不来，也如归来一样。"

——孰能料到，此言竟一语成谶！

3 月 18 日，大别山区域医疗中心的最后两位患者出院，黄冈市"四类人员"实现清零。

3 月 21 日下午，山东援鄂医疗队圆满完成了在黄冈的救援任务，启程返鲁。在这次疫情阻击战中，山东省先后派出 5 批医疗队共计 610 人驰援黄冈，历时近 2 个月，共救治患者 726 人，其中重症患者 151 人、危重症患者 27 人。

黄冈市政府授予医疗队每名队员"黄冈市荣誉市民"称号。黄冈的市民们以最高的礼遇欢送医疗队。在人群中，有"咿呀"学语的幼儿由父亲举过头顶，对着他们大声地说："齐鲁大爱，铭记终生！感谢山东，感恩有你！"

还有会画画的小学生送给了张静静一幅画满了爱心的图画，对她说："医生阿姨辛苦了！你是我学习的榜样！"

黄冈人还送给了张晶晶一篮子的煮鸡蛋，说这是送给最亲的人的祝福。

在送医疗队车队去机场的路上，群众自发组织的送行的队伍让人动容。马路两边的居民楼上，悬挂着无数幅欢送的横幅，令人动容，上面写着："春风十里，只为送你""谢谢您为我们负重前行""谢谢您曾为黄冈拼过命""我未谋你面，但是记得您"……

在这天的日记中，张静静掩饰不住激动和自豪地写道：

> 没有不可治愈的伤痛，没有不能结束的沉沦，所有失去的，会以另一种方式归来。疾病与灾难都会成为岁月的尘埃。
>
> 今天，这里没有歇斯底里的哭喊，没有绝望与黑暗，春风吹开了这里的樱花，一树又一树尽连成蔽日的云朵。而这里，疾病肆虐过的冰冷土地下，是破土而出的春天。
>
> 新冠肺炎席卷了一个春节的安静，它'张牙舞爪'，让人慌张、恐惧甚至忧伤。但我们知道，所有的猖獗都将过去，在这道突如其来的黑暗里，更多的光亮会照进来。
>
> 本想像当初来时一样悄悄地返回，但我热爱的这片土地上的人民感恩的心使我感动，曾经住在我们病区的一位阿姨，前天已经专程赶到我们所驻扎的酒店看望我们，今天知道我们要走，又赶来。
>
> 道别的话不想说出口，眼泪忍了又忍，总是要分离，但我们永远是一家人，明年待到杜鹃花开，我一定再回黄冈这个家里感受春暖花开！

在日记的最后，张静静深情地写道：

> 我们扎根于这个伟大的国度，无畏一切考验的淬炼，因为这是我们的梦想之地。哪怕荆棘仍在，依然通向山顶，值得我们不停脚步，值得我们咬牙坚持。

愿以吾辈之青春，守护这盛世之中华！

返回济南，3月21日晚上17时，山东医疗队住进了酒店进行集中隔离。4月4日晚上隔离期结束，经三次核酸检测，576名队员无一人感染新冠病毒。

北京时间4月5日，当得知妻子因心脏骤停正在抢救的消息，远在万里之外的韩文涛忧心如焚。但是由于疫情原因，塞拉利昂商业航班全部停飞，他也无法及时赶回国内。

于是，被困在塞拉利昂的韩文涛便在个人微博和微信朋友圈里发出求助信，称他是在孩子刚满6个月的时候被派去参加援非，如今孩子刚满5岁，原本计划妻子张静静在隔离结束后，第2天前往老家接回孩子。听闻变故，他感到浑身发麻，希望能在有关方面的协调下尽快回国，见到并照顾妻子。

这份求助信引发了广泛的关注。

齐鲁医院和韩文涛所在的援非单位山东钢铁集团的领导也向上级汇报了此事。

4月6日晚，张静静经全力抢救无效去世。

4月7日深夜，中国驻塞拉利昂大使馆专门协调了塞拉利昂军方和警方，在"封城"的情况下，将韩文涛从250公里外的矿区接到首都弗里敦，还特地为他准备了一些防疫物品和常用药。

经多方协调，在外交部和山东省政府大力支持下，在多位大使的亲力亲为下，韩文涛终于于4月11日从塞拉利昂乘包机到比利时的首都布鲁塞尔，再从布鲁塞尔乘飞机回国。

从国外归来，回到家里，看到阳台上还晾着张静静赴鄂前洗的衣服，韩文涛不禁泪流满面。

妻子张静静还是没能坚持到再一次春暖花开，重返黄冈战地赏杜鹃，她甚至没能等到丈夫历尽千辛万苦从非洲赶回相见，她也没能再次抱起自己刚刚五岁的幼女，践行自己临行前对女儿的承诺。

——而就在她奔赴前线期间，女儿还专门画了一幅画送给她，上面是戴着口罩的妈妈，一支针管，一支试管，两三个长着翅膀的小天使……还用稚嫩的字迹写着："战胜疫情，等你回家！"

张静静不幸去世后，她的同事、山东省第三批援鄂医疗队队员于书卷悲痛地说："你走之后，大家工作都默默不语，每天都以泪洗面，我们这么和谐、这么团结的集体从此没有了你带给大家的欢声笑语了，大家不能接受。静静，你安息吧，太累了，天堂没有痛苦。"

医院护理部主任栾晓嵘沉痛回忆道："从年初一到今天，数一数我们俩的手机短信、微信已经有二百余条，电话数十个，再次读到这些信息，忍不住潸然泪下。静静，带着我们最深切的缅怀，最沉痛的哀悼，最深重的思念，送上我们最崇高的敬意：'你归不来，也如归来一样；倒下的是躯体，站立的是永恒！'"

齐鲁医院呼吸病房一区护士长何良爱沉浸在痛失好战友的悲伤中无法自拔："你穿梭在病房轻盈的脚步，你视病人如亲人灿烂的微笑，你眉宇间的智慧、聪颖的眼神，令我们无法忘怀。静静，我们再也等不到你长发飘飘的那一天。我们将传承你大爱无疆、甘于奉献、勇于牺牲的精神，继续前行。"

4月7日，黄冈市举行了张静静追思活动。黄冈市中心医院医护人员、公安民警、志愿者、艺校师生和近千市民赶到大别山区域医疗中心北广场，手秉不断流泪的蜡烛，追忆曾在此奋战53天的张静静。

当晚8时，哀婉的音乐响起，烛光祭奠活动开始。有人手捧蜡烛静静肃立，有人手持鲜花默默垂首，广场里一片默哀。黄冈人用最深的怀念为恩人送行。

广场上，用蜡烛形成的红心、大大的"静静"二字表达着黄冈市民的感恩之心。

追思台前，摆满了一束束鲜花，白潭湖边，放上了一只只千纸鹤。

曾接受过张静静医疗救护的一位刘姓患者怎么也无法接受张静静突然离世的消息，止不住泪流满面，哽咽道："她这么年轻，把我们都救活了，怎么自己就走了呢？她应该守信用啊！答应2021年来黄冈看杜鹃，怎么就走了呢？"

当初，全国4.26万名医护人员驰援湖北时，各地的人们曾对湖北喊话："我们的白衣天使是借给你们的，一定要一个都不少地还回来。"

然而，世事难料，尽管湖北的疫情在短短两三个月的时间里就被控制住了，但是，还是有三位"借去"的白衣天使再也无法"完璧归赵"了！

一位是1984年出生的广东医疗队的青年医生王烁，因为一辆醉驾的车辆而被撞身亡。接着是已经平安返回济南的1987年出生的张静静，在结束集中隔离之后倒下。后来，又有1992年出生的广西的护士梁小霞，在经历了88天的抢救后终告不治。

这些倒下的医护人员无疑都是英勇的战士和烈士，是胸怀大爱、传递至善的天使。他们的离去，让我们扼腕悲痛，唏嘘慨叹，也让我们看到了人性最为璀璨的光芒。

他们以自己的牺牲告诉我们：勇敢，不仅可以因为大爱与至善，也可以因为尊严、道义、职责和使命！

正是因为有这样一大批勇敢的女性和英勇的战士，我们人类在与新冠肺炎病毒的这场战争，注定不会落败！

四

武汉历『险』记

谁也不会料到，在疫情肆虐时期的武汉，发生了多少令人闻所未闻的故事。志愿者"大连"就是其中之一。

这是一个真实的故事。故事的主人公是一位大连小伙，还不满28周岁，因为名字"蒋文强"里有个强字，我们就称他"小强"吧。小强原先的计划是要从上海转乘高铁去长沙谈一桩合作的生意。2月13日路过武汉时，却阴差阳错地下了车，从此开始了他悲欣交集的一段奇幻经历。

误打误撞到了武汉

小强1992年5月出生，在大连经营着一家手游工作室，已婚，儿子还不满3岁。过完元宵节，小强计划去长沙出差。他每年都要去长沙，找和他做手游工作室的师傅，一起去买今年的脚本和IP。这时全国的疫情防控正处于胶着状态，尤其是湖北和武汉的疫情正是最严峻的时候。家里人很担忧，但是小强在网上查询了一下，看到湖南和长沙的疫情并不严峻。于是就极力地安慰家人，说自己去谈生意，谈好合作就回来，不会有什么事。

于是他简单地收拾了一下行李，只背了一个背包，里面带了一两天的洗漱用品、两双袜子、一条内裤、一条裤子和一件衣服。

小强的师傅住在岳阳。小强计划飞到长沙和师傅会合，但是上网一查，大连到长沙的机票 2000 多元，太贵了！而沈阳飞上海的机票却是"白菜价"，于是他打算先飞到上海，然后再倒高铁去长沙，加上在上海住上一晚的花费总共才 1000 多元，还能省出七八百元。上海到长沙的高铁要经过岳阳，小强的师傅说：那你不如直接到岳阳来找我，我开车带你一起去。

2 月 12 日，小强从大连到了沈阳，从沈阳乘飞机到了上海浦东机场，在上海住了一晚。

2 月 13 日早上 8:24，小强准时坐上上海虹桥开往长沙南的 G576 次列车。他买的车票是上海到岳阳东的二等座，3 车 6F 靠窗的座位。

车厢里人很多，大家都戴着口罩，彼此不交谈。小强坐在自己的座位上，一直在玩手机。前一天晚上他吃了一碗泡面，早上没吃饭，快到中午时，他感觉肚子有点饿，就走到 8 号餐车买了一份盒饭。他看到车厢里有很多空位，就找了一个靠窗的座位坐下来吃饭。火车下午 2 点半就到岳阳，再走回拥挤的 3 车厢实在有点麻烦，因此，吃完饭他就继续坐在座位上玩手机。玩了不到一小时，就听见列车员喊：武汉站到了，请 8 号车厢的全体乘客下车。

13:25 火车准时停靠在武汉站。车厢里嘈嘈杂杂的，只有小强还坐着没动。岳阳还没到，他才不着急呢。这时，就听见乘务员大声问他：小伙子，你怎么不下车？

小强回答：我到岳阳东，不是到武汉。

列车员问：你在几号车厢？

小强回答：3 号车厢。那我回自己车厢去！

列车员说：这节车厢人家都是到武汉的，你跟他们坐在一起这么久，为了整车人的安全着想，我们不可能再让你回 3 号车厢，也不可能再让你继续往前走，你还是跟他们一起下车吧！

这时，小强才注意到他身边坐的几个人果然都已站起来拿好行李准备下车。前面是一位大叔，右边是夫妇俩带着一个孩子，后边还有一个大学生。

小强拿着自己的车票想走近去和列车员说理，列车员却一个劲地往后退，说：你别过来！你别过来！

没办法，小强不想为难人家，就从高铁上下了车。下车后没几个小时，他就后悔了。因为当时他如果坚决要求留在车上的话，列车员也未必能赶他下去，毕竟他手里的车票是到岳阳东而不是到武汉，况且，他是从大连来的，既不是患者也不是疑似患者，甚至也不是密切接触者，谁也不能强迫他下车。但是，这个一米八三的小伙子觉得人家那么催促他下车，那话说得让他实在不好意思再硬留在车上。他心里想，既然武汉站可以下车，那就说明高铁还开，自己可以再上别的车。

G576在武汉站停了几分钟就开走了。

站在站台上，小强不知所措。这时，他看到刚才坐在前面座位上的那位大叔，就走过去问他是到哪里去的。大叔回答说自己是回武汉的医生，要回去参加一线的救治工作。

小强就问他：您能不能捎我一程？

于是大叔就捎了他一段路，然后把他放了下来。

得想法离开武汉！小强心想。

他打开手机，发现离汉火车票全部停售。他又用滴滴打车搜索可以离开武汉的交通工具，结果发现所有的快车、出租车、顺风车全都停了。他这才想起来，武汉已经封城，所有人现在都出不去。虽然在大连的时候看新闻就知道武汉已经封城，但是只有到了武汉，他才意识到什么叫封城，也就是所有留在武汉的人都不能离开武汉！想起此前在手机上也看过那些新闻，不少滞留在武汉的外地人只能睡地下通道或者停车场，他想：我有手有脚也有脑袋，我可不能学他们流浪街头。

他给110打电话，希望警察能帮他带他离开武汉，他也给120打过电话，对方都回答，现在没有车可以离开武汉。

没办法，既来之，则安之吧。下午时，小强给家里打电话说自己被困在长沙了，暂时回不了家。他心想，如果家里人知道自己的处境，肯定会急疯了。

小强打算给自己找家酒店住下来，但他搜索遍了各种网站也订不到酒店。他在马路上走来走去，看到的商店都是关着的。

不知什么时候开始下起了小雨，天气变得阴冷，天很快就要黑下来了。小强想，也许可以找志愿者看看能否帮自己。当他在网上搜索本地志愿者时，网页下方突然蹦出了一则招聘信息，上面赫然写着四个字"包吃包住"！这四个字吸引了小强。

一开始他想避免去医院，因为医院都收治有患者。他先看到了一个负责道路清洁的工作，就给对方打电话，对方回答：你能过来吗？小强回答：我过不去，我没有车。对方说：我们也真想用你，但确实没办法来接你。

小强又打了第二个电话，是招聘一名司机的。对方说：如果你想来的话得自己带车，要是你没有车的话，就得等。但是小强等不起呀，天就要黑了，他得立刻马上找个地方住下。

怎么办呢？这时他想起 2 月 8 日大连新闻里播过的大连派出医疗队支援武汉。于是他就想，要不就去医院当志愿者，医院总不会让自己回家，总会管吃住吧？但是他不知道大连医疗队在哪一家医院。他通过网络地图搜索了一下离自己最近的医院。有一家武汉市第一医院，他就给医院打去电话。

对方说：来吧！我们正缺人。

小强问：能不能开车来接我？

对方说：行，但你得等一等，因为我们现在车辆也紧张。

折腾了一下午，这个年轻人感觉肚子又饿了。他在街上走来走去，好不容易找到一家开门的小店铺，看到有方便面卖就问店主：多少钱一桶？

对方回答：40 元。

小强说：怎么这么贵呀？

对方说：要不你就别买了，我们还想留着自己吃呢。

天黑透了，这时候去哪里买吃的呀？无奈，小强只好买了一桶面，跟人家要了开水泡着吃。

吃完饭在原地等了 40 分钟左右，医院的车来了。就这样，当天晚上 9 点，小强来到了武汉市第一医院。

时间太晚了，医院一时也没法给他安排合适的住处，于是就让小强暂时在地下车库搭个简易床对付一晚上。

地下车库保安亭那里有一张桌子，小强把桌子搬开，把医院给的一张折叠床打开，盖上医院给的一条被子。

又累又冷又担惊受怕的，一晚上小强都没睡好。半夜他听见有人在恸哭，然后就看见医院的工作人员推着一具遗体把它送到殡仪车上，家属就跟在后面哭，既不能靠近去看，也不能去触碰他们逝去的亲人。小强感觉，死亡离自己很近，非常恐惧，他被吓哭了。这时他才真的害怕起来，医院这里是最危险的地方，如果自己一不小心被感染的话，做最坏的打算，自己也有可能这样……

向家乡求救

第二天 2 月 14 日是西方的情人节，这个日子小强本该留在自己的爱人身边，陪儿子一起享受难得的长假。他怎么也没想到，一早起来自己就要开始工作。小强原本想得很美，到了医院，人家怎么着都会花一两天培训培训自己这样的新手，他先去医院混两天，在两天里兴许就找到办法离开了。但是，那时医院人手特别缺乏，根本没时间给他做细致的培训。

督导老师让小强跟着自己学，教他怎么穿脱防护服，给他分配了任务，然后，小强就直接进到 9 楼的病房里。他负责的是 23 病区。

小强人高马大，防护服和手套都没有适合他的尺寸。穿好防护服，他总觉得不是这儿不对就是那儿不对。刚进病房，他稍微一使劲儿，手套就从袖口那里崩开了，他特别害怕，因为手腕的皮肤都裸露出来了。来武汉支援的南京鼓楼医院医疗队护士长朱欢欢赶紧带着这个笨手笨脚的小伙子出去并给他消毒，然后又给他找了一副长手套戴上。从那天起，朱护士长每天都要从南京医疗队给小强拿一副长手套。

小强怀疑护目镜也有问题，一吸气总觉得眉毛那里有凉风。他很担忧，赶紧找到督导老师：我感觉空气会漏进去，跑到眼睛里，会不会被感染到？

督导老师回答：只要没有唾沫或是固体的东西沾到眼睛上，有护目镜挡着就没问题。

但小强还是半信半疑的，他又接连问了好几个护士，大家都说没问题，他这才相信。

别人都是戴两层手套，小强却坚持要戴三层，袖口处还用胶带重重捆起。

医院分配给小强的工作是清理患者的生活垃圾，还有拖地和卫生消毒，每天他需要到每个病房去收集垃圾然后放到电梯口。开始时一天工作 12 小时，早上 7:00 开始上班到 11:30，下午 1:30 到 5:00，傍晚 6 点到晚上 10 点。早上进去收拾 70 多位患者前一天晚饭的餐盒，然后分发早饭；中午时去收一下早饭餐盒，分发午饭；傍晚去收午饭的餐盒，再分发晚饭。每天早上 7 点他还负责给医务人员进行消毒，往他们的鞋底上喷洒消毒液。晚上下班前还要负责收拾医护人员脱下来的防护服。他每天要 3 次出入病房，因此要换 3 套防护服。

第一次到病房里收饭盒，小强伸手拿起饭盒，感觉饭盒下面黏黏糊糊的，糟糕，有水！他的心里咯噔了一下：完了，完了，我被传染了！他手里拿着饭盒，一时竟不知下一步该做什么。

当他终于把饭盒放进垃圾袋掉头就要走出病房时，却又听见患者喊：小伙子，还有垃圾桶。

小强一看，垃圾桶里有吃剩的苹果核、酸奶盒，这些都沾过病人的嘴，肯定都有病毒呀！小强心里怕极了。

他慢慢地蹲下去，感觉风就从自己的脸颊两边被挤了出来。他都不敢再站起来，心想：我一站起来，脸颊就会再吸进空气啊！

一整天，小强都在提心吊胆中度过。

晚上，医院方面告诉小强，已经给他安排好在医院附近的一家酒店住宿，一个人住一个带卫生间的独立单间，里面有电视，还可以上WiFi。

下了晚班，昏暗的路灯照着空旷的马路，小强一个人走回酒店。这个爱唱歌的年轻人轻轻地唱起了歌手海鸣威主唱的一首歌：

> 我走在没有你的夜里
> 好大的北京　我哭都没有了声音
> 我坐在没有你的家里好冷清　你走得如此地肯定
> 我躺在没有你的回忆冷冰冰　我痛都没有人伤心
> 我站在没有你的窗前　看孤独的风景
> ……

此时此地，他觉得，这首歌唱的正是自己心里真切的感受。

这天夜里，小强内心非常惶恐，害怕病毒会找到他。他感觉到了自己的渺小，现在他孤单单一个人在武汉，人生地不熟，连一个认识的人、一个可以说话的人都没有。他原以为到医院里当志愿者肯定会和患者保持很远距离，没想到志愿者和患者几乎是零距离。而他看到那些医生也都把患者当作普通病人一样，给他们做化验、做检查时都离他们很近。他一宿辗转反侧，难以入眠。

第二天早上，小强打起精神到病房去，看到75床的老大爷一直在流鼻血，用手纸在擦，然后从床上扔到垃圾桶里。但是老大爷扔得不准，不小心扔到了正在收拾卫生的小强腿上。小强心想：这下完了！跑不了了！自己肯定被感染了！

旁边的护士看到他有点儿发怵，就对他说：小伙子，你去把撮子拿来，再拿点卫生纸来，我来帮你一起收拾。做保洁的通常都是年纪较大的叔叔、阿姨，护士一看小强这么年轻，就知道他以前肯定没干过保洁。

小强自己不敢动，看着护士拿纸去包地上的血再往垃圾桶里放，心里非常感动，他对她竖起了大拇指，说：你是真汉子！比我都爷们儿！

护士看到小强害怕的样子，就对他说：要不你现在就出去，把你的腿处理一下，然后把手消消毒。

小强如获大赦，他是真的怕了，这地方没法再待下去！他赶紧出去把防护服都换掉了。

两天来这一连串的打击让小强心里打起了退堂鼓：我得赶紧另外找工作，这个活咱不能干了！

但是，当他上网搜索，却发现但凡是招人的，都是医院。

是啊，这种时候，工厂、企业几乎都已停工，哪里还有工作做？当下武汉最缺人的就是医院！

2月16日是小强到医院工作的第三天。每次看到患者痛苦的样子，窒息、剧烈的咳嗽，他心里就特别地恐惧和紧张。前一天和他说话的一名患者进了ICU，隔壁病房传来谁又被列为疑似病例，小强都感到心惊肉跳。以前他在电视上看新闻，知道新冠肺炎会导致患者死亡，但在电视上看到的只是一个一个的数字，并没有什么切身的感受，来了医院以后他才看到，死亡真的就近在咫尺。

一整天小强都把心提在嗓子眼。到了晚上，他感觉自己呼吸和胸口都挺沉重，就怀疑自己是不是已经染病了，一直到半夜三更都睡不着。他想，自己在武汉这座城里无人认识，他也不敢告诉家人自己滞留在武汉，更不敢告诉他们自己待在医院里，那会把他们吓坏的，因此没有一个家人或亲友知道他在这里，万一他被感染了，那就真的永远回不了家了……

他越想越怕，他想向人求救，他给自己能想到的求助部门都发了求救微信和短信。这时，他也想到了自己在大连开车时经常听的大连交通广播。

2 月 17 日凌晨 1:15，小强在大连交通广播微信公众平台上发出了一条求助微信。

17 日早上，大连交通广播电台《欢乐同行》主持人高峰在节目直播中发现了这条特殊的消息，这是一位微信名叫"时光手游"的听众发来的：

> 记者你好，我是一名在大连长大的大连人，目前我被滞留在武汉，我目前在武汉第一人民医院做一名义工，每天会面对 70 多个病人，跟他们零距离接触，每天会看到很多患者病危，甚至死亡的都有，慢慢地，我觉得害怕了，但是不敢跟家里说我在武汉，更不放心跟家里人说我在医院做义工，每天在病房工作 6 个多小时。我看到大连来了医疗队，但是找不到他们，我特别想跟家乡的人在一起奋斗。有时候我很怕自己被感染，没机会再回去见到我的父母、妻子，还有我不满 3 岁的儿子。不敢跟父母打视频电话！真的很害怕我再也见不到他们，作为一名中国人，大连人，我不畏惧病毒，可是作为一名儿子、丈夫、父亲，我惧怕再也见不到他们，我还有我未尽的义务！给你们发这个信息，我是想如果真有不测，我希望你们能帮我告诉我的家人，告诉我的儿子，他的爸爸是个勇敢的中国人，是个勇敢的大连人。我叫蒋文强，身份证号是 210……电话是 199……希望你们可以帮我转达！此致，敬礼！一名奋斗在一线的、普通但却勇敢的大连人！

节目播出后，听众纷纷留言，大家都感到非常地震撼和感动，同时也不断地为他鼓劲加油，鼓励他勇敢坚强。

大连交通广播电台迅速反应，立即成立了多名记者和主持人组成的援助报道小组，组织记者核实信息，联络主管部门进行帮扶。高峰负责联络小强，姜馨然负责与湖北当地楚天交通广播电台对接，高林负责联系大连市卫健委⋯⋯

当天晚上 20:36，节目组的记者联系上了小强。小强说：我不奢求现在就能走了，只想大连的医疗队如果有返回大连的，第一批带上我就行，特别感谢你们！我联系了好多部门，只有你们给我答复。现在其实着急也没用，不着急，我在这每天也有住的地方，一日三餐都有，也当是为国家尽一份力。

电台的记者姜馨然感觉小强的心理状态很糟糕，急需心理辅助，他需要别人的倾听和支持，需要进行心理的疏导。于是，大连电台紧急行动，联系上了派驻雷神山医院的大连援鄂医疗队，帮助小强和医疗队的大连医科大学附属新华医院领队刘医生联系上了。刘医生告诉小强，因为他平时不常戴口罩，现在长时间穿着厚重的防护服，戴着两层的 N95 口罩和医用外科口罩，感到胸口沉重是很正常的。

听了刘医生的这一番话，小强心里的石头落地了。他感觉自己就像一个落难到孤岛上的人，忽然看到了一条船，看到一条可以带自己回家的船，那种得救般激动的心情简直无法用语言表达。从那天起，刘医生就经常和小强保持联系，询问他的近况，每次都提醒他，在医院病房这种特殊的环境，一定要按照规范的程序做好个人防护，只要做好了防护就可以避免被感染。

这天中午，在住宿的酒店大堂外，一群医疗队员正在合影。突然，小强听到有人喊他：小伙子，你抢镜了！

小强一听，这些人的口音和自己有点像，就问他们：你们是哪里来的？

对方回答：我们是哈尔滨医科大学附属一院派来的黑龙江医疗队。

小强说：我是大连来的，我们是东北老乡。

老乡见老乡，两眼泪汪汪。黑龙江医疗队的领队和小强互加了微信。晚上，医疗队给他送去了许多吃的：红肠、士力架和各种零食，还送去了沐浴露、洗发水和剃须刀。因为他们送的吃的太多了，小强就给住在同一层楼的护士和义工都分了一些。他说：别人送给我的，我也应该分给他人一些。

现在，有了乡亲们做后盾，小强从心底里生出了一份责任，他不再感到那么恐惧和孤独。他开始体会到了来自社会越来越多的爱。

每天工作之余，他就站在护士站旁看她们在忙碌，看她们怎么跟患者打交道，开始主动找她们聊天，问：护士姐姐，你们这样零距离接触患者不怕被传染吗？

护士开始时以为小强是一名男护士，得知他是应聘到医院做保洁的义工后，就耐心地告诉他：我手套虽然碰到患者了，但立马做手消就没事了。记住，你一定要养成这个好习惯，从病房里出来，不管你手碰没碰东西都立马做手消。另外，在病区里不要用手去碰身上的任何部位，因为在脱防护服时你不知道哪里是被沾染过的。

就这样，护士姐姐一点一点地教他，小强自己也一点一点地积累，一天天地跟着这群姐姐们上班，他开始慢慢地战胜了恐惧。

但是，他的心里还是很排斥同患者说话。每次进病房，他都是先吸一口气，然后憋住气再走进病房，快快地收拾完就赶快出去。那些患者以为他是医生，都主动跟他说话，但是小强总是很抗拒，他不想和他们说话。

护士们知道了他的经历，都说他真是个人才，夸他挺机智勇敢，挺棒的。有个护士说：你的经历让人想到了电影《人在囧途》。她们真的就像小姐姐一样地呵护和关爱他。

突然就变成了网红

2月24日，农历二月二，龙抬头。黑龙江医疗队专门送给了小强一套理发器，让他给自己理发。小强没想到老乡考虑得这么周到，特别感动。

朱欢欢护士长也像亲人一样地关心和照顾小强。小强感觉自己虽身在异乡，但好像一下子多了好多的家人。

2月26日，病房里有位40多岁的女患者治愈出院。小强很惊奇，就跟她聊天，问她这个病究竟是什么情况。这位大姐把小强当成了医生，流着泪连声道谢：感谢你们！谢谢你们！

小强心想：这个病真能治好啊！以前在电视上看到的治愈病例他都没有感觉，现在自己眼见为实，看来这病有得治。他又揣摩：大姐都40多岁了，自己抵抗力和体格肯定比她好，即使感染了也一定能治好。这下，他才真正放下心来。

2月27日起，大连交通广播电台FM100.8每天7点、9点、11点、13点、15点、17点、19点，通过官方微信、微博和抖音同步推出了交通广播纪实系列专题《大连义工小强的武汉日记》，受到了越来越多大连人的关注。

小强的心态也越来越平稳了，他已经从义工转成了志愿者，劳动强度也降低了，每天只需工作6个小时。

大连乡亲们的赞扬给了小强莫大的精神鼓舞。他感觉整个家乡的人都是自己的后盾，身在武汉，他也感受到在疫情面前不分你我，全国各地来的医疗队都是　家人，他们就像家人一样给了他很多的帮助。既然他现在做了志愿者，就要对得起这三个字，努力去做好，让各地来的家人 都能看到大连人的勇敢和爱心。

在大连时，小强就是大连一方球队的球迷，还崇拜篮球明星郭艾伦，每周都要和朋友们一起踢足球、打篮球，因此他的身体健壮，虽然干的活很苦很累，但是他的身体都吃得消。

现在他变得更有耐心，和患者也时常能有一些交流。患者看到他的防护服上写着"大连志愿者"，有的就会问他：你是大连的？你从大连来？你怎么到这里来当志愿者？得知他的经历后，他们都很佩服他，纷纷主动同他聊天。虽然大连方言和武汉方言有很大差别，但是小强每次都很耐心地去倾听，慢慢地他就能听懂。他感觉武汉的这些患者都很乐观，很友善，特别是 54—56 号病床的患者，每天他去那间病房收饭盒时，他们就会让小强在大门口等着，不让他进去，他们自己把饭盒收好放进垃圾袋，然后放到门口。有时小强要进到病房里去，这时如果患者没有戴口罩，他们就会喊小强等一下，等到他们戴好口罩，然后再让他进去，他们这样做都是在替他着想。

有位大妈从小强防护服上的字认出来他是大连来的志愿者，看到这个小伙子从那么远的地方冒着生命危险来医院做这么脏的活，非常感动。刚入院时她的情绪不好，但自从看到这位甘于奉献的小伙子后她的情绪也变了，她由衷地赞叹：只有中国才有这么好的青年，能够放下一切，从那么远的地方跑到武汉来干这么脏的活。

武汉服务志愿者队伍的何女士接到大连广播电台听众王建军的电话，知道小强在武汉第一医院当志愿者，因为个高，穿的防护服不适合，缺大号防护服，就把手里所有的大号防护服都给送去了，到了医院小强回复说正在上班，后来又给他送到了宾馆。这让小强强烈地感受到了人间大爱的传递，爱的传递速度比病毒的传播快得多。

2 月 27 日听了大连交通广播电台制作的第 1 期节目，小强告诉记者姜馨然：听得热血澎湃的，好像不是在说我一样，感觉自己变得高大上了。接着他又表示：我得提升提升自己了，我可是大连的代表，下午时患者看到我说我的觉悟太高了。他没有想到会有这么多乡亲们关注自己，感动得眼泪直在眼眶里打转。

小强在病房里收拾卫生的时候，患者也会对他说"对不起"，或向他表示感谢。所有这些都让小强有了很强的成就感，他的心里也慢慢地开始生出了快乐和乐观，也会说一些幽默话，逗大家笑。譬如有位医生说：小强，把袋子给我用一下。小强回答：好的，这就给你，伙计！结果把大伙儿都逗笑了。

小强在医院 9 楼护士站对面电梯口墙上贴了一张纸，上面用黑色的水笔写着："大连小伙等候处，九楼女神守护者，若有需，召必回，请喊

'大连'。"每个字里的点，他都把它画成了一颗爱心的形状，"回"字更是画成了两个叠在一起的爱心。闲下来时他就搬一把椅子坐在那里守候着，护士们需要搬东西、推送饭车什么的都喊"大连"。他希望用自己的爱心之举给患者和医护人员带去欢乐，带去阳光。

进入病房污染区穿防护服的过程相当繁琐，也非常耗时，要求一丝不苟、严丝合缝：先要戴上 N95 口罩，再戴上外科医用帽子，接着穿上一次性鞋套，再穿上全身套的防护服，然后戴第二层帽子，再穿上外隔离衣，隔离衣的系带系在背后，然后再穿上外鞋套，戴上外手套。每天，小强都严格地按照这套程序来穿戴，不敢有一丝的疏忽和懈怠。有一天傍晚，姜馨然连线采访小强，小强说时间快到了自己得马上走。姜馨然说：就最后一个问题了！但是小强依旧坚决地说：不行！我得赶紧去病房，一分钟都不能耽搁！

小强变得特别有责任心。从开始工作时的笨手笨脚，心存恐惧，到后来，他的每一分钟都过得很充实，不觉得苦也不觉得累，心里也没那么害怕了。

《南方都市报》和其他一些媒体看到小强的故事，纷纷来采访。

记者问他：等疫情结束了，你的愿望是什么？

小强回答：我是第一次来武汉，疫情结束后，自己一定要好好转一转，看看疫情过后的武汉，特别是要去武汉大学看看樱花；回到家我首先要去看望父母，看看自己的爱人和孩子，希望能够早日回家。

小强把自己微信号下的"签名"改了：生命有终点，人生须无憾！

是啊，人生须无憾！在他看来，自己此番在武汉的经历，大概正是命运安排他要为武汉做点什么，就是为了让他的人生不再有憾。

黑龙江医疗队的老乡经常给他送东西。小强是一个重情义、讲义气的人，他说自己真不知道该怎么感谢这些东北老乡，回去以后一定要去一趟哈尔滨，去看望这些亲人。

姜馨然逗他：你不先来交通台吗？

小强回复：肯定去！回大连第一个去交通台找你们。然后再去哈尔滨，再去南京。

姜馨然问：南京是个什么梗？

小强回答：我所在的 9 楼病区，主管的就是南京鼓楼医院的医生和护士。他们给了我很多帮助。

小强又问姜馨然：我能进交通广播电台里面吗？

姜馨然回答：能。

小强又问：可以带我媳妇一起吗？

姜馨然回答：能，带你儿子也行。

小强说：回去以后我就不用怕人了。我就可以说出我的名字。我也想骄傲骄傲。

如今，小强火了，中央广播电视总台央视新闻、焦点访谈，新华社，搜狐新闻，今日头条，红星新闻，南方都市报，新京报等十多家媒体记者把他的电话都打爆了，还有多家知名的影视公司想用小强的故事拍摄电影。江苏一家电视台的婚恋节目组甚至也打来电话想给小强牵红线。

但是小强却说：我不想火，我就想过平头老百姓的日子，我只想回大连踏踏实实过我的日子。

3 月 11 日，大连援鄂医疗队刘领队来到武汉市第一医院。经过协调，医院安排小强上午做了 CT 检查，结果很好。下午做了核酸检测。一切正常后，小强就要正式离开医院了。他去和护士姐姐们告别。

护士姐姐说：我们都还没走，你怎么就走了呢？

小强说：我到南京找你们。

护士姐姐说：到马林广场等着哦，安全回家啊！

补记：3 月 30 日下午，小强随同大连援鄂医疗队乘专机回到了大连。4 月 13 日在结束了 14 天的集中隔离观察后，小强做的第一件事是"绞"了个头，在路边摊吃了次小吃，然后到大连交通广播电台做了一期直播节目。

五

逆行记

2020年2月下旬至3月底，受中国作家协会的委派，报告文学作家李春雷、纪红建、曾散和我，组成了一支赴武汉采访创作小分队，深入全国新冠肺炎疫情的主战场湖北省武汉市，在有关部门的大力支持下，开展了为期一个多月的采访创作活动。

去武汉的机票、车票全都停售

2020年2月24日，星期一，北京，多云

　　每天在网上关注新冠肺炎疫情进展，特别敬佩那些了不起的逆行者，觉得他们确实是奋不顾身舍己为人的一群，我还专门写了一首诗《你是战士》为他们点赞。没曾想到，有一天我自己也会成为这其中的一员。只不过这一次，我是以一个采访者和记录者的角色进入武汉这座"危城"。

　　一段时间以来，社会舆论有一种比较普遍的关切和疑问，就是在抗击疫情过程中，文学和作家如何发出自己的声音？如何参与到这场严峻的斗争中去？中国作家协会也一直在寻找适宜的战机，试图组织一批作家投入到武汉前线的采访和创作。

　　中午走路去小关北里退租的房。京城居不易，一套小两居的房子月租折合9000元。原先我和房东说好旧电器和三只旧书柜折合200元留给他，

146

但我家人认为对方嫌弃（对方微信里说都是旧家具，玻璃都坏了）就把书柜拉走了。房东打开冰箱看了一下，又嫌冰箱有异味，说是这个冰箱也不要了，只要那台滚筒洗衣机，只同意给100元。我说：单这台洗衣机当初买的时候我都花了三四千元。房东问房产中介的经理这台洗衣机能值多少。经理犹犹豫豫地回答，如果卖废品，大概能卖一百多。我说：你这房子里的灯我们一住进来就坏了，找物业来修人家索要160元，你当时在电话里明确表示不同意付，后来还是我岳父自己动手修好的，我们先后花了75元换了3只灯盘。房东回答：灯是耗材，应该租户承担。

真是无语！

我说：那好吧，100元就100元吧！

我又问他：这冰箱你确定不要，对吧？

在得到肯定的回答后，我把这只我们家一直用着的冰箱推到了楼道里。——让捡废品的人捡去吧，或许他还能卖点钱。

回到单位，午睡起来，就接到电话，让我上领导办公室。

果然是有重要工作要布置了。

原来，中国作协主要领导与前线抗疫指挥部联系，征求他们的意见，宣传组鱼责同志表态，非常欢迎作家前来采访。于是2月24日下午，领导们找到我，提出：现在打算派你带上一支3至5人的作家采访小分队前往武汉。

说实话，我一点心理准备都没有。因为一直以来我都觉得这似乎应该是别人的事，是别的作家的事，是那些身强体健的同事们的事，而我，身体比较单薄瘦弱，手上的湿疹困扰了一年多，前天搬家时又不慎将大拇指砸破。更重要的是，我家里的孩子小，大女儿4岁，小女儿刚满6个月。

因此，在听到这句问询时，我头脑有些发懵，我想：这是要我带着他们一起去吗？

在确认了领导的意图之后，我的第一反应是脱口而出：那么需要认真做好个人防护。

领导说：防护一定要做好，要跟中央赴湖北指导组联系，请他们帮忙，最好吃住都能跟他们在一起。

我说：那么我就没有问题，我可以去。

领导说：那好，那就接着谈下面的议题，组织哪些作家去？怎么去？怎么做好后勤保障？包括离京抵汉，包括从武汉返回各自所在地居家隔离或集中隔离，包括如何介入抗疫斗争，采访什么人，写哪些事，如何把握好分寸等等。

这事就算落定。

组织哪些作家去？

作协领导的愿望当然最好是全国最优秀的作家。但是，最优秀的报告文学作家大多已年过花甲，甚至年届古稀。2003年"非典"席卷大半个中国时，就是这一批作家冲锋陷阵，可是那时的他们大多只有三四十岁，而如今他们大多已退居二线。因此毫无疑问，必须委派三四十岁的中青年作家上前线，那么就要从获得历届鲁迅文学奖和全国"五个一工程"奖的人选里优先选择，我们把几乎可以考虑的，无论是男作家还是女作家，全都筛选了一遍，排除各种因素，最终圈定了10余位人选。

我逐一给这些作家打电话，了解他们的身体状况，询问他们奔赴前线的意愿。有的作家文笔很好，但是身体欠佳，一直在服药调理；有的作家创作实力很强，但是有单位的工作无法分身；还有的作家因为个人或者组织关系等方面的原因而不能成行。此时我就颇有感慨：报告文学队伍确实青黄不接，后继乏人，要在全国茫茫万余名的中国作协会员中找出三五位有实力的报告文学作家，真不容易！

好在有李春雷、纪红建、曾散这些年富力强的作家勇当重任，甚至主动请缨，请求参赴前线。

最终确定的人选就是由我们4个人组成小分队，我负责协调联络。

接下来的问题是怎么到武汉去。

　　我在网上搜索了一遍，无论是从北京还是从邯郸或者是从长沙前往武汉的航班、火车全都无票，有可能是全部停售，或者是经过武汉的火车全都经过不停车。买不到票，那么怎么进城，这就成了第一个难题。

　　领导让我与湖北作协党组文书记联系。作协办公厅也主动与抗疫前线联系，请他们帮助协调。

　　没过多久，前线指挥部一位同志就给我打来电话，需要我尽快把4位作家的身份证号报给他，由他们来协调铁路方面安排我们赴汉事宜。

　　确定出征之后，我需要同家人打招呼。我郑重其事地给我爱人打电话，告诉她领导委派我带队前往武汉。

　　我爱人的第一反应是：你真是老实人，你怎么不跟领导反映，自己家里孩子小，身体也不强壮？

　　我说：组织上既然信任我，而且主动提出来，我怎么好意思说不？

　　我爱人说：那你就去吧。

　　晚上回到家向岳父母禀告。

　　他们的第一反应是：不要去！怎么能去呢？家里孩子还这么小，而且武汉那么危险！

　　我说：这是单位指派的，我没有别的选择。

　　很快，我岳父就开始劝慰我岳母说：朝全是党员，当然要听党的指挥。

　　我很感激岳父能够这么说，但是心里也觉得内疚，因为如果我前往前线，一是增加他们的担忧，二是即便回京后也至少要隔离半个月以上，这样就要把照料两个小孩的重任都压在他俩肩上，确实很辛苦，尤其是在当前疫情防控如此严峻的形势下。

　　晚上11点我爱人才下班回到家，我以为她有些不高兴，她告诉我是在单位加班，因为合作单位催着要一个项目的方案。

　　我跟她说：没有选择，我必须去武汉。

　　没料到她倒反过来安慰我：武汉应该很安全，你去吧。

　　这就是我的家人！能够彼此理解大概是家人之间相互信赖的基础，

也是凝结一家人感情的纽带。

防护服是抗击非典时留下的存货

2020年2月25日，星期二，北京，小雨转多云

昨晚睡得迟，今朝醒得早，然后就睡不着，天蒙蒙亮我就起床，像往常一样步行5公里路到单位吃早饭，上班。

作协主要领导让我给他回电话，在电话里谆谆嘱托，让我转告其他3位作家，一是表达对他们的敬意和问候，其次是提出一些采访和创作过程中的基本要求和希望。我认真记录并转告参加战"疫"报告文学小分队的各位作家。

接着我准备前往前线的装备，包括电脑、笔、笔记本、体温计，从医务室领取一些基本药品，跟作协办公厅领导沟通行程。办公厅和服务中心的同事送来了几包口罩、4套防护服、护目镜和鞋套等。他们告诉我：这些防护服和护目镜还是当年抗击"非典"时留下来的存货呢。

之后，按照办公厅要求，我汇总整理提交了一份调研材料；为《文艺报》起草了一份关于创研部与人民日报文艺部合作开展"抗疫一线的故事"报告文学专栏的新闻稿。

修改了一下20天前写的两首小诗《我要你好好的》《孩子，妖魔来了别害怕》，把它们贴到朋友圈里，又在网上搜索关注了一下疫情。

吃过午饭稍事休息，我又与抗疫前线联系，询问铁路安排情况。

回复是：铁路方面还没协调好，你们随时待命。

25日一个白天就这样过去了，我们还没有出发。

晚上6时许，接到电话，告知：次日，纪红建、曾散从长沙乘11:17的G80；我15:40从北京、李春雷17:49从邯郸乘G505前往武汉。

我上网查了一下G505，这是一列从北京开往长沙的高铁，但是12306网站上显示，该列车没有在武汉停靠的信息。——莫非列车经过武

汉不停车？我赶紧致电对方。对方回答：都安排好了。

那么，也就是说，这趟高铁有可能会在武汉临时停下车，专门让春雷和我下车？我的心里疑窦丛丛。

在武汉下车的不止我们两位作家

2020年2月26日，星期三，北京晴暖，武汉多云

一夜无话。

早上去药店买了一些必备药品。回家冲了个热水澡，换好衣服。前线同志让我帮他带些药品去武汉，因此下午出发之前我需要先去部里取一下药。

中午岳父母特地包了饺子。上车饺子下车面，这大概是北方人的习俗，饺子里包含了满满的祝福。而我们南方人讲究的正好是上车面。如果是我父母在我身边，他们也一定会为我煮一碗面条加两只鸡蛋。感念岳父母这片殷殷的关爱之心。

中午稍事休息，13:30从家里出发搭1路公交车去部里取了药，然后到西单接着乘地铁到西客站。原先担心随身带的含有75%酒精的消毒液上不了火车，没想到安检没有提出异议。如果早知如此真该多带几瓶。——到了武汉马上就发现这些防消品真不容易弄到！

到了西客站，有专门的人接送上车。

到了邯郸东站，接上李春雷，我们都坐在4号车厢。路上还给我们安排了晚餐。这是一个特殊时期，有关方面对我们很关照。晚上20:56抵达武汉，有专门安排的公务用车来接我们。

没想到，除了春雷和我，还有3个女孩也下了车。她们是奔赴前线的救援者？还是回家的人？我们不得而知。

接我们的司机名叫定光辉。在抗疫期间有特别通行证的车才可以上路，因此我们一路上看到的车辆非常稀少。定师傅说，他的孩子是青年

党员，现在也在社区里做志愿者。他非常欣慰的是现在的党员都站出来了，特别是许许多多"80后""90后"的年轻人都主动地参加到抗疫一线，做志愿者，帮助做各方面的工作。

谈到为什么会有那么多医务人员感染，定师傅认为主要是因为在疫情早期大家对于新冠肺炎病毒的传播途径不甚了了，特别是不知道它会通过眼睛传播，因此大多数的医护人员都只注重戴口罩保护口鼻而没有注意保护眼睛，很多的感染者是因为病毒侵入了眼膜。他说，病毒并不可怕，其实只要做好防护，一切都很安全。

看着他一副泰然自若的样子，我心里也安定了许多。

是啊，关闭离汉通道1个多月的武汉，多数老百姓的心态已慢慢地恢复了平常，能够比较平静坦然地对待疫情，对待自己生活的这座还处在危险之中的城市，这真是让人既欣慰又心痛！

车把我们送到了住宿的水神客舍酒店。这是政府征用的一家便捷式酒店。定师傅说酒店的设施比较一般。我说在这样一个特殊时期，能有一家干净安全的酒店入住，有热饭吃，就已经是很了不起的。感谢有关部门的精心安排。

纪红建和曾散两位作家已在酒店门口迎候。见到亲密的战友们，心里很开心。大家像久别重逢的兄弟一样，但是这个时候既不能握手更不能拥抱，我们只能相互作揖。

他们告诉我们，如果还没吃饭，前台这里还有盒饭，只要放在微波炉里热一下就可以食用。——这便是在特殊时期的饮食安排。我们住店期间每一天的伙食都是包装好的盒饭。

湖北作协文书记下午已专门来酒店看望红建和曾散，因为我和春雷到达得晚，因此他打算次日上午再专程来看望。湖北作协为我们准备了必要的防护和生活用品，考虑得相当周到。岂曰无衣，与子同袍！

洗漱一番，就已23:30。打开空调的房间，温暖如春，我睡得很安妥。

把酒精当纯净水烧开了

2020年2月27日，星期四，武汉，小雨转多云，阴冷

2月27日一早醒来，我们已置身武汉这座中国的地理中心城市。昨天我们4位作家两位南下、两位北上在武汉胜利会师。从今天开始，我们就要投入一场不一样的战斗，我们希望用自己的笔为枪为旗，我们已经准备好了。

一早醒来就听见窗外小鸟啁啾不已，我发到小分队微信群里，春雷回复说还有布谷鸟、斑鸠的叫声。生活永远在继续，无论风云如何变幻，无论有多少狂风暴雨，人类对于生活执着的信念、对于生活的热爱永远都不会改变。

我们是作家，也都是普通人。我们热爱生活，我们珍视生命，珍视每个普通人的感情和心灵。我们祝愿所有染恙受苦受难的人都能在这场危险的考验中平安，顺利渡过劫难，我们祈祷每一个人每一天都能微笑地醒来，以阳光明媚的心情开始新的一天。

早餐有粥、小菜、馒头、花卷、鸡蛋和酸奶，看起来还不错。我胃口很好，每样都吃了。

吃过早饭我们碰头，这才知道春雷刚刚经历了一场虚惊：一早起来他打开一瓶水烧开，喝到口里时方觉异样，他赶紧吐了出来，仔细一看，敢情他把昨天湖北作协配送给每人一瓶的酒精当作纯净水给烧开了。其实昨天夜里我们到达时，曾散已经提醒了，说这瓶酒精看起来很像矿泉水，可能春雷没有听到这句话。

好在平安无事，虚惊一场！但这也提醒我们必须万分注意安全，万万不可大意。

曾散，1986年出生，湖南师范大学毕业，目前是湖南省文联的聘用人员，没有编制。2017年，他有一个机会被推荐上鲁迅文学院第33期作

家班，因为单位不批准他 4 个月的脱产假，他便毅然辞去工作。这是我原先所不知道的。他很轻松地说：我现在是一个自由撰稿人。

这几年来，曾散非常勤奋，去年一年就出版了两本书《第一军规》和《半条被子》，其中《半条被子》还是湖南省委宣传部指派他创作的。中国作协报告文学委员会和湖南作协专门为他的作品举办过研讨会。曾散此前曾告诉我，最近团中央正在邀请他创作一部关于"80 后""90 后"青年参与抗疫斗争的长篇纪实作品，因此我觉得邀请他来参加中国作家战疫报告文学小分队，深入到武汉采访，是很合适的，也很有意义。我看好曾散。

上午，文坤斗书记来看望我。我和他大致商量了一下几个重要的采访选题方向，同时提出需要补充购买的一些物品。但是在全武汉关闭离汉通道、小区完全封闭这样一个特殊时期，所有店铺都已关门，主要的购物途径就是团购，而且很多物品可能都买不到。

果不其然，一直到下午我们再见面时，只有 3 样东西买到了：小瓶的喷式酒精、手套、餐巾纸。而像 84 消毒液、帽子、小喷壶之类日常很容易买到的物品都买不到。

晚饭后，春雷来找我，告诉我他衣服确实没带够，需要买件毛衣和秋裤。我请文书记帮忙。文书记回复，现在这些可能都买不到，然后他便提出，他的衣服估计春雷也能凑合穿，就是有点"燕环"之忧。当天夜里，他就让司机专门把自己的衣服给春雷送来了。

我给春雷发去微信：岂曰无衣，与子同裳！

午饭和晚饭都是两荤一素和米饭、西红柿鸡蛋汤，荤菜都是辣的，呛得人嗓子痒痒，油大，味道还不错。

下午 3 点，同前线指挥部宣传组同志座谈，大家商定了采访创作的方向。

宣传组负责同志说，他到武汉近 1 个月感触非常深，因此接到钱书记打来电话说计划向武汉派遣一支作家小分队，他特别感动，认为这是作家们共赴国难，共赴生死战场，能够参加这场硬战的作家、敢于挺身而出的每个个体都已过了生死关。这次疫情是我们国家所遇到的一场范围最广、难度最大、堪称史无前例的疫情，对于国家也是一次生死攸关的严峻考验。

此次疫情对于武汉是一次严重的打击，一旦疫情结束，这座城市有可能是千疮百孔的，尤其是数以千计的失去亲人的家庭更是如此。文学有抚慰人心、抚平人们心灵创伤的作用，现在抗击疫情的战斗还在继续，我们的作家能够走上战场去采访，去记录，去写出和这些灾难相称的作品，讲述全国上下万众一心、众志成城、英勇抗击疫情过程中涌现的许许多多可歌可泣的感人故事，对于那些失去亲人、蒙受灾难、正处于隔离中的人们，一定能够得到心灵的抚慰和人文的关怀。

他专门提到了自己亲历的一件小事，给我们展示了一个普通的武汉老百姓在这场大灾难中的心酸遭遇：

2月2日，武汉市提出开展歼灭战，对确诊患者、疑似患者、无法排除感染可能的发热患者、确诊患者的密切接触者四类人员应收尽收、应治尽治。

没想到这天晚上他突然看到微信上发的一个帖子，是一位叫李蓓的姑娘发的求救帖。

这是一个"90后"女孩，她怀疑他们一家三口人都感染上了新冠肺炎，其父母的症状较为明显，但是社区和医院均表示没有床位，只能在家隔离，于是通过微信向社会求助。帖子上说：父亲从1月28日开始就有症状，到医院开了核酸检测单却做不了，母亲从24日开始感到乏力，她本人也从30日开始低烧，现在的她"实在感到非常地无助、恐慌"。在微信的最后，她说："今天看到市新型肺炎防控指挥部发出的紧急公告，说在12点前对四类人员进行集中收治和隔离工作，我以为会有些许希望，可是直到现在我们仍然未接到任何救助电话，连最后的一点希望都已经消失殆尽。我已无法告诉自己一切都在变好，只要我们按照程序，就会有人来救我们。在这场瘟疫中，我们感受到病痛带给我们直面死亡的恐惧。再次恳求大家帮帮我们。今天是千年一遇的好日子，但我的武汉，真的好吗？"

他当即用宾馆电话拨通李蓓的手机，出乎意料地发现她的口气相当平静和理性，她说就是希望能尽快让父母住进医院得到治疗。他安慰她，政府正在想办法，一定会有办法的，全国各地的医疗队也正在源源不断地奔赴武汉支援，请她千万不要绝望……

第2天，他委派三四百名记者全部下去，到武汉市下辖13个区随机调查。不到两个小时调查结果便反馈回来：一共查到了有名有姓的"四类人员"110人。可见，要实现对"四类人员"的应收尽收、应治就治还有很大难度，还需要加大工作力度。

十几天前，他又给李蓓打电话询问她的近况。李蓓告诉他，她已被确诊入住武汉市第七医院，母亲住进了武汉市第三医院，核酸检验已转阴。说到父亲时她哭了，她说她的父亲2月4日住进了医院，2月10日就走了，至今，她都没敢告诉母亲，每天，她都要登录父亲的微信，发微信给母亲报平安。这么多天，她一直都瞒着母亲，但是她的母亲很快就要出院，出院后她就会发现真相。李蓓无助地说，那时她该怎么办呢？

在这场抗击疫情的斗争中，42000多名各地的医疗队员逆向而行奔赴武汉，前赴后继，英勇上阵。同时这场疫情亦让人性显露无遗。在社区摸排中，人们注意到了这样一个相当普遍的现象：如果是父母感染了，做子女的一般是给社区打电话，让社区安排把父母接进医院；而如果是子女感染了，那么父母必定要自己陪同一起去医院。可怜天下父母心啊！

自助式酒店

2020年2月28日，星期五，武汉，小雨，阴冷

早晨6:30起床。今天仍然是多云天气，依旧鸟鸣啁啾，布谷声声。武汉的天气确实比较凉，大概现在已进入多雨季节，雨水不少。

希望今天我们4位作家出去采访的能够有收获，还没有联系上的能够联系到采访对象，让我们尽快地进入采访和创作状态。

水神客舍酒店住着70多位媒体记者。这家酒店原先有30多位工作人员，现在特殊时期只有7个人在岗，都做了专门的分工：有的负责保洁卫生，有的负责厨房做饭，有的负责前台接待，有的负责安保和测体温。晚上我在院子里遇到一个小伙子正在疾走，看起来只有二十来岁，他似乎是这家酒店的负责人。他告诉我，现在其他人都还没回来，他们这7位都是留在武汉的，他们现在能够对付得过来。

客房每天的卫生都由住客自己打理。前台给每人发了一些垃圾袋，住客可以自己去院子垃圾桶那里倒垃圾。卫生纸、牙膏、牙刷之类的物品放在楼道里可以自取，纯净水放在前台每人每天限取两瓶。浴巾、毛巾是不换的。房间里都不做保洁或消毒。

下午17:30，我正打算去前台取餐时，突然听到楼道里响起一阵轰鸣声。开门一看，有人带着一台硕大的不锈钢管的喷雾机正在楼道里喷洒消毒液。巨大的响声就像直升机轰鸣着从头顶飞过。喷洒的消毒液，如同纷纷洒落的小雨飘浮在楼道里，气味特别冲，我赶紧关上门。即便如此，气味还是不断地从门缝直往里钻。

过了十几分钟，等我从房间里出来时，看到楼道里还弥漫着大雾一样的消毒液。

我问前台：这是你们每天的定期消毒吗？前台回答：不是，这是自外面来的志愿者进来帮助做楼道消毒。我问他：是每天都来吗？回答：这是第一次。

到院子里，看到志愿者们开来的车，汽车上挂的车牌是冀B。是河北某县红十字会的一个志愿者团队，他们的这台喷雾机像一台巨大的吹风机，马力很大。这几位河北人都是年轻力壮的小伙子，穿着橙色或红色外衣，显得格外醒目。不知他们是否从河北远道赶来增援？

中午，同春雷穿过酒店后面小栅栏门，步行几十米到东湖边上看了看。水神客舍酒店属于湖北省水文监测局，酒店后面是研究生楼，已全部封闭，了无一人。湖边有一只白色的鸥鹭正在吃一条大鱼，刚吃了一半，我们一来惊扰到它，它便飞了起来。湖边的栈桥已完全封闭，极目远眺亦看不见一个人影。这就是关闭离汉通道状态下的武汉。

这座城市所遭受的创伤已经太深太深，成千上万的家庭遭遇了亲人亡故罹疾的疼痛。活着的人每天都处在一定的危险之中。今天，危险已经降到较低程度，我们现在来武汉可能是比较安全的了，因为"四类人员"基本上已得到了收治或集中隔离。病毒不会再流动，不会再如幽灵般在这座城市里四处游荡，寻找它的袭击目标。但是，比起肉体上受到的病患疼痛的困扰，人内心的那份恐惧与悲痛，尤其是曾经的那份深深的无助和无望，恐怕绝不是时间流逝就能轻易抚平的。我希望每个活着的人都能永远记住这场灾难，以及这场灾难所带给我们的巨大而深刻的疼痛与创伤。虽然历史的进步常常是以灾难和苦难为代价，但是这样的代价实在太过惨烈，令人至今无法正视！这是一次不折不扣的国难，更是一场无以言喻的国殇！

人啊，千万不要好了疾病忘了痛与殇！

"你们每个人都是战士"

2020年2月29日，星期六，武汉，多云转晴

我从身份证号上得知今天是春雷52岁生日。他的生日4年才遇上一次，因此这个生日非同寻常，也非常难得。一早起来祝贺春雷生日快乐，遗憾的是战时连个蛋糕、连根蜡烛都没有，甚至连一碗面条也只能期待酒店的餐食供应。但是四年一度的概率能在武汉这个战疫前线碰上了，这实在是一件特殊而有意义的事情。

生是艰难的，生日是母难日；活着也是艰难的，尤其是在遇到灾难、瘟疫疾病时，人都需要坚强。生活就是生下来，活下去，生着活着就应

好好干活，这是为人之本分，为人之本职。

昨晚 9 点，中国作协主席铁凝专门打来了电话，询问我们在武汉期间的身体和采访进展状况，同时向我们五位作家（包括参加一线采访的湖北作家普玄）表示亲切的问候。她说她十分惦念各位，各位作家都是战士，希望大家保重身体，生命抵万金，生命无价，要保持以健康的身体投入战斗。她同时恳切地表示，如果家里有什么困难，可以随时向她和作家协会提出，他们会努力帮助解决。她说可以把她的电话告诉我爱人。她一定要我转达对各位作家的问候和提醒。

我代表作家小分队向铁主席表示衷心的感谢，感谢组织上的关心和关怀，同时简要汇报了我们几位到达武汉以后生活和采访开展情况，特别强调了湖北作家协会和文书记、中央指导组宣传组给予的大力支持与帮助。

红建下午 13:30 出发，前往东西湖方舱医院采访，直到夜里 22:00 才回到宾馆，确实很辛苦。他的晚饭是在方舱医院吃的。他告诉我，在那里对方说不需要穿防护服，如果要采访在舱内的警察或者医护人员，可以通过微信视频采访。这让我心里稍安。

曾散和志愿者群体联系上了，他打算花几天时间也去做一回志愿者，体验他们的生活，同时采访他们。我提醒他，我们要抓住自己的主业，志愿者体验适可而止。他说志愿者他们都是穿的防护服，自己也会穿的，他觉得在疫区当志愿者是一个人一生中难得的体验和经历，因此还是坚持要去当一回志愿者。我叮嘱他一定做好个人防护。

我们酒店住的新闻记者每个人外出回来时都把鞋子脱了放在楼道里，外衣、书包等有的也都扔在走廊上，或是搭在门口放的一把椅子上，或是挂在门外自己粘的挂钩上。我看到他们回来时都要站在大堂门口用消毒剂往全身上下、鞋子上全都喷洒一遍，因此我提醒红建也要这么做，并且让他回到酒店第一件事先冲个热水澡，彻底清洁一番。兄弟们平安无事，这是我最大的心愿。

夜里 12 点睡觉，辗转反侧，想了很多事情。昨天，北京市专门发布消息，一律禁止驻留湖北地区的人员返京。下午，作协办公厅也下发了专门通知，要求滞留湖北地区的工作人员一律不得返京。因此我估计短期之内是没法回去的，这下我的心里倒更加安妥了，看来很可能得在武汉待较长时间，有可能是一个月或者两个月。

下午，湖北作协主席李修文打来电话表达问候，并且表示近两天要专程来看望，还提出有什么困难可以找他，他会想办法的。

他说他正下沉到社区，因为他还兼着武汉市作协主席的职务，武汉市有很多工作需要他去统筹。听他现在的语气已经平稳多了，而且心态也好多了，看来，武汉疫情的威胁和与之相伴的人们的恐惧开始减弱或者淡化。应收尽收、应治尽治看来已经取得成效。老百姓的心态因此也变得安妥了些。

阳继波副社长打来电话，崇文书局邀请我编选一本《抗疫英雄谱》，我答应担任这本书的主编，因为我觉得这是一件有意义的事情，我希望这本书能够早日问世。

中午给远在福建乡下年近八旬的父母打电话，不敢告诉他们自己的行程。只是向他们报个平安，告诉他们家里妻儿和岳父母都安好，北京的形势越来越安全。听到母亲爽朗的笑声，我的心情也变得明媚和愉悦。

是啊，儿行千里母牵挂；父母在，不远游。但是，身为一名作家，一名公职人员，责任在肩，身不由己，忠孝自古难两全。祝愿父母健康长寿，让我这个当儿子的能够有机会继续侍养他们。

晚上和家里视频，女儿还是那么淘气。现在是孩子最愉快的时光，不用上学，可以成天同家人腻在一起，而且还有可爱的小妹妹一起玩耍，抱着她，给她读布书；如果妹妹学会了说话，一起做游戏，那么姐姐的快乐大概更会加倍吧。

姐妹情深，希望我们的孩子一生一世都平安健康，友爱互助。情感是纽带，情感是维持人在世上安稳愉快度过此生的一块磐石。人皆为有情物。情为何物？情即陪伴，情即关爱，它是我们存在的意义和基础。

寂寞花开

2020年3月1日，星期日，武汉，多云转晴

今天的天气真不错。在我搭乘省作家协会的车去同济医院的路上，太阳出来了，天晴了，路边的玉兰花有紫色的、白色的，含苞待放。江南春来早，黄鹤楼依旧屹立在长江岸边，但是却杳无一人。——昔人已乘黄鹤去，此地空余黄鹤楼。因为酒店八点半才有早餐，而我要九点赶到医院，时间来不及，所以早上我泡了一盒方便面吃。

来到同济医院，司机说他的汽车缺乏足够的防护措施，不能进医院。我就让他在马路边停下，自己步行进去。按照地图的指引，我穿过外科大楼再往前走，果然就看到了行政楼。进入大厅，看见一群人正在搬运分发物资。问过保安后，我搭乘电梯到16层，蔡部长和王院长都还没到。我给蔡部长发了微信。过了一会儿，小邓和蔡部长就先后上来了，把我引进到一间会议室坐定。没过一会儿，王院长也来了。

和王院长面对面采访了一个小时。这是一位谦虚的人，我想了解他的个人经历，他的个人成就，他都委婉地推辞了。他把同济医院这一次在疫情中的表现比喻为一场战争，认为他们首先是准备好了战场，然后是激励战士们上前线，坚持不懈，英勇作战，不断做好稳定军心的工作，运用科学的战术和战略方法去夺取良好的战果。在我看来，他就像是一场大战的总指挥，或是一名冲锋在前的大将，率领着他的千军万马去同疫情这个狡猾的敌人搏斗，虽然也有牺牲和流血。同济医院先后有90多位医护人员感染新冠肺炎，其中一位去世，还有一位仍旧处于重症，其他的多数已康复，还有30多位正在接受治疗。这算是一个让人还比较欣慰的结果。

王院长有别的事先离开，蔡部长继续接受采访，介绍了同济医院在战疫中艰苦卓绝的表现，令人感动。特别是 3000 多名普通的医护人员，没有一个当逃兵的，有许多人都是克服了种种的家庭困难而坚守前线。其中有的夫妻都在前线，家里只剩一个十几岁的未成年子女，孩子只能靠自己了。

回到宾馆，消毒，洗澡，洗衣服。下午两点半，李修文来看望，送来了牛奶、水果和零食。特殊时期，专程赶半个多小时路前来，只是为了朋友们见五分钟的面。

下午两三点，春雷去金银潭医院采访张定宇，有名的"渐冻人"医生、院长。一直到晚上 9 点他才回来。他说采访很顺利，省得再去第二趟。作家小分队的每个人都很敬业、很努力，令人感动。

昨天上午出去时也遇上了晴天，我、春雷、曾散去武汉会议中心参加了和国家卫健委宣传司有关负责人的见面，协商、协调要采访的医护人员和专家。大家达成了初步的共识。下午他们就协助我们联系到了王伟、张定宇和张继先。红建因为正在方舱医院采访未能参加。

昨天下午，曾散跟随志愿者出去采访和体验生活，一直到半夜 12 点才回来。这个小伙子也是蛮拼的，我们这个团队确实比较年富力强，大家对于工作、对于自己的职责牢记于心，真不容易，尤其是在这样一个形势依然严峻的时期。

今天武汉的确诊病例数又上升了，昨天是 400 多例，今天是 500 多例。很显然，武汉市还没有完全控制住疫情在市内的蔓延和扩散，可能在管控方面还存在着漏洞。当然，这与武汉市疫情的大暴发、范围广、传播力强和严重程度相关联，同时也与一些武汉人性格里比较率性、不喜欢循规蹈矩有关系。在武汉甚至发生了一起从医院逃出来溜达的确诊患者，还把视频发到网上去炫耀！

希望形势会变得越来越好。

有些武汉的朋友不时地来信问候，关心我们的处境。但是，北京已经发布命令，不准滞留湖北者回京，因此我也做好了在武汉长期驻留的准备。好在所居住的酒店生活条件尚可，饭菜味道也算可口，还有水果、牛奶，基本可以满足生活需求。

每一次历史的前行，都要付出相当的代价。希望我们每个人在疫情和灾难过去后都能痛定思痛，奋勇争先，为这个我们的国家撸起袖子加油干。

仲春时节乍暖还寒

2020年3月2日，星期一，武汉，小雨

今天我留在宾馆里没有外出，外面下着小雨，天气变凉了。这大概就是南方的春天，乍暖还寒，特别是进入了多雨季节，天气阴冷阴冷的，让人的情绪也容易感到低落。

一天时间里除了一日三餐外，就是在看材料，看新闻报道。

今天，创研部和《人民日报》文艺部合办的"抗疫一线的故事"第一期开始登出，发表了张培忠和许峰的《千里驰援》。这一段时间来，一批报告文学作家都热衷于创作抗疫题材的报告文学，这是一个可喜的现象，体现出报告文学作家对祖国和人民的大爱，对于国家的忧虑和关切，这是报告文学的本色和底色。离开了人，离开了人民，离开了祖国，文学将一无是处，毫无价值。

今天下午，李春雷继续外出去采访上报疫情第一人张继先大夫。晚上9点时他找我，问：我采访完了，我们还在这里写吗？

我回答：当然是，估计目前也回不去啊。我不知道是不是他想回去了，我想，即便其他3位作家都回去了，我可能还得要留下来，我得有这种心理准备，因为北京市规定滞留湖北地区人员不得擅自返京。我不知道什么时候可以回去，如果要回去可能需要组织上去协调吧。

无论如何，明天都得把同济医院这篇报告文学写出一个初稿来。

昨天，开窗户时突然卡住了，用了九牛二虎之力才推开。而要再关上，更是费劲。可是，天气冷，如果一直开着窗怕会冻坏的，于是，我还是使劲儿一点一点地将窗户关上。即便如此，窗户还是漏出一点缝，关不紧。我想着找维修工来修，想到维修工未必上班，就是上班人家来修，还得各种消毒，也甚是麻烦。

今天我试着再抬一抬、敲一敲窗户，只听"咔哒"一声，似乎这扇推拉窗重新落进了卡槽里。果不其然，窗户一下子又变得好开了。

一天要洗几十次手，特别是要用手去碰眼鼻口时，都要洗一下。夜里洗手时，突然发现地上积着水，敢情是盥洗盆漏水了。我蹲下去探头去拧盥洗盆下水管的各个接头部位，没有松动的，可是一开水龙头，水就会从各个接头处流出。糟糕！下水管坏了！这是我的第一反应。

没办法，这下只好找维修工来。我给前台反复地拨电话，响了很久都没人接。

是啊，酒店人手太少，而且已经是夜里九十点，估计前台的小伙子也去睡觉了。

无奈，我继续蹲下去再鼓捣那些下水管，把插进地漏里的管子动一动，再开水试试。嘿，没想到还鼓捣好了。

修好了盥洗盆，心里有一点点的欣慰。

十点半睡下，一夜安眠。

开始想家了

2020年3月3日，星期二，武汉，多云

今天是到武汉的第七天，作家小分队的各位大概都想家了吧。——我们当初的计划就是到武汉采访7天左右。

一早起来，我爱人发来半岁大的巴迪"咿呀"学语的录音，居然很像是在喊"爸爸爸爸"。我爱人用讯飞语音将其翻成文字，显示的是"爸爸爸爸，哥哥，姑姑姑姑"。

小孩儿天真无邪，真是太可爱了！我一向喜爱孩子。我希望自己永远都能好好地呵护她们，爱她们，也衷心祝愿宝贝们健康平安，快乐成长。有她们的陪伴，我的一生从此变得很阳光、很开心，也很充实。我爱她们！

晚上，我爱人又发来小女的录音，似乎"爸爸""爸爸"说得更加地清晰。她告诉我，孩子已经会翻身了。真是的，孩子长得真快！一日不见，如隔三秋。我爱人说：说不定你回来时巴迪都会爬了呢！

上午，作协办公厅同事打来电话，说铁凝主席嘱咐，让往我家里送些蔬菜粮油。

我说感谢组织上的关怀，但是确实不用，家里什么都不缺。

经过我再三推辞，同事也不再坚持。我顺便向他打听目前从武汉回京的可能性。

他说，只要武汉这边让上火车，到了北京就会有专门的单位对口接到户籍所在区的隔离点进行隔离，上火车前要填一个信息码，北京这边立即就会收到相关人员信息，一到站就会被接走。他还告诉我，单位本来打算安排我返京后到八里庄的老鲁院去进行14天隔离，现在北京市已有统一安排，返京后会被送到定点酒店隔离。

——不知他的这些消息准确否？但是我想，如果要回北京去，必须得有前线疫情防控指挥部开具的证明。如果没有有关部门的书面证明，那么大概会被认定为擅自返京，那就违反了北京市政府通告的规定了。

晚上，张雅文老师不知从哪里得知我在武汉带队采访，发微信让我务必做好防护，言辞殷切，关心备至。她还让我转达对同行作家的问候。

湖北作家周芳发来微信，说，知道我到了武汉，心里似乎受到了很大的安慰，变得更坚强了。昨天她专门来电询问，她正在社区跟网格员一起工作，感觉他们很辛苦，但是该如何写好他们？我回答，如果你找到了打动你的地方，你就一定能写好。

文书记也打来电话表示问候。他说，钱书记昨天专门给他打了电话，要他多关心帮助我们。

晚上，红建交稿两篇。写得真够快的！

全天都在起草同济医院的稿子，大致写出了万把字。

写了一首诗

2020年3月4日，星期三，武汉，晴，抵汉第8天

早起，有感而发，作诗《寂静的春天》。

夜里改到十一点，终于改好稿子。有点累。

不知何时可以离汉

2020年3月5日，星期四，武汉，晴，抵汉第9天

今天下午到东湖宾馆去会见宣传组领导。得到的坏消息是月底之前都无法离汉，究竟何时可以离开，谁也说不准，只能看疫情的形势演变。

傍晚时发微信告诉敬泽书记月底前我无法返京。他跟钱书记报告了，然后在电话里告诉我，要做好在武汉待比较长时间的打算。

巴迪已经能说很清晰的"爸爸"了。孩子的进步真是快啊！

对于下一步的创作，我们计划聚焦"90后"和"00后"，采写"战疫中的青春之歌"系列。

我认为这是一个很好的选题。"90后"多数是独生子女，这一代人在战疫中的主动担当、积极作为确实给人留下了深刻印象，应该好好描画他们的面貌，他们代表着这个国家的未来。有人感慨说：这次与疫情交锋的人约2/3是女性，那么男人都干吗去了？有1/4是"90后"、"00后"，那么大人都干吗去了？

接我们的司机邱家胜师傅说，他也住在酒店，不能回家。比起被"禁

闭"在家的绝大多数武汉人，他还算是幸运的，起码可以开着车在外面走来走去，或者在院子里散步。而那些居家的百姓，连下楼都会被劝返，更别说走出小区去了。

要知道，这可是还有近1000万人居住着的城市。换言之，1000万人1个多月了都只能待在自己的房子里，哪里都去不了，能不闷坏吗？他们的心里能不郁闷吗？还有那么多亲友染恙甚至病逝，谁还能开心得起来？！

一个大连小伙在武汉阴差阳错下了车

2020年3月6日，星期五，武汉，天气晴

这是我们到达武汉的第10天。今天没有外出，在酒店里搜寻资料，查找"00后"和"90后"感人的人和事。

我一直在看新闻报道，突然间看到有一个大连小伙误打误撞误入武汉城日赚500元的故事。

这个自称"大连"的小伙子还没满28周岁，他本来是要从上海虹桥坐高铁去长沙谈生意的，没想到在武汉"被下了车"，举目无亲，无处可去，就在58同城上找了一份在医院做志愿者的工作。就这样，他开始了在武汉城的"奇幻漂流"：每天都要和新冠肺炎患者近距离打交道，开始时心里充满了恐惧，他向大连交通广播电台求助，得到大连社会各界的鼓励，慢慢地找到了信心。在医院里，他也得到了医护人员和患者的关照和喜爱。这位东北来的实诚肯干的小伙子，慢慢地找到了一种心理的平静。头半个月他一直都瞒着家人，如今，他已经跟家人坦白，并得到了他们的理解和支持。他家里有妻儿父母，儿子才刚3岁。他说，希望将来有机会能给孩子讲讲自己在武汉的这段经历，让他知道他的爸爸是一个勇敢的大连人。通过电台，他还联系上了驻扎在雷神山医院的大连援鄂医疗队，希望医疗队将来回大连时能够带上他，把他带回去。这是

在大难之中一个普通人的奇幻经历。他的经历令人感慨万端。祝愿这个小伙子能够平安地回大连去和妻儿父母团聚。好人一生平安！

上午，突然接到尹社长的电话，告诉我他现在山西，刚刚经历了一场新冠肺炎病情，已经康复，才从医院出来。我在感到震惊的同时也为他感到欣慰，同时提醒他要好好休息，不要着急。

他询问我有无作家写出抗疫题材的报告文学，他们出版社希望能够出这方面的作品。我对他的敬业精神备感敬佩，同时也替他感到难过，因为我知道新冠肺炎的后遗症现在还没人能说得清。祝愿他一切安好！

大连小强引发的思考

2020年3月7日，星期六，武汉，晴，抵汉第11天

今天天气特别好，大雾散去，阳光普照，春阳和煦。春回大地，气象更新。中午站在院子里，都感觉有点热了。

上午给滞留武汉的大连小伙小强打通电话，加上了他的微信，希望进一步采访他，没有收到回复。

晚上看到大连交通广播电台发布的消息，知道这孩子在网上火了，现在要求采访他的媒体越来越多，最滑稽的是，"非诚勿扰"居然也给他打电话，说是要给他牵红线——人家儿子都3岁了！

网络上对于这个年轻人的报道标题多用：大连小伙误打误撞进入武汉日赚500元，都是拿他每天的"高收入"作为新闻点或者噱头，仿佛这小伙当初是奔着高报酬而"自投罗网"进入医院工作的。这其实是很不合适的。小强只是一个普通人，他是求告无门又不想沦落到流浪街头，百般无奈而为之。这是一个有志气、有出息的年轻人，即便是在疫情严峻的武汉，他还是希望通过自力更生来为自己寻得一处安身之所，通过劳作找到一碗饭吃，而不是像有的人那样自暴自弃或者等待救济。他说，自己有手有脚有脑袋，一定可以依靠自己解决食宿和生活。这才是真正

应该鼓励和褒扬的"90后"：独立、自立、勇敢、担责！

我用了一天的时间，把他的故事写出来，希望有更多的年轻人向他学习：身处逆境困境而从不气馁，直面艰难而不退缩。

下雨天，留客天

2020年3月8日，星期日，武汉，中雨转小雨，抵汉第12天

下雨天，留客天。继续驻留武汉。

住在水神客舍酒店，一日三餐有菜有肉、有饭有面，已经称得上是好吃好招待。

在这个特殊时期，武汉本地的居民都要网购食物，据说那些食物都不便宜。当然，这一方面是因为战时的人工成本、运输成本等都会大幅上涨；另一方面，也不排除少数良心不好的商贩、经营者包括中介、物业等私自加价，趁机从中牟利。

而对于那些滞留武汉的外地人，包括务工者、游客、治病者、走亲访友者，生活处境肯定更为艰难，付出的代价也更大。尽管政府出台了一些救济措施，但是这些措施并非普惠性的，而且在落实和执行过程中也容易走样。

在网上又看到了一则感人的故事：

一个1993年出生的武汉女孩吴尚哲，笔名吴念初，昵称"阿念"。外婆病重住院后，父母和她三个人都做了核酸检测。她听爸爸说他的检测结果是阴性，以为自己肯定没事，根本都不以为意，没曾想全家就她一人是阳性。她爸爸怎么都不相信这个结果，认为一定是医院方面弄错了，要是阳性也该是他呀！妈妈更是难过，后悔春节就不该让女儿从北京回武汉来。

阿念给自己美美地洗了个澡，把从未想公开的一张身穿比基尼的玉照发到自己的微博上，然后平静地等待救护车接她去方舱医院。

在医院里，她决心做一个快乐的女孩，每天拍照做事，在微信平台上连载自己的 VLOG，引起数百万网友的关注，一下子变成了网红。

过了几天，妈妈告诉阿念，医生通知说，外婆在火神山病房拒绝接受治疗，妈妈希望她替自己去照顾外婆。

阿念毫不犹豫地答应了。

外婆见到她，既惊又喜，更怕外孙女染病，紧紧地抓着她的手。

外婆怕死，怕自己这一次可能会挺不过去了，而一吃就吐更是让她度日如年，生不如死。

医护人员送给阿念一只电饭煲、一些大米和八宝粥。

阿念学着自己煲粥。

她跪在狭窄的病床上服侍外婆，看到她能喝进一点点米汤，吃下一小口橘子，她是多么地开心啊！她答应妈妈一定要把她的妈妈带回家。

外婆艰难地硬挺着。过了 10 天，她的眼睛突然失明。这个一辈子都活得很体面的老人突然变得很没有尊严，吃进去的一点点食物呕吐得浑身都是，没法自己大小便，在阿念的劝说下才不得不穿上了纸尿裤。

而在这个过程中，阿念这个原先连吃苹果都要妈妈削好皮的女孩一下子就长大了，她学会了用电饭煲熬粥，学会给外婆换纸尿裤，学会半夜起来照护她……

外婆抓住她的手说：孩子，这辈子我的恩情你都还了。

天不慈怜，过了三四天，吃喝不进的外婆还是被送进了重症监护室。

就在阿念祈祷奇迹出现的时候，她的外婆还是于 3 月 6 日撒手人寰。

悲夫！人间的故事并非都有一个圆满的结局。但是，一个"90 后"女孩从此长大，这是一种从泥土里被连根拔起的成长，她的心里该有多疼多痛啊！

衷心祝福这个还在医治中的女孩早日康复，重新找回内心的安宁。

何日君归来？

2020年3月9日，星期一，武汉，小雨转多云，抵汉第13天

我爱人告诉我，女儿特别想我，想得睡不着。她说，以前每次孩子晚上睡不着，都是我拉着她的小手，然后她就会很快入睡，但是这两周我没在家，孩子睡不着就没有爸爸的手可拉了。

女儿是爸爸的小棉袄，此话信然。人道是，儿行千里母牵挂，现如今，我是父行千里女思念。我爱你，孩子！我也希望能早点回到北京，回到你和妈妈的身边，但现在是战时，是特殊时期，爸爸还有工作要完成，爸爸会照料好自己。宝贝你也要学会照顾自己，希望等到爸爸回来再见到你时，你又更懂事了。

何日君归来？欲问归期未有期。我们最初的计划很完美，到武汉采访一周然后就可以打道回府，一周的时间很容易度过。然而，俗话说，计划永远赶不上变化，谁能想到，因为一个违规离汉返京的女士，城门失火，殃及池鱼，我们这些奉命执行公务的人亦不得不继续滞留武汉。当然，不管怎么说，我们的处境远比那位大连小强的"被下车"和许多因为工作等寻常原因而滞留武汉的人要好得多。

来日方长，寄望未来。

任何时候，我们都要敬畏生命，热爱生活，相信时间的力量。时间终会抚平一切，慰藉每一个受伤的乃至伤痕累累的肉体与灵魂。生活是艰难的，但生活又是充满希望的。正是因为有希望，即便身处危境、窘境，我们也要努力去寻找光明，去开辟出一条生路。任何时候都不要丧失信心，不要失去对希望的渴望与追随。

国内的疫情正在好转。我乐观地估计，到了3月底，境内新增病例应该就能归零，但愿在湖北和其他各地不再有瞒报或少报病例者，但愿我们每个人都长了教训，注意个人卫生，也注重公共卫生。每个个体的

生存生活都与他人相关，谁也无法做到独善其身。

疫情过去后，人们也要好好总结教训和经验，还有在抗疫过程中闪耀的精神之光，正是这种吓不倒、打不垮、摧不毁的精神支撑着中国挺过难关。

在我看来，抗疫精神包含了这些方面：在国家层面，那就是团结一心，勠力同心，同舟共济，众志成城，一方有难，八方支援；在社会层面，那就是同胞同袍，守望相助，大爱无疆，勇担责任；在个人层面，那就是有召必应，恪尽职守，践行初心，不辱使命。

下午，普玄来看望我。他写过一本讲述自己和自闭症儿子故事的书《疼痛的指头》，广受好评。他说一直记着我给他的作品写过评论。这些天，他都在采访武汉的普通百姓，有志愿者，有孩子，有逆行者。尤其难得的是，他居然采访到了一个从唐山辗转来汉当志愿者的人。这个男子为了在关闭离汉通道期间进入武汉，硬是从岳阳专门买了一辆车骑行过来。唐山人了不起，当年汶川大地震就曾有13位唐山好汉志愿前去灾区支援。他们是懂得感恩、知恩图报的义气人。

普玄说，他自己家里也经历了巨大的困难。他妻子的哥哥此前在武汉住院治病，春节前，妻子老家山东东营的亲人都来看望他，没想到遇上武汉关闭离汉通道就都回不去了。现在，普玄带着女儿另外住在一套小房子里，家里妻子连同亲戚12口人住在一起，房间床铺睡不下，就在客厅里打地铺。最糟糕的是，家里还有两个高中生，据说东营那边没有新冠肺炎病例，学校已经开学，这两个孩子可太让人着急了……

今天设法加上了那个昵称阿念的"火神山女孩"的微信，每天为她加油。

晚上，铁凝主席又打来电话问候，殷切嘱咐要保护好自己，还说要安排办公厅给我家里送点蔬菜水果。

我婉言谢绝，同时表达真诚的感谢。谁预先也没能想到，我们将在武汉待这么久，还要待多久。

想念家人时就写写诗

2020年3月10日，星期二，武汉，晴，抵汉第14天

改好咋晚写的两首小诗《等你回来》《是谁？》。

看到普玄和春雷今天在《光明日报》头版发表的两篇作品，为他们的成绩感到鼓舞。

今天打算梳理一下武汉疫情的历程，写一篇综合性的回顾文章，作为《抗疫英雄谱》一书的引言。

"大连"离开医院了

2020年3月11日，星期三，武汉，天气晴，抵汉第15天

今天看到大连交通广播电台微信公众号上发布的消息，在3月11日零时，央视新闻播出了对大连小强的一个专访，屏幕上把他的名字打出来了，叫蒋文强，与我当时猜测的果然一样。在访谈中，小蒋回忆了进入病房的第1天，他就是看督导老帅怎么做，照葫芦画瓢穿戴好自己的防护服和隔离衣，然后就直接进入病房搞卫生，收拾患者用过的餐盒，拖地板。第1天他非常紧张，进去时感觉口罩边上有一丝丝风透进来，他非常害怕，不停地向护士请教，护士告诉他有一些风从防护镜渗透进来是正常的，病毒主要通过唾沫、气溶胶传播，只要不拿手去触碰眼睛和身上的部位，是可以安全无忧的。当他蹲下去收拾垃圾时，他感觉护目镜边缘漏缝更大了，有风漏进来，他想：糟了糟了，我会被感染的。他到病房里收拾垃圾，刚伸手去拿饭盒，就碰到了黏糊糊的液体。他心里想：糟糕，这下我要被感染了！那个液体黏糊糊的，他怕有病毒会渗透到手里，手足无措。好心的护士姐姐就告诉他：不要怕，只要做好消毒就可以保证没有事，记住每一回出病房随时做好洗消，无论碰没碰东

西出来后都要做好消毒，同时记住，在病房里不要用手去碰身上的衣服或任何地方，只要做到这些，就可以防止病毒感染到自己。护士姐姐们给了他很大的帮助。

到病房里去收拾垃圾时，小蒋每次都是在门外先猛吸一口气屏住，到病房里把垃圾收拾好了就赶紧出来。患者以为他是医生，因为在病房这里，男的大部分是医生，看到他都主动跟他搭话打招呼，但是他都很排斥，不敢应答。

2月15日上班，有个老人家流鼻血，躺在病床上往垃圾桶里扔擦鼻血的纸，他扔得不准，有一个纸团扔到了小蒋的脚边，正好沾到他的裤子上。他想：完了，完了，这下我肯定感染上了！旁边的护士看到了，就过来帮他收拾。让他拿来卫生纸，护士就用卫生纸擦地板，然后把纸扔到垃圾桶里。看到小蒋畏惧的样子，护士说：如果你实在害怕，可以出去透口气。于是他就出去了，赶紧一番消毒，换掉防护服。

经过医生的心理辅导和护士的鼓励帮助，小蒋慢慢地变得不那么畏惧了。性格乐观开朗的他开始和患者有说有笑。26日，他照护的一个女患者治愈出院，这让他感觉到这个病是能够治好的，即便自己感染了，也一定能治好，因为那个出院的患者40多岁了，身体不如他强壮，她都能治好，他肯定没事的，因此心态也变得更加放松。

再后来，他就在自己的衣服上写上"大连志愿者"。

他照护的一些患者看到他衣服上写着"大连"，就对他说：你那么远的人，还跑到我们武汉这么危险的地方来支援我们，真是感谢！

后来患者知道了他的经历，都很感动。

小蒋也慢慢地看到了自己工作的价值和意义，也愿意和患者聊天了。护士姐姐们有一些体力活，都经常叫他帮忙，大家彼此相处愉快。她们了解了他的奇幻经历后，都说他是演了一场武汉漂流神剧，都很同情他，也很关照他。

3月11日上午，大连援鄂医疗队的刘医生开车到医院来找到小蒋。

刘医生和武汉市第一医院沟通协调，决定让小蒋离开医院。医院上午给他做了CT检测，非常正常，下午再做一个核酸检测，一切正常。小蒋经过隔离就可以正式离开医院。

他和鼓楼医院的护士姐姐们依依不舍地告别。

就这样，小蒋即将结束他在武汉市第一医院为期近一个月的清洁工志愿者生活。或许，很快他就能回到亲人身边。祝愿他一路平安！

起个大早没赶上集

2020年3月12日星期四，武汉，小雨转晴，抵汉第16天

今天是植树节，也是孙中山先生去世纪念日。疫情出现了微妙变化。海外输入变成新的风险。昨天河南新增一例郭某，3月初跑到意大利想去看场足球赛，回来后隐瞒行程还照常上班，结果害了不少人不得不隔离。网络上骂声一片。每个人都要为自己的行为负责，都得为自己的错误买单。

昨天夜里，姚总编告知，她所在小区昨天又发现一例确诊，10天的隔离白隔了，全小区又得再隔离14天。呜呼！

昨晚吃饭时，前台通知我：有志愿者医疗队开着卡车带着CT机来给住店的每位记者做体检。我和春雷7点时去看了一下，医生说设备还没安好，安好了会通知我们。于是我俩就放心地回房间等着了。一直到11点都没人来通知，我以为可能机器没安好就不做CT了。没想到，今晚吃饭时，前台给了我纪红建和曾散的体检结果。问过红建才知道，他们是晚上七点半去做的CT。敢情昨晚没人再通知，就把春雷和我落下了。真是：起个大早居然没赶上集！

百善孝为先

2020年3月13日，武汉，晴，抵汉第17天

看到那个微博名叫"阿念2020年很幸运"的女孩康复出院的消息，真心替她感到高兴。但愿靠年轻人的康复力，她能完全恢复。百善孝为先，这样一个懂得孝敬长辈的小女孩，一定是个心地善良的人，祝愿她平安快乐！

世界凌乱了。

中国境外新冠肺炎确诊人数超过了5万。意大利开始全国封闭，采取的是最大限度的隔离措施。

人心也凌乱了。从亚洲到欧洲，甚至到美洲的美国、巴西，大家都人心惶惶。尤其是加拿大总理夫人米切尔和巴西总统新闻秘书确诊，让人为这些大国首脑的健康都捏了一把汗。

昨天帮助春雷查询到了武汉女孩李蓓的电话。在网上搜索找不到电话，后来我又在微信里进行搜索，居然还能找到当初她发出的求救微信内容，上面就有她的手机号。

春雷说，他将来作品的题目都有了，就叫"寻找李蓓"。

"敲锣救母"

2020年3月14日星期六，武汉，晴，抵汉第18天

今天，春雷联系上了李蓓，并同她聊了很久，得知她已治愈还在隔离观察中，令人欣慰。春雷感觉这女孩的故事很典型，相信能写出一篇好作品。我又跟他讲了"敲锣救母"女孩李丽娜的故事：

李丽娜的母亲病了，通过视频聊天她发现母亲病倒了，紧忙赶回家照料，然后带着她奔走于各个医院。CT显示母亲病重，但却做不了核酸

检测，医院也没有床位，就让她在家服药隔离观察。然而母亲的症状越来越严重，甚至吃不下东西，下不来床，眼看可能就不行了。百般无奈，在 2 月 8 日元宵节之夜，李丽娜找出了家里的脸盆，在阳台上大声敲打求救。邻居报警，警察来了，站在楼下喊话，让她别敲了，马上就有人来帮她。就这样，有关方面千方百计安排其母住进了医院。母亲得救了！今天，其母痊愈出院。李丽娜是一个有着体面工作的白领，但是她说，自己那时也顾不上脸面了，一心只想留住母亲，不想眼睁睁地看着她就在自己身边死去；现在，她终于可以继续做一个孩子，因为母亲还在！

是啊，母亲还在，我们就可以继续做一个孩子。然而，在这场突如其来的大疫中，有多少人从此失去了父母，失去了家人？

中国境外病例突破 6 万，死亡人数超过 5000。一早起来看到巴西总统确诊的新闻，很吃惊，下午就看到其子辟谣。

美国一些政客老是把新冠肺炎同武汉和中国牵扯在一起，妄图污名化和抹黑中国。外交部新闻发言人赵志坚在推特上怼了美国政客。今天，美国国务院紧急传召中国驻美大使表示严重抗议。

过去一天，西班牙宣布紧急状态，美国也终于宣布紧急状态。

泉州"3·7"欣佳酒店倒塌事故已调查完毕，证实完全是一起责任事故，令人十分痛心。20 多条性命就这样灰飞烟灭，真是人间惨剧！尤其是其中一家五口人，夫妻和三个孩子一起遇难，4 岁姐姐抱着 2 岁弟弟被埋压至死，让在场的救援者潸然泪下。而那位幸运的最后的获救者，居然在埋在废墟之下 69 小时之后获救，真是奇迹！这是一位安全工程师，因此懂得自救。这，大概是这桩惨剧中唯一让人感到一丝慰藉的事情。

"鬼门关"上回来的人

2020年3月15日，星期日，武汉，晴，抵汉第19天

天气逐渐热起来了。中午在院子里散步，穿着毛衣晒太阳居然都微

微出汗了。真是春阳和暖。酒店院子里的各种树木、灌木都已长出嫩芽，小松树居然开出了淡黄色的小花，那些不知名的灌木就在去年凋谢的紫色花骨朵上又绽放出了新的蓓蕾。两株枇杷结的果子也在一天天长大。生命就是如此神奇，任何变故都挡不住它的生长，枝繁叶茂，花开果结。

今天和朋友谈及尹社长得病的事，我这才了解了事情的经过：他是1月20日携家人去山西长治探亲，没想到22日就犯病，然后，其岳父、小姨子和儿子都被感染了，唯独其妻子倒没事儿。他们随即被送到太原治疗，如今已全部康复。

这真是不幸中的万幸，幸亏他们去到了山西从而都能得到及时的医治，倘若留在武汉，那段时间各家医院都是一床难求，他的病情又比较重，据说都报了病危，那么情形很可能便危极殆哉！实在替他备感庆幸。而让大家纳闷不解的是，按说密接人群中他的妻子是最危险的，结果竟安然无恙，看来病毒的袭击也是有选择性的。

让大家特别感慨的是，一康复，尹社长便打电话给各位同事布置工作，也给我打来电话，询问有无合适的战疫题材作品可以推荐。

要知道，他可是刚从鬼门关上走了一趟回来的啊，不能不说他是太敬业了！——或许，正是这种对于事业和工作的执着热爱，支撑着他度过了最艰难的与病魔搏斗的时期。

最危险的可能是去社区采访

2020年3月16日，星期一，武汉，晴转小雨，抵汉第20天

今天《文艺报》在第2版整版发表了我的武汉日记《逆行记》上半篇，许多朋友看到了纷纷来信来电问候，都非常关心我们在抗疫前线的状况，都替我们担心。

其实，有时候战斗前线反而是最平静的，就像火焰中心的温度反而

不是最炽热的一样。

武汉的确诊病例已经连续第 3 天保持在 4 例。中午时听曾散说,湖南援鄂医疗队明天就要乘高铁返回了。于是,下午时我专门打电话询问宣传组,但是宣传组的答复是还没有关于我们返回的安排。

武汉和湖北的疫情已得到根本扭转,许多援鄂医疗队在休整之后已无新的任务,因此将逐步安排返回。在今天的新闻发布会上,明确提出,要安排援鄂医疗队分期分批返程,同时提出,要有序地安排滞留湖北和武汉地区的人员返回,以及滞留外地的武汉、湖北人员返回。

晚上和朋友们讨论此事,大家都较乐观,认为武汉病例应该很快就会归零,然后应该就会打开离汉通道。换言之,我们应该在两周左右就可以返回了。这确实是一个好消息。

吃完晚饭和《光明日报》的朋友聊天,他们有一位摄影记者季春红已经给将近 1000 名医护人员拍了照片,包括江苏医疗队 300 名,浙江、上海、陕西和北京的协和医院、中日医院等医护人员。全国各地援鄂医护人员总数 42,000 多名,按照宣传组的要求,要给每一位医护人员都拍照留念,而摄影记者一共 40 余位,平均每人就得拍摄 1000 多名。将来,这些影像可以作为一种国家记忆和历史档案,除了上光荣榜、上荣誉墙,在网上传播进行表彰之外,甚至也可以在武汉或者湖北建立一座战疫纪念馆、博物馆或者一座纪念碑,彰显这些为抗疫作出贡献的医护人员,尤其是那些以身殉职的英雄。他们是我们时代值得表彰和倡导的英雄,他们对于工作的敬业尽职,他们的大无畏精神,他们的以人为本、生命至上的崇高理念,都是值得全社会大力推崇的。

媒体的朋友告诉我,现在看来医院反而可能是最安全的地方,因为医院都已建立了严格的分区隔离制度,污染区、半污染区(缓冲区)和清洁区是完全隔离开来的。其实让人最不放心的可能是社区,他们早期抵达武汉的记者都尽量避免去社区采访,因为社区经常还会有一些散发病例、发热病人,最终这些人有可能会被确诊为新冠肺炎病例,而在确诊之前，这些患者一直都在小区里活动。当你到社区去采访时，你很难确定会遇到什么情况——你迎面走来的人是否潜在的感染者。此外，关于气溶胶传播的问题也还存在很大争议，有人认为气溶胶传播是确实存在的。如果这样的话，在社区活动的这些潜在的患者，他们所散放出来的气溶胶有可能一直都在空气中悬浮飘荡，短时间内不易清除，此类危险和风险有可能存在较长时间。特别是在 1 月底、2 月初那个时期，武汉处处都可能有发热求诊问诊的人，一个个都可能是移动传染源，无论是在社区还是在医院，高风险区域星罗棋布，那个时候，记者采访确实要冒着很大的风险。

今天，按照《中华读书报》名编舒晋瑜的采访提纲，我简要回答了关于来汉采访的一些相关情况。照录如下：

1. 您是什么时间去的武汉？待了多久？心情如何？是什么动力支撑您的行动？

我们四位作家 2 月 26 日分别从北京、长沙和邯郸出发来到武汉，已在武汉采访和生活了 20 天，估计还要在这里生活 20 天才能返回。

刚开始来的时候，心里不无担忧，来了之后，慢慢地接触了越来越多的医护人员、志愿者、一线的新闻记者、武汉的朋友，看到大家心态都很平和，因此我们也逐渐找到了内心的平静。作为一个报告文学作家，当然要尽可能地深入到战疫的最前线，才有可能采集到最鲜活生动的素材，最感人的故事和人物。如果能为这场国家和民族的大灾难记录下一些普通百姓真实的苦难经历，记录下那些牺牲者、奉献者、敬业者不可磨灭的贡献，那么我们便不虚此行。

2. 此去采访了哪些方面？有什么收获？

我采访了武汉和中部地区最大的医院同济医院。他们有 9000 多名医护人员，在此次战疫中做出了突出贡献，也采访了一些志愿者、一些康复的患者和一些基层干部。主要的收获是，亲眼见证了这样一场历史性事件，在这场灾难下普通人顽强的生活及其对于生存执着的坚定的信念，看到了"90后""00后"这茬年轻人正在迅速崛起成为我们国家的脊梁。

3. 打算写什么作品？还是已发表作品了？

目前写了三篇作品，既有同济医院战疫纪实，也有写志愿者的武汉经历，还有记录我来到武汉后的所见所闻所思所感。3月16日分别在《光明日报》《文艺报》发表了一篇作品。

4. 去武汉，对您本人有何影响？

赴武汉是中国作协的安排，我作为一个作家、一名工作人员，责无旁贷、义不容辞。来这里20天最大的感受是生命至高无上，每个人都要敬畏生命、热爱生活，要珍视亲情友情和人间的真情温情，要爱惜、拥戴那些陪伴我们、为我们雪地抱薪负重前行的人，特别是白衣天使、警察、志愿者、基层干部、科学家、新闻工作者。每个在自己的工作岗位上恪尽职守、不辱使命的人，都是我们这个时代最可亲可敬可爱的人。

今天，我们都是武汉人

2020年3月17日，星期二，武汉，晴，抵汉第21天

从昨天起，援鄂医疗队陆续离开返回。

在送别时，无论是武汉、湖北当地医护人员还是援鄂医疗队成员，大家都非常珍视曾经的并肩作战——这份一生中可能只有一次的情分。大家热烈地拥抱，互赠纪念礼物，许多人都流下了激动的眼泪。曙光在前，胜利在望，曾经的战友就将挥手告别踏上归程，能不令人伤感怅惘吗？然而，这眼泪，这些告别的话语，都是激动的感激的真情的流露。

啊，朋友再见，今生今世永难忘！啊，朋友再见，友谊地久天长，感恩常相伴！啊，朋友再见，互道珍重各奔前程，愿从今，江城无恙，四海安澜！

在送别的报道中，最常看到的一句感谢的话是：谢谢你们曾为武汉拼过命！

诚然，这是一种过命的交情，一种生死的情义。这些白衣战士全都是一心赴救，无惧生死。他们中的许多人都曾立下军令状，递过决心书，甚至偷偷写下过遗嘱。而且，令人悲痛的是，他们中还有一位烈士，他叫王烁，因为一个酒后驾驶的司机，他把自己青春的生命永远地留在了湖北……

今天，我们都是武汉人！

此时此刻，我们正站在武汉这个中国的地理中心位置上。在这片热土上生活着的，是我们无法分割的兄弟姊妹，是我们血浓于水的骨肉同胞。我们来到武汉，就是要同武汉的乡亲百姓共渡难关、共克时艰。

武汉，是一座打不倒、摧不垮的英雄城市。武汉人民，是一群英勇无畏、襟怀家国的了不起的人。在过去的三个月里，武汉人经历了太多太多，流的泪太多太多，受的苦与难也太多太多。然而，受苦受难的人最终都会得到帮助，遭遇不幸的人最终都会获得慰藉与安抚，因为今天，14 亿中国人和武汉人站在一起，14 亿人都把关切的目光投向这里。中华民族绵延传承了五千多年的文明，五千多年紧紧拥抱在一起的各民族大团结，最终将支撑我们赢得这场战疫的胜利。

武汉加油！

湖北加油！

中国加油！

武汉的朋友很关心我们。蔡家园和刘诗伟都打来电话坚持要来看望。刘醒龙主席因患眼疾未能出门，也送来了诚挚的问候，并且希望能够帮到我们。

其实，我们四位作家赴汉的初衷是来帮助武汉和湖北的朋友的，没承想，现在倒是他们纷纷向我们伸出了兄弟之手，希望能帮我们做点什么，提供点什么物资。同胞同袍，情同手足，这便是！

醒龙告知，他因为眼睛不好，1 月 15 日到 20 日连续多次前往医院看病，那时根本不知道危险，一点儿防护都没做。好在，侥幸的是他没有事。后来，朋友告诉他，给他做眼部 CT 的那位医生已被确诊。幸运的是，醒龙安然无恙。

我说他有很强的免疫力。即便如此，他还是一直坚持服用了 45 天的连花清瘟胶囊。在家期间，他还写了两首歌词，其中一首名字叫《如果来日方长》，由作曲家谱曲，歌手演唱，很多朋友都听得热泪盈眶。

——这，大概也是一名不得不宅在家里的作家，可以为这场战疫所奉献的绵薄之力吧。

纪念碑·纪念馆·抗疫志

2020年3月18日，星期三，武汉，晴，抵汉第22天

昨天夜里和宣传组的领导会见，商谈要写一部全景式反映武汉保卫战的报告文学。最终这个重任落到了我的肩上。

要全面反映武汉保卫战艰苦卓绝的过程，以及所取得的成绩、经验和教训，这确实是一件不容易的事情。新冠肺炎疫情毫无疑问是一桩灾难，对于这桩灾难不仅需要记录和描写，更需要有思考和反思。

为了铭记这场罕见的灾难，有必要建立一座纪念馆，将与这场灾难发生相关的防控经过、物件、人物、事迹、故事，以及在这场灾难中受苦遭难的普通百姓的生存百态，都保存下来，让更多的人了解这段不能被遗忘的历史。记录灾难、反思历史是为了更好地重建我们的精神和民族魂魄。同时，对灾难物质遗产的保存和利用，既价值重大亦意义深远。

对为抗击疫情做出艰苦卓绝努力的，尤其是在工作岗位上殉职的那些烈士，应建立一座纪念碑，让世世代代的人都能牢记这一次苦难和为抗击瘟疫作出贡献的各界人士。同时，这座纪念碑还具有悼念缅怀那些在这场疫灾中不幸去世的人们，以及慰抚千千万万受到苦难折磨的普通百姓的作用。他们都为抗击疫情做出了牺牲甚至付出了永远无法挽回的代价。

除了要从物质上保存这场灾难的国家记忆，还应该以文字和图片、影像等为载体，从精神上记住这场灾难，这就是要编写一部抗疫志——《2020 年春中国抗击新冠肺炎疫情志》。

在这部抗疫志里，至少应该包含这些章节：一是总论，对于这场疫情发生、蔓延的经过以及疫情防控过程的记录。二是在中央层面的决策、指导和指挥。三是地方各级政府全力做好防控工作。四是医护人员挺身而出奔赴战疫一线，发挥中流砥柱作用的事迹。五是一方有难，八方支援，全国各地医疗队奔赴武汉和湖北展开救援的事迹。六是物资保障，从防护服、口罩、护目镜、医疗器械设备、药品等医用物资到生活物资后勤保障，支援和保证了前线能够持续坚持作战。七是科技攻关，研试药物，研制疫苗，研讨制定治疗方案，推广普及研究成果，对症开展中西医结合的有效性治疗，从而在抗击疫情中发挥至关重要的制胜作用。八是适时提出重大的应对决策与创新性举措，包括扩大和增加定点医院，建立方舱医院，征用宾馆、学校等建立集中隔离点。九是加强武汉市的集中防控。十是全国各地加强社区、小区、村落的联防联控，实行封闭式管理，内防扩散和反弹，阻断疫情传播。十一是民警在抗击疫情中的治安保障。十二是志愿者在联防联控、参与全民抗疫中的重要作用。十三是人民解放军参与抗击疫情，作出重大贡献。十四是疾控人员、流调工作者的工作和贡献。十五是新闻宣传、文化艺术工作者积极参与抗疫的情况。十六是有关描写和反映抗疫题材有影响的文艺作品。十七是抗击疫情群英谱，包括参战各方人员：武汉当地医护人员、援鄂医疗队等。十八是抗击疫情大事记。

"跑步女"受到处罚

2020年3月19日，星期四，武汉，晴，抵汉第23天

关于"跑步女"，网上又发布了新的消息。梁某，女，47 岁，澳大利

亚籍，在拜耳医药保健有限公司任职，3月14日由首都机场入境进京，工作居留许可有效期至2020年9月5日。15日下午，本应在租住地居家观察的她，未戴口罩在小区内跑步，社区卫生防疫工作人员发现后进行劝阻，但其情绪激动，高喊：救命，有人骚扰！民警到场后，对梁某进行了口头警告，要求其遵守中国法律，遵守中国疫情防控相关规定，梁某表示接受，未再外出。梁某的行为在网上曝光后，引发社会关注，其所在公司当即对其进行辞退。3月18日，北京市公安局出入境管理局依据《中华人民共和国出境入境管理法》第六十七条等规定，决定依法注销梁某工作类居留许可、限期离境。

世界更加凌乱了。全世界感染者超过22万人，中国境外病亡数超过6千人。

中国的疫情应该是控制住了。今天，本土新增病例首次归零。但是境外输入病例不少，尤其是北京面临的风险更大，因此北京从昨天开始启用小汤山医院作为境外入境者的隔离收治场所。今天更是发布消息，对从疫情高发地区抵京者要求第一入境点分别选择天津、太原、呼和浩特进行检疫，检疫无问题后再乘机到京。这实在是一种无奈之举，因为境外疫情愈加严峻，入境者中确诊和疑似病例并非极个别。

今天最令人高兴的消息无疑是武汉市新增确诊病例、疑似病例及现有疑似病例全都归零。

三个〇！这是自疫情暴发以来最好的一天。

希望这种好消息能够保持下去。如此，再过14天我们就可以离汉了！

谁都得为自己的行为负责

2020年3月20日，星期五，武汉，晴，抵汉第24天，今日春分

春分，昼夜平分，一年过去了四分之一，时间真是不等人！

接连五天去东湖宾馆参加会，主要就是讨论总结武汉保卫战。我的基

本思路是，一场大战，必然围绕着总指挥、指挥体系、战场、战士、弹药武装、防卫设备、粮草、后勤保障、侦察扫雷、攻守等要素展开，而基本上可以时间为轴来勾画描述和还原战事的进展。在描述时，注重抓住几个重要的时间节点特别是具有转折性的关键节点展开。同时，要注重运用烘托手法，衬托战事严峻激烈的气氛。这是一场没有硝烟的战争，无数的人为之付出了努力，做出了贡献和牺牲，今天的阶段性成果得来不易。

中央指导组的一位领导指出，此役主要围绕两个关键：防控和救治，主要着力点亦在于此。

天气变热了，小伙子们都穿上了短袖。今天，全国首次实现本土无新增确诊和疑似病例。希望热天和升腾的热气能够让瘟疫远离，希望零报告能够延续下去。

今天，又有一位湖北咸宁的女士辗转从河南商丘乘高铁返京，结果被查获。真是赔了夫人又折兵。因为在从湖北赤壁前往商丘时，她花了6000元找的黑车帮忙，还买了一张河南的手机卡伪装自己是从河南出发的。现在，公安部门将在其隔离期结束后对其实行行政拘留。

海淀区西山一号院一位开着奔驰车的女士试图冲撞防控关卡，还谩骂警察，结果亦被拘留。

那位澳大利亚籍北京"跑步女"被处以限期离境的处罚。而那位谎话连篇、带着全家人辗转从美国马萨诸塞州返京的黎女士，也被其所在的勃健公司辞掉。

人啊，必须遵守社会的基本规则，包括法律法规和各项规则及约束，千万别试图寻找潜规则或非规则。这是做人的底线，也是立世之本。

谁都不容易

2020年3月21日，星期六，武汉，多云转大雨，晚上响惊雷，抵汉第25天

曾散和纪红建很勤奋，一直在外面采访医护人员、社区工作者、清

洁工。今天下午，红建去同济医院采访了清洁工。他要写一部全面反映大战疫的长篇报告文学，已经采访了许多警察、医院，现在需要补充采访医护人员和清洁工，以便较为完整地反映这场抗疫战争。

曾散晚上回来说，下午去采访一位1991年出生的女孩，在社区担任支部副书记，因社区一把手、三把手都确诊或疑似了，结果仅剩下她一个人带着几个人管理着一个1.8万人的社区。那些天真是把她累趴了。她平生第一次守着一个脑梗死亡的老人度过了几个小时，数次目睹死亡，还遇到了一些不讲理的退休老干部。后来，上级怀疑她患上了忧郁症，特地派了一位处长来接替她的工作，并强迫她休养十二天。现在，她又回到了工作岗位。

这还是一位"90后"的女孩，这次抗疫不要说她没经历过，就是绝大多数的人此生也都没有经历过。况且，这个女孩一下子就被推到了最前面，挑起了最重的担子，这副担子几乎把她压垮了！

谁都不易，尤其是在灾难袭来时。那些负重前行，那些雪地抱薪，那些深夜提灯的人尤为不易。希望大家彼此多些体谅，多些理解，希望社会、人心多一些温暖、善良、爱和美好。

晚饭后，果然如天气预告一样，响起了今年第一声春雷。然后，伴着声声响雷，下起了大雨。季节已经转换，天气已经变暖，祝愿疫情快些过去，人间重回平安。

说到"春雷"，春雷竟然背起了一首古诗：造物无言却有情，每于寒尽觉春生。千红万紫安排著，只待新雷第一声。这是清代诗人张维屏写的《新雷》。——好一个"只待新雷第一声"！我以为，这可能也是春雷的自况吧。元代剧作家王实甫写的《西厢记·长亭送别》中有词"从今经忏无心礼，专听春雷第一声"，因古代进士试于春正、二月举行，故古人以"春雷第一声"代指中第消息。

或许这是春雷名字由来？不知确否？

风险依旧存在

2020年3月22日，星期日，武汉，多云，抵汉第26天

今天报告，武汉和湖北已连续四天新增确诊、疑似和累计疑似病例均为零。近日偶有报道，治愈出院的新冠肺炎患者也有一些复阳的病例，甚至有一家三口出院后都复阳的。另一方面，境外输入病例每天都不算少。这两方面的病例，可能都存在着一定的传播风险，因此，现在还没到松口气的时候。

世界疫情形势日益严峻，至今全球确诊总数超过了30万人，特别是意大利已超过5万人，医疗体系面临崩溃的风险。现在，欧洲各国的形势都很严峻，各自自救不暇，因此意大利目前的处境几乎令人感觉是无解的。在起风的时候谁也不会料到会刮起一阵飓风，会淹没无数的生命。而现在，这样的威胁真的来了，地球上无论哪个国家几乎都无法独善其身，尤其是在如今全球化、地球村的时代。据报道，全球已有184个国家出现了新冠肺炎病例，几乎可谓是席卷全世界，除了南极洲，地球上再没有一块纯粹洁净的地方。可见，人类确应抱团取暖，融汇成一个命运共同体。这是新冠肺炎病毒带给人类的一个教训，也是赐给人类的一大启迪。谁都离不开别人，谁都不能绝对自私，毫不顾及他人。

今天注意到志愿者"大连"将于近期随大连援鄂医疗队返回大连。临行时，有关方面还送给他一只大旅行箱。晚上散步时，蔡主任提到，如果要离汉，可以随同援鄂医疗队一道离开。这确实可行。但是北京援鄂医疗队似乎还没有离汉的。或许，再过些天，北京方面会放开武汉和湖北返京的限制，那时就可以返京了。

朋友圈里有高校老师发布了武汉大学的樱花照片，很美，独自寂寞地绽放，落英遍地，杳无一人，百年未遇。

昨日开始，武汉无疫情小区居民每天可以有一人到超市购物两小时。

武汉的商超正式开张了。鄂州市小区不再集中团购生活物资了。接下来，市内交通也将恢复。今天，返汉通道已打开。湖北省内离汉只要申请并经过核酸检测合格后即可离开。看来，离汉通道也快打通了。

同时看到报道，湖北点对点送工人返回上海、苏州等地的大巴车不被允许进入市内，在高速路口即被劝返。最终，许多打工者无奈，只好打车或拼车进城。看来，有些地方对湖北和武汉的疫情已经好转还是没有十足的信心。

战疫中的温馨与美丽

2020年3月23日，星期一，武汉，晴，抵汉第26天

看到昨天徐州援鄂医疗队离汉时的告别场面，感觉很温馨。当武汉交警集体立正向医疗队敬礼时，徐州的一名女护士突然冲了出来，大声问：有没有未婚的，我能带走一个吗？

是啊，一个个警察都年轻英俊，身材挺拔，难怪会引得来自千里之外的女神们的青睐。

由此回想起田芳芳。2月25日，结束了一天的工作后，正在武汉支援方舱医院的湖南护士田芳芳用一张白纸写下了自己的心愿："希望疫情结束后国家给我分配一个男朋友。"当记者问起她为何做出这样的表白时，这个直爽的湘妹子回答："我有个同事，她在衣服上写了一个'我要找个男朋友'，我就说我也写一个。"

据记者了解，田芳芳第一个报名支援武汉，不仅仅因为她是单身，还因为家人的支持。"当年我爸爸参加了抗击非典工作，从经验来看，只要防护做到位了，注意一下院感，基本上问题不大。"

田芳芳的求爱表白发出后，许许多多的警察、军人、快递小哥都纷纷响应，愿意做她的男朋友，等待她的选择。

昨日，广东医疗队员返回广州，下飞机时一群女医护人员如同小鸟

一般飞向迎接自己的同事，人道是，就像听到下课铃响冲出教室的孩子们。她们实在是太可爱了！

这些，的确是这场惨烈的战疫中令人感觉无比美好的事情。

生与死，人们都愿意选择生；恙与康，谁都会选择康；而爱和美，则是每个人都会毫不犹豫地选择的东西。时间不朽，爱亦将不朽。人世间正是因为有了这份情，这种爱，才让人类彼此相亲，绵延百万年而不绝于世。而对于爱和美的追求，则是人之常情。差别的只是大胆地表白和委婉含蓄地吐露而已。

在这与病魔较量、与时间赛跑的生死场上，爱被发扬到了极致。在这里，不仅有陌生人之间的温情与关爱，有战友之间的情谊，有同胞之间的情义，也有父母对于子女的慈爱，有兄弟姊妹之爱，还有男女爱情。

万物皆可朽，唯爱与善能永存！

等待回家

3月24日，星期二，武汉，多云，抵汉第28天

2019年和2020年相交这个冬天，我们流了太多的眼泪。

中国的老百姓遭遇了太多的艰辛。尤其是湖北和武汉处于疫情最重地区的老百姓，他们所经历和遭遇的一切，任何时候我们都应铭记。这是中华民族用3000多条性命换来的惨痛经历。这段悲壮的历史，不容许任何人亵渎。人民是江山社稷，生命至高无上，敬畏生命、热爱生活应该成为我们每个人终身秉持的信条。

在庚子鼠年开始前后，正逢中国人最为看重的新春佳节。但是，这个春节，全中国都少了欢声笑语，少了喜庆祥和。我们看到的，是全国各地的严防死守，严密防控，是每个人自觉的禁足居家，防护自保。

曾几何时，当武汉成千上万的百姓陷入无助与恐惧，而找不到希望的时候，他们的那种悲苦，那种无助的哭泣和呼告，如今我们已经可以

让自己静下心来去倾听，去抚平那些痛与伤，那些眼泪、恐惧与绝望。只有牢记苦难，牢记泪水和伤痛，并且从泪水和悲痛中吸取教训，然后重新站起，一个人、一个民族才有希望，才有未来。

为了给未来的人们和历史留下一份真实的影像，我愿意重新揭开武汉保卫战、湖北保卫战的惨烈与悲壮，忍痛含悲与读者诸君重返那段在至暗中追索晨曦的时刻。

昨天晚上，得知北京市让登记滞留武汉拟返京人员信息，看来很快就可以回家了。

但是，同行的另外三位作家怎么安排，作为领队，我不能自己一个人先跑回去。这事还得需要中央指导组宣传组来协助安排，最好是我们四位同时离汉。

晚饭后，在院子里碰到外出采访一道回来的红建和曾散。今天他们去了很远的地方，说是都到了孝感市边上。

曾散去采访一个派出所，回来时看到他新理了发，我问他在哪里理的。他说是在一个无疫情小区里，一位理发师在广场上给人理发，理发的人也戴着口罩。理完发，没法洗头，自己回去洗。他告诉我理一个发20元，倒是不便宜。但是在如今这个特殊时期，能够出门来给人理发还是要冒着风险的。

昨日，武汉新增病例1例。希望能够彻底压制住疫情反弹，绝不能让其死灰复燃。

北京疫情防控形势依旧严峻。昨天新闻发布会上提到，有些境外输入病例曾有外出去超市购物逛街且不戴口罩的情形，看来还需小心防范为好。境外输入风险加大，对于首都北京是一大新考验。返京人员日增，也是一大考验。希望北京和中国在这场考试中也能拿到高分。

武汉的早晨

2020年3月25日，星期三，武汉，多云转雷阵雨，抵汉第29天

每天早晨，人还在睡梦中，总能听见窗外的鸟鸣啁啾，布谷声声。武汉的早晨是宁静的，没有喧哗，没有嘈杂，世界安好。水神客舍院子里的灌木新发的嫩芽一点点地从嫩黄、淡紫到变绿，那棵茶花一朵朵红艳艳地绽放，然后凋零。东湖岸边，依旧杳无一人，烟波笼罩，舟渡无人。

今天开始，武汉的公交车恢复了。湖北三座机场航班恢复了，武汉以外的城市列车客运恢复了。而在成都，人们又可以照常躺竹椅、喝热茶、搓麻将了。生活秩序正在回归，人们的生活或许也将逐步恢复正常。到4月8日，武汉市也将解封，离汉通道将打开。因此，人们的生活或许很快就将回到疫情之前，回到过去，一切如常。而时间长河，也终将冲淡乃至洗净人们有关疫情全部的记忆，一如17年前的"非典"。然而，作为作家，应担当起时代的书记员、守夜人的责任。

新冠肺炎疫情在全世界蔓延的趋势无法阻挡，就像借助狂风大火的爆燃与蔓延。地球从未像如今这样面临巨大的危险和危机。在意大利、在西班牙、在伊朗，许多国家的医疗系统几乎面临崩溃。这是一场全人类的灾难，谁都无法侧身其外、全身而退。它需要每个国家、每个人都行动起来，自觉担当，主动负责，谁都不能袖手旁观，明哲保身，更不可能隔岸观火，幸灾乐祸。那些一度如此作为的人，那些曾经的"幸灾乐祸"者如今都尝到了苦头。人类是一个命运共同体，生态、地球上千千万万的生命都是一个共同体，谁都无法做到独善其身，遗世独立。事不关己，高高挂起，漠然置之，抽身世外是不可能的。

前天在京心相助微信公号上登记了我个人的返京信息，今天一早就接到了赵家楼社区工作人员的电话，详细询问返京信息，提醒我及时告

知并做好返京隔离。

诚然，外防扩散、内防反弹是当前疫情防控的重点。近些天来，境外输入病例只多不少，情形堪忧。尤其是昨日北京市公布的一例境外输入关联病例，只因入境人员未能很好地居家隔离，擅自走楼梯外出，竟然让同样走楼梯的邻居被感染。这简直是天下奇闻！这说明，新冠肺炎病毒的传染力特别强，也说明，它的传播路径可能还存在着某些未完全被人们了解和掌握的方面，譬如气溶胶的传播问题，患者呼出气体有无传染性的问题，等等。

昨日，美国报告新增病例过万，特朗普改口，不再将新冠肺炎病毒与中国连称。

今天，全世界感染者超过 41 万人，死亡病例逼近 2 万人。到了全世界联合起来的时候！现在，全人类只有一个共同的敌人，那就是新冠肺炎病毒！

普玄发来微信告知，在老家襄阳的母亲不慎摔倒骨折，他必须赶回去照料。他父亲 89 岁，母亲 79 岁。父亲去年骨折，才刚能下床行走。他希望通过单位协调设法拿到一张离汉通行证，然而最终还是没法如愿。无奈，他只好安排姐姐帮助照料父母。

有年迈的父母可以服侍，这是个人修行得来的福气。而在父母最需要时能够及时出现陪侍左右，则是为人之子的一大幸事。

做人真难。普玄真不容易，儿子患有自闭症，不得不交给亲人帮助照看。而此次武汉抗疫，他竟能积极参战，殊为不易。离汉通道关闭前他家里来了多位亲戚，12 口人挤住在一起，他和女儿不得不搬到外面去住。如果他还要赶回老家去照料父母，那么女儿又该交给谁照看呢？

真是不易！在来汉之前，我感觉自己家里有各种困难，现在跟普玄相比，一下子感觉自己的那些困难简直都不叫个事儿。

亲者或余悲

2020年3月26日，农历三月三，星期四，武汉，雷阵雨转多云，抵汉第30天

东晋诗人陶渊明的《拟挽歌辞三首》写道：

有生必有死，早终非命促。
昨暮同为人，今旦在鬼录。
魂气散何之，枯形寄空木。
娇儿索父啼，良友抚我哭。
得失不复知，是非安能觉！
千秋万岁后，谁知荣与辱？
但恨在世时，饮酒不得足。

在昔无酒饮，今但湛空觞。
春醪生浮蚁，何时更能尝！
肴案盈我前，亲旧哭我傍。
欲语口无音，欲视眼无光。
昔在高堂寝，今宿荒草乡。
一朝出门去，归来夜未央。

荒草何茫茫，白杨亦萧萧。
严霜九月中，送我出远郊。
四面无人居，高坟正嶕峣。
马为仰天鸣，风为自萧条。
幽室一已闭，千年不复朝。
千年不复朝，贤达无奈何。

向来相送人，各自还其家。

亲戚或余悲，他人亦已歌。

死去何所道，托体同山阿。

这些天，一直在吟诵陶渊明的组诗。此中滋味，正与当下许许多多在疫情中失去亲人的人们的心情相对应。

人固有一死，或轻如鸿毛，或重如泰山。人生自古谁无死，死去何所道？托体同山阿！亲戚或余悲，他人亦已歌。这个春天，少了欢笑，多了悲苦。那些曾经欢声笑语，曾经载歌载舞，曾经海阔天空，曾经生龙活虎，曾经让我们亲近、依偎、热爱的亲友同胞，他们已乘鹤西游。留下的生者，或许在很长的时间内都无法平复内心的伤痛，都无法重返寻常的生活轨道。爱过，痛过，哭过，喊过，无助过，绝望过……然后，心如死灰，或者心寂如水。

不曾留意，傍晚雨歇时到院子里溜达，水神客舍的水杉树竟然已褪去褐黄色的旧衣，全都换上了翠绿的新装。一枚枚尖叶，犹如新生的生命，娇嫩可爱。

沉舟侧畔千帆过，枯木前头万树春。无论经历多少狂风暴雨，泥土里的生命总要破土而出，落尽败叶的树木总要再萌新芽，季节到来时，鲜花总要绽放，果实总会结满枝头。这就是生命的伟大！这就是不屈的生命！

晚上，姚总编带着编辑部曾主任来看望我们。说起今天是农历三月三。三月三，地皮菜煮鸡蛋。怪不得晚饭时酒店提供了新鲜的荠菜煮鸡蛋，我还纳闷：晚餐怎么还有煮鸡蛋？那些裹着鸡蛋的青草究竟是什么东西？

据说农历三月三荠菜煮鸡蛋的习俗，起源于湖南，说是吃了荠菜煮的鸡蛋，一年当中腰腿不疼、头不疼。地皮菜还具有清热止血、清肝明目、利尿消肿之功效。而在我的老家福建是没有这一习俗的。

回房间时，我特地取了一枚鸡蛋回去吃。

今日，得知将被安排返京，我牵挂的是其他三位作家如何返回。我请求延迟两天返京等等大家，回复是不可以，一个都不能少。赵局长说请我放心，他们一定会管的，正在抓紧安排。希望兄弟们亦能尽快顺利返家。

自古别离多惆怅

2020年3月27日，星期五，武汉，中雨转小雨，抵汉第31天；北京，晴，冷

一早起来去前台结账。住了整整30天，食宿费正好相当于我一个月的工资。我们住的还是快捷酒店，如果入住高档酒店，那么我一个月的工资还不够花的。由此想到那些滞留武汉的人为何要住在地下通道或是公园里，食宿费对于他们确实是不堪重负。而在疫情期间，商超、餐馆不开门营业，他们每天的饮食只能是价格低廉的泡面。生活在大城市里，普通人最不易。我们应该设身处地，多多体谅身边他人的难处。

文书记和修文主席专程来送行。

大家一一合影，依依惜别。

自古别离多惆怅。并肩战斗了一个多月的战友就要告别了！愿他日，兄弟们都身康体健；待来日，相见把手再言欢。

三位兄弟还要继续留守。

这两天，春雷声声，"春雷"也"爆发"了，陆续交了多篇稿子。

他说已连续五天没吃午饭，一气呵成，完成了13篇稿子。

真不简单！看来，他是找到感觉停不下来了！我让他一定注意休息，不能太拼。

昨晚，我顺便和姚总编提及，提议春雷可以专门写一部铁人张定宇的报告文学。

姚总马上接话：愿意抢沙发，出版条件优厚！

到武汉来的各位作家皆有收获，这是令人欣慰的事。

灾难带给作家的是馈赠，是深思。希望大家真实客观地记录和书写这场灾难，尤其应当浓墨重彩地书写医护人员和普通人，浓墨重彩地书写武汉的医护人员和普通人。他们是这场艰苦卓绝战疫的中流砥柱，脊梁与中坚！

真正的英雄是人民

2020年3月28日，星期六，北京，天气晴朗

回到北京第1天。

6点天就亮了，碧空万里，阳光明媚，心情愉快。祝愿每个人每天早上醒来都能拥有一份明媚的心情。

昨日中午在水神客舍吃过午饭，司机黄师傅把我和《中国青年报》的一位记者送到光明万丽酒店。湖北省委宣传部在这里举行了一个简单的送行仪式。宣传部负责人对临行的记者表达感谢，称赞大家都是英雄，都是战士。

昨日，我的责任编辑说：看了你写的文章，在我心目中你就是个英雄。

在返京列车上，列车员找我们每个人签名留念，由衷地说：你们都是英雄啊！

回首在武汉的一个多月，也有许多的朋友称赞我们四位赴汉采访创作的作家是英雄。

我不是英雄。

到武汉去，我只是去完成自己的一项工作。我对武汉的朋友说，我们只是路过，而你们是驻扎；我们是过客，而你们是住户。因此，谁是英雄一目了然。真正的英雄是人民，是千千万万在这场疫情防控斗争中作出牺牲和贡献的普通人。42,000多名支援湖北和武汉的医护人员，他们是英雄，他们是战士，这是毫无疑问的。但是，从疫情萌发开始，至

今还坚守在战斗一线的湖北和武汉的十几万名医护人员，他们更是此次战疫的中流砥柱，他们更是英雄。有些英雄会被授予各种荣誉，受到表彰，接受各种礼遇，向全社会宣传、倡导和推广，使得家喻户晓，人人尊崇，他们是英雄群体的代表。然而，更多的英雄都是默默无闻的，他们可能终其一生也未能获得多么崇高的荣誉，甚至也没人夸赞他们是英雄，但是，在他们的内心却永远秉持着自己的那份良知、责任与担当，永远没有忘记自己的初心、使命和誓言。他们是无名英雄，他们是无名战士，他们的数量千千万万，无以计数。这些千千万万的无名英雄同样值得我们铭记与尊崇。

在抗疫斗争中，武汉人和湖北人作出的牺牲是最大的。这一点，我希望每个中国人都能够牢记。我也希望我们能够从这场壮烈的牺牲中吸取教训，深入反思，让我们将来能够少走一些弯路，少付出一些代价。

黄师傅把我们送到了武汉站。一路上，各个路口都有交警值守，因为我们没有跟着大车走，所以没法进入主路。快到武汉站时，看见前面有一支很长的车队，黄师傅一调头，居然正好跟在了车队的最后，我们都暗暗庆幸，因为怕交通管制，而我们似乎又和大部队"失联"，怕进不了车站。

前面的车队是从东湖宾馆过来的，是前期撤离的中央指导组的部分工作人员，多为各个部委派来的。

进站时，收到了一张特殊的纪念车票，正面印着：贵宾号 WHZ2020-03091，武汉站－凯旋号－美丽家乡，抗疫胜利日开。车票背面用红色字体印着：援鄂抗疫高铁纪念卡，您用无畏，书写诗篇，凯旋而归，感恩此程。

在进站口测温、安检，然后跟随人流往车站里走。

大厅里准备了一排排的矿泉水和苹果，需要者可以自取。这有什么寓意呢？如果是苹果加柑橘，寓意是"一路平安"，那么苹果加矿泉水，寓意是"萍水相逢"吧！2020 年春天，我们四位作家从北京、邯郸、长沙汇聚于武汉，相互守望互助一月有余，彼此都结下了特殊的情义。人生百年，人的一生就算有 1200 个月，那么你生命中的千分之一是与谁共度的，这事意义的确非凡。即便是我们的至爱亲人，也很难有能共度 100% 人生的，能够有 50% 以上的人生重合共度已是相当难得，有 70% 的人生共度，那是今生之幸，有 90% 的人生共度，堪称至美人生，而那些能够同日生同日死，从青梅竹马到白头偕老的夫妇，那大概是上天最特别的垂青。因此，珍惜每一个与我们擦肩而过的人，每一个与我们同舟共济的人，更珍惜那些与我们并肩战斗、共渡难关的人，珍惜那些给予我们爱、希望、信心和力量的人。

距开车时间还有十分钟，有专门的车站引导员举着写有车厢号的牌子带领我们进站。找到 13 车厢，找了一个靠窗座位坐下。3 分钟后列车开动，我的武汉之行即告结束。

在离汉前，宣传组同志通知我们上车后补票。车到了郑州还没人过来给我们补票。这时看到一名乘务员走过来，我后面坐的女孩对她说要补票。我也赶紧说：我也要补票。乘务员马上用对讲机报告。过了一会儿，售票员来了，她对我们说：你们手里都有一张车站给的纪念票，凭这个就可以乘车，如果不是单位报销需要凭证，你们就不用买票。

——敢情，就因为我们是从武汉战场返回的，铁路公司就给我们都免了票！这，是我从未享受过的一种优待！乘车买票，天经地义，而这一次，我们 12 至 14 车总共三个车厢一百多号人，居然都被免了票。如果要算票款的话，大概得要好几万元吧！

经过 4 小时 19 分钟的旅行，我们乘坐的 G66 次顺利抵达北京西站。找到接站的房山区委宣传部的人，跟着从专门通道走出去，到最外侧的月台上，已有三辆中巴等候多时。因为大伙儿的行李都不少，虽然一辆车只坐十四五个人，仍然显得特别拥挤。车内用塑料布将司机室与车厢严密无缝地隔开，窗户也用透明胶粘住无法打开。小心防护确保万无一失，这是让人安心的。

经过一个半小时的行驶，三辆中巴鱼贯进入集中隔离点房山区天湖会议中心。每人把身份证号放在小桌上，人直接进房间。关上门，要求14天内不准出门。4月10日解除隔离后，我们就可以回家了。

晚上，接到宣传组同志通知，在中国作协赴汉采访创作小分队的工作汇报上，中共中央政治局委员、国务院副总理、中央指导组组长孙春兰批示：向战地记者、作家们致敬！

留汉的三位作家兄弟已经得到3月31日分别随同河北援鄂医疗队和湖南援鄂医疗队返回的指令。

祝愿战友们一路平安，此生珍重！

六

隔离记

集中隔离是新冠肺炎疫情防控的重要一招。对于从疫情高风险地区返回的人员进行为期14天的集中隔离，可以有效地发现疑似患者，切断潜在传染源的传播。

对于从武汉返回的人员，全国各地基本上都要求集中隔离。3月27日，由中央指导组统一安排，我随赴汉采访的央媒记者一道，乘高铁G66次13:41从武汉站出发，于当晚18:00抵达北京西站，随后乘中巴车转运到房山区，入住北京天湖会议中心集中隔离。

第1天

2020年3月28日，星期六，北京房山天湖会议中心，晴，有风

昨晚入住天湖会议中心，从武汉返京的43位记者加上我，开启14天的集中隔离模式。

夜里房间里冷，在隔离微信群里有的人索要电热毯，有的人要电暖气，有一位甚至让家人半夜送来了取暖保暖设备，但是酒店回复：太晚了，没法给送到房间。

我试着打开中央空调，没有热风，过老半天温度也没提高。

早起，许多人都说睡了一个好觉。有一位说：这是两个月来睡得最踏实的一次，夜里没醒来，心率降低了 10 个点。

我们住的地方离马路有点远，听不到车喧马嚣，也没有什么噪音。夜里屋外有路灯但不刺眼，即便不拉上窗帘亦无大碍。

一早，负责健康监测的青龙湖镇卫生服务中心值班大夫要求大家报体温。有一位记者在群里请教水银体温计怎么看温度，然后拍了一段视频发到微信群里，请大家帮忙给看一下是多少度。我仔细一看，水银柱还趴在大约 30 度的地方，可见他就没把体温计放对地方，或者是没夹好。

群主是酒店的服务人员，她说：大家可以到阳台透透气，我们酒店这里的风景与空气都非常好，建议大家早起看日出、傍晚观晚霞，非常美。

马上就有卫生服务中心的大夫提醒：记得戴口罩噢。

一位问：阳台在哪？

我马上接话：太阳在哪？我这一面看不到它。——我的房间朝北，基本上见不到阳光。

按照要求，返京人员须在京心相助上填报个人信息，以获取北京健康宝上的绿色通行码，而且须向住处所在社区和街道报到。我昨日在回京火车上就向社区和街道报告了。

群里有一位问：社区主任说，我们在酒店隔离完回去还要在家隔离 14 天。

另一位回应：我们社区也有类似说法。

更多的人问：隔离结束能否给出具一份书面证明？

经过请示卫健委的同志，大夫的答复是：可以统一给大家出具证明。

这下，大伙儿回自己家所在社区的问题大概就可以解决了吧。

中午，青龙湖镇卫生服务中心的大夫还专门给每位送来了一个小香囊。

我致谢说：真贴心，够暖心！

第2天

2020年3月29日，星期日，晴

早起，阳台的角落里尚能晒到点太阳，我赶紧利用这点宝贵的时间，站在那里晒晒自己。

医生说，每天晒太阳有助于提高免疫力，晒太阳还能补钙，强筋壮骨。其实，在我看来，晒太阳最实际的好处是可以取暖。屋里还是冷，如果整天都能晒到太阳，身上暖洋洋的，那一定是很幸福的。这让我很怀念家里洒满阳光的阳台。同时，阳光和温暖肯定有助于驱除人们心理上的阴霾与郁闷，对于人的身心精神健康必定是有益的。

昨天在天湖会议中心隔离群里，有的记者提出要健身，索要瑜伽垫和哑铃。酒店方面立即响应，回复：这个可以有。

傍晚时，每个房间门口就都放上了瑜伽垫和哑铃。男士的哑铃大而重、深黑，女士的哑铃小而轻、浅黄。群友们笑称：哑铃还分男女！

酒店的服务人员说：你们是英雄，奔赴前线战疫，我们是北京的国企，我们也要为战疫做点贡献。

下午，酒店方面主动提出：要给各位前线归来的战士准备免费夜宵，有需要者请报名。夜宵品种竟有十几个选项，几乎所有的人都能找到自己想吃的。

夜宵原定晚上十一点提供，应群友们的要求，提早到了十点。

唯一的缺憾是不能出门，不能到美丽宽敞的院子里散步，看看夕阳，闻闻花香，吸吸春天的气息。

青龙湖镇卫生服务中心很贴心地送来的小香囊，一直在书桌上默默地散发出淡淡的药香。

第3天

2020年3月30日，星期一，晴

按照社区卫生服务中心的要求，我们每个人每天上、下午分别要测量一次体温并上报。同时，"京心相助"小程序上还要记得每天上去健康打卡。今天我在隔离群里提醒了一下各位朋友，结果发现还真有一些没有每天在上面打卡的人。

单位每天也要求上报身体状况，幼儿园也要求每天上报孩子和家人的身体状况。长到这么大，我从来没有过像现在如此认真地每天测量体温，关注自己的身体状况。这是一件好事。它至少时刻提醒我们要在乎自己的身体，要用好自己的身体，身体的使用必须在保障健康的前提之下。

早晨醒来得早，琢磨了几句话，算是一种由衷的祝福：

江城去病，
荆楚弃疾。
毒灭则徐，
中华天祥。

在隔离群里，大家经常讨论的是吃的话题。有的提出希望有时候换换口味，吃顿面条或者水饺，有的说馅饼好吃要求增加到两个，有的说肉要多点要加点硬货补补……众声鼎沸，不一而足。

于是，酒店方面便答应今天晚上吃顿水饺，馅都准备好了。突然又有一位谢女士提出，自己不吃带馅的东西，希望酒店还是按照原计划供应一日三餐。结果大家又吵来吵去，吵到最后的结果是取消已备好馅料的水饺，恢复原先的饮食安排。

唉，真是众口难调，都是闲着给惯出的"毛病"。——酒店方面已经很不容易，处处都在为大伙儿着想，把大家当贵宾招待好，也真难为了他们！

酒店提醒，大家到阳台上溜达要戴口罩，以确保万无一失。于是，每天早晨趁太阳能够晒到阳台上时，我都要抓紧时机戴好口罩去晒一会儿。阳光，谁也不能垄断，阳光也是很值钱的哦。

昨天，有位"隔友"给每个人分别赠送了两个小杧果，说是外面的朋友送来的。真是隔离半月，同舟共济，有福同享！

每天都有人托亲友或者在网上购物快递到酒店门口。因为进入隔离区的工作人员都要穿戴齐全防护装备：防护服、护目镜、口罩等，因此，快递一般都要等到早中晚送餐时一并送来。

昨日，酒店为没有电暖气的房间全都配上了电暖气。群主还专门给我房间打电话问我有没有电暖气，服务真是周到。其实我早在抵达的次日就跟前台要了一台。

"隔友"中有一位央视记者小蒋，说在武汉市金银潭医院待了 73 天，40 多次进入红区，被大家誉为"红区冠军"。这确是当之无愧的。他把自己的采访照片和视频发到群里，说是要给酒店的工作人员科普一下：只要做好了防护，一切都很安全，没什么可恐惧的。

是啊，从战疫一线回来的人，每个人似乎都变得更自信、更坚强。这是一段终生难忘的经历。

第4天

2020年3月31日，星期二，晴转雷阵雨

昨晚得到一个好消息，春雷他们仨今天都将离汉返回。这是等了足足三天才等来的消息。兄弟们终于圆满完成任务就要踏上归程了，祝愿战友们一路顺风、一生平安！

今日一早 6:30，春雷和援鄂河北医疗队同机返回石家庄，8 时许飞机

着陆，接受了水门洗尘的礼遇。看到这一幕，春雷非常感动。我称他是：战士归来，英雄还乡！随后，地方疫情防控部门专门安排了120救护车接送春雷返回邯郸。他说这是他平生第一次搭乘救护车。这种经历终生难忘。

原先说好的可以回家居家隔离，可当春雷回到了邯郸，地方上却严格要求他必须集中住酒店隔离。对方倒是很客气，说是不必自己付住宿费。但是酒店不管饮食，吃饭和喝水便都成了问题。当初我夜里回到北京，还感慨酒店房间里没有暖气夜里睡觉冷，但是房山区接待方第二天就给所有人都配备了电暖气。如今，春雷入住的酒店条件显然差远了。没办法，他只好向家里求援。我说，你就请嫂子给送几十瓶饮用水到酒店，吃饭就在网上点外卖，费用由中国作协来承担。

原先，春雷想尽快离汉，希望尽快回到自己的书房，因为在那里他才能找到写作的最佳感觉。现在看来，他可能还不如同河北援鄂医疗队一道留在石家庄集中隔离14天，那样的话，起码生活条件会好得多。

谁能想得到呢？

晚上，我向铁凝主席报告赴汉作家小分队已全部平安撤回，并对铁主席在我们赴汉采访期间的关怀和鼓励表示感谢。铁主席回复："朝全好！信收到。知你们已平安归来，想让你们安心休息调养，就未打扰。此次朝全率队出征，真是辛苦啦！说感谢的应该是我。真诚感谢火线归来的作家战士！休整好，和家人、和可爱的女儿团聚！铁凝祝福。"又想起3月9日晚铁主席第二次来电向我们表达问候时，逐一询问了我们四个人的状态。当听说春雷的居住条件简陋影响创作心态时，她和我通完话便立即给春雷去电。后来春雷告诉我，铁主席的电话足足打了40分钟，两人回忆起春雷从汶川大地震以来历次参与中国作协组织创作取得突出成绩的情况。春雷告诉我，没想到铁主席那么忙还给他打了这么长时间的电话，他真的很受鼓舞。——此言非虚，在随后的时间里，他竟然连续五天都没吃午饭，一鼓作气拿出了5篇报告文学！

"隔友"们每天都有人在群里呼叫群主，请她帮助接收和递送快递。

看来，网购和快递是当今众人生活中须臾不可或缺的东西。在武汉水神客舍酒店居留时，每天也有好几个快递员往酒店送快递，通常都把快递物品放在大厅外的桌子上，喷洒一遍消毒液消毒，然后由物主各自取回去。也有一些人吃腻了酒店的饮食，自己叫了外卖回屋或是在外面的阳光棚底下三五一伙聚在一起吃。返京前，还有几位女记者将自己的冬天衣物打包让快递寄回北京。没承想，在我们离开武汉的当日气温骤降，那几位女士穿着夏天的裙子，结果冻得直哆嗦。

还有几位"隔友"提出需要除尘器，说是地板上落的毛发有点多，还有灰尘。一位用完了，放回到门口，然后服务员需要穿戴好防护服拿去消毒后再交给下一个使用者。——他们相当地小心谨慎，感觉在防护方面也很专业。

群里有卫生服务中心的医生为大家答疑解惑。

有位"隔友"在群里问：我每次量的体温都是 36.2℃，这正常吗？

医生回答：你这个很正常。然后又详细地给大家科普了一下：每天休息好 6-8 小时测量出的体温通常是一天中最低的，随着运动量增加，体温会小幅升高；体温在 36-37℃ 之间都是正常的，云云。

医生是 24 小时值班。两班倒，一人值 12 小时班。真不容易。

昨日下午，有"隔友"在群里发了几张没戴口罩趴在阳台栏杆上的照片，当值医生立马就在群里吆喝：大伙儿到阳台上去，一定要戴口罩！希望大家支持我们的工作，特殊时期，请大家相互谅解，为防万一！

有"隔友"回应：工作人员的防护措施有点过了，甚至超过了收治患者的医院的医护人员，有点浪费防护物资。

然而，凡事皆不能抱侥幸心。司其职，担其责；在其位，谋其政。医生、宣传部门和酒店方既要对 44 位隔离者的健康安全负责，也要对自己的每一位工作人员安全负责，必要且到位的防护无可厚非。

全世界新冠肺炎患者超过了 70 万例，病亡者超过了 3 万人。

昨天，国内发生了两起令人痛心的事情。一是 T179 列车行驶至郴州永兴县境内时撞到塌方体，6 节车厢倾覆，发电机车起火，1 人死，100 多人伤。其实，早在撞车之前，有当地村民已经报警并朝火车挥舞衣服，然而最终还是没能拦下火车。实在令人痛心！以身殉职的是 26 岁的乘警长，说好的等到武汉解封他要去接大家回去，自己却先走了！

四川大凉山西昌再次发生火灾，19 名救火队员可能因为遭遇风向突变而牺牲火海。就在去年的几乎同一天，也是在大凉山的木里发生了火灾，去年有 31 名救火队员也是因为遭遇山上风向突变而身亡。呜呼！一年过去了，同样的事故再次发生，同样的剧情再次上演，能不令人扼腕叹息乎！

第5天

2020年4月1日，星期三，晴

昨天傍晚，响起了北京今年第一声春雷，下了一阵子雨。

宾馆工作人员很不容易，每天变着花样换着口味给大家准备饮食。上午又添补了纯净水和餐巾纸。下午还给每个人另外送上一袋水果和一盒新鲜采摘的本地草莓。

其实，前些天送的水果我都还没吃完，而且，每餐都配有一小盒水果丁、一盒酸奶。我算是比较能吃的，但也还吃不完。我估计那些打算减肥的"隔友"更不可能吃完。果不其然，群里有人陆续提出：不要午饭，晚餐不要主食，早餐给一碗粥、一点咸菜就中……

晚餐，工作人员又给每个人送上了一张彩色的小贴士纸条，提醒大家今天是入住第六天，问候大家吃得可好，过得可舒心，他们的目标是要把大家养胖。——酒店方确实很用心，也很贴心。

在房间外的马路上，还有两个人在值守。告示牌上贴着的粉红纸上写着大大的"9"字，提醒我们还有 9 天就可以解除隔离恢复自由了！

在群里，有位"隔友"呼叫群主，他的指甲剪从阳台上掉到下面去了，请服务员帮忙捡一下。在隔离期间，隔离人员不准离开房间，所有的困难和需求都得服务人员帮助完成。

下午，又有人提出，房间里太干，能否送台加湿器来？但是宾馆没有预备这类设备。

说实话，这里的食宿条件相当不错：房间宽敞，视野开阔，写字台、桌椅、电视、无线上网……一应俱全，基本可以满足各种生活需求。住在这里，每日饭来张口是很幸福的。

一早，春雷打来电话，说自己住的隔离酒店床单、被罩都没人帮忙套好。从他发来的照片可以看出，房间里只有一张直径尺许的小圆桌、一张矮小的沙发椅，要用手提电脑打字很是不便。饮食也没有，房间也狭窄，确实住得不太舒服。

我惊讶于他居然不会自己套被子，于是不无由衷地对他说：看来嫂子对你真不错，你在家里太享福了，以后可要对她更好一点啊！

通过河北作协领导的协调，酒店答应给春雷换一个大点的房间，配上了书桌和椅子，而且答应供应一日三餐和饮用水。——条件总算有所改善，起码春雷可以随时吃上饭了，真不容易！

相较而言，红建和曾散就幸运得多。他们随同湖南援鄂医疗队住进长沙碧桂园疗养，条件相当不赖。

第6天

2020年4月2日，星期四，晴

今日，春雷的心态好多了。显然他是一个对生活品质有追求的人。

我个人在生活上确实比较马虎和凑合，大到住房，小到衣着饮食。在这方面，我确实应该感激我的妻子，如果不是她的激励，我可能会一直下不了决心买个大一点的房子。从2009年至2019年，10年时间我基本上都是住在那套建筑面积只有40多平方米的一居室房子里。直至结婚，生下第一个女儿，我父母来帮忙带孩子，大女儿都快4岁了，也没搬过家，因为在北京无论是房价还是房租都实在太高。

去年，在妻子的鼓动下，我们咬咬牙终于卖掉小房子，又借了300多万元买了一套70多平方米的房子。面积大了30平方米，房间也多出一间，这样子起码来帮我们照看孩子的亲人可以有一间独立的卧室，而不是住在狭小的客厅里。

我对生活要求不高。一日三餐只求饱腹，不嗜大鱼大肉、山珍海味，不近烟酒，不求华衣美裳、香车宝马、华居豪宅。大概是属于生活上的简约主义者吧。这种生活态度，倒是让我能够做到随遇而安，知足常乐。因此，五星级宾馆我能住，快捷酒店、小饭店我也能待得住，只要房间清洁卫生就好。

今天一直在思考一个问题：恐惧。人之为人，人是如尘芥一般的生命，自然是会恐惧的。特别是当面临危险、威胁，面临生命安全时，人都会本能地感到恐惧。那么，人又是如何克服恐惧的呢？一是靠集体的力量，靠同感共情。如果由一个群体共同去直面危险，看到别的人都在克服恐惧，努力向前，自己也会受到感染，从而忽视了恐惧。二是靠精神的激励。如果明知克服和战胜恐惧就会被褒扬，被表彰为一种英雄的行为，受到物质上和精神上的嘉奖，常人亦会迸发出非凡的能力去战胜恐惧。免于恐惧是一种基本的人权。人类社会物质文明的不断发展就是要帮助人战胜恐惧，免于恐惧，让人活得有安全感。

今日，"隔友"们开始担心饮食太好容易上火，担心虚不受补。

晚餐，宾馆提供了发菜汤。有位"隔友"说：明天怕是要流鼻血了！

这两天，有些人已开始有上火迹象。酒店考虑得很周到，从中午开始，饭菜做得更清淡一些。昨天还给每人添加了新鲜水果。每天晚上都坚持供应十几种的夜宵备选。这里的餐饮配套的确没得说。怕是到了隔离期结束，大家又该怀念这里的饮食了。

当然，最大的缺憾是不能出门溜达。如果可以走到院子里，到湖边漫步，看看飞鸟，闻闻花香，晒晒太阳，那就更幸福了！——可见，人类都是渴望自由的，难怪欧美那么多人都宁愿感染上新冠肺炎也不肯失去出门散步的自由，不愿失去彼此亲吻、拥抱的自由。

人生而自由，这似乎是个真理。但是，自由必然又是相对的。譬如当下各国疫情肆虐之际，人们该牺牲、该放弃的自由就得放弃。这是为了全人类共同利益的最大化。丧失自由总是暂时的，等阴霾散去、病魔降服之时，人们就又可以随意地四处走动，高声笑语，热烈亲吻和拥抱。

来日方长，寄望未来!

第7天

2020年4月3日，星期五，晴

全世界新冠肺炎确诊病例已经突破100万，死亡病例已超过5万，称这是一场人类的劫难丝毫都不夸张。现在看来，主要原因还是在于欧美国家的人一直未能充分重视这一病毒的高度传染性，未能切实采取最果断、最有力的措施，甚至直至今日，欧美许多国家还在考量需不需要强调民众外出必须戴口罩。在公共场合，还会看到一些人不戴口罩。甚至美国还有一些医院连直接面对患者的医护人员都没能戴上 N95 口罩来进行自我防护。医用防护物资的匮乏和防护意识及措施的不到位，有可能是导致类似西班牙上万名医护人员感染的原因。

目前来看，世界各地的疫情还在爬坡，近半个月几乎称得上是井喷。疫情上行的势头尚未得到抑制，有可能会有超过200万人感染，超过10万人病亡。最坏的结果，甚至有可能是五倍、十倍于当前的数字。

国务院今天发布，明天全国降半旗向罹难者致哀，早上十点全国鸣笛，全体国民默哀三分钟表示哀悼。

这是汶川特大地震之后的又一场国殇。我们付出了比"非典"要惨重十倍以上的代价。2003 年的 SARS，中国内地累计报告非典型肺炎临床诊断病例 5327 例，治愈出院 4959 例，死亡 349 例（另有 19 例死于其它疾病，未列入非典病例死亡人数中）。中国香港 1755 例，死亡 300 人；中国台湾 665 例，死亡 180 人。加拿大 251 例，死亡 41 人；新加坡 238 例，死亡 33 人；越南 63 例，死亡 5 人。全世界的感染者总数不足万人，病亡者不到千人。

从此，人类真该更加敬畏自然、呵护生态。只有良好的自然生态才能确保人类少生病，不生怪病。

隔离期间，最大的缺憾是不能自由出门，不能自由地与人接触交谈。人是社会性动物，一旦被隔离相对地失去自由后，人的社会化便大受影响。如果长时间被隔离，人是否会退化到低等级的动物阶段？不得而知。

今天，有"隔友"向群主发牢骚：贵宾馆房间空调关了机噪音仍太大，连 300 元一天的如家快捷酒店都不带这样的。——言语间，颇有不满之意。言外之意是这里的住宿费一天 500 元真不值。

当然，在我看来，人与人之间的沟通可以更委婉温和一些，如此则彼此的心情都会更好些。譬如，这位"隔友"可以单独同工作人员联系，如实反映宾馆空调冷凝管声音太吵对自己的休息影响很大，然后再心平气和地同对方协商解决办法。如此，则对方亦会更容易为客户着想，更乐意尽快解决客户的需求，而不是招致怨气。

最后，宾馆方面答应给他调换了一间房。

——这是会哭的孩子有奶吃啊。当然，他这根本不是靠哭，而是径直埋怨加谴责。

群里也有人要求添水。奇怪的是，宾馆已经配备了 50 瓶水，不知这位仁兄是怎么消费的，难不成一天要喝 5000 毫升的水?! 吾不得而知。

应该说，宾馆配给的水果、纯净水、纸巾、卫生纸、垃圾袋和洗漱用品都很宽裕，足够用半个月的。真不知他们在家里是怎么生活的，难道也这么耗水、耗纸？

我们每一点的生活消费都会造成生活垃圾，都会增加地球的碳排放，从而加重地球的污染和破坏。我们每个人都有责任和义务尽量少地占用和消费地球资源。如此，我们的地球家园才会变得更美、更宜居。

第8天

2020年4月4日，清明节，星期六，晴

今日清明，阳气上升，天清气朗。上午十时将举行全国统一的默哀与哀悼，既是向抗疫中英勇牺牲的烈士，也是向不幸罹难的逝者，祈祷逝者安息。

生命至上，任何草菅人命，将百姓性命安危视如儿戏、玩忽职守的人都应受到严厉惩处。所有轻视生命，将人民安康置之度外的官员都是不称职的，应予撤职处分。

生命至上，民为邦本。在其位谋其政，食国禄忧国忧，掌民权为民谋。诚如此，普天之下，人皆尽其责守其职，则天下大治矣！

隔离时间过半，时间总是过得很快。自由与约束是相对的。人身不自由而心灵却依旧是自由的，物质不自由而精神永远自由。人最大的束缚莫过于身心俱困、心志抑郁。倘使心志得舒，精神飞驰，即便肉身不自由，人依旧可以活得自在，活得坦然。那些世外的高僧，闭关自守，一心参禅，求的大概正是这样一种得大自在，得精神之超脱与超然。物质决定精神，然而，精神的反作用力亦十分强大，甚至可以影响到物质的存灭、巨细、有无。世间万物皆为相对，有得必有失，有失亦有得，祸福相依，新旧相袭。为人之要，最难得者，即为获得心理之坦然自在。人生于世，不存害人伤人之心，不起非法过度之意，行于所当行，止于所当止，心有敬畏，且有秉守，知足知不足，有为有弗为，不过不及，恰到好处。中庸平和之道，是为安身立命之至理。

全球疫情确诊人数已超109万，亡者近6万。这已经是人类的大灾难了。即便是一场战争，伤亡如此之众，亦堪称惨烈，何况人类的敌人只是一个肉眼看不见的病毒。未知世界确实强大，人类必须对自然、对宇宙心存敬畏。因为哪怕是这样一个未知的微小的病毒，都可以使数以万计的人致死。另一方面，人类对未知世界的探索实在是永无止境。那是人类永恒的奋斗目标——了解和掌握未知，找寻和把握自然规律。只有掌握了规律，找到了解法，人类才能获得相对的自由。

第9天

2020年4月5日，星期日，晴有沙尘

昨晚，群里有一位"隔友"小陈提出，希望在天湖多住一两晚，他隔离结束后还要返回武汉，怕火车票不好买。

大家都很关心，问他是什么情况。有人感叹，小陈所在的单位不知是怎么想的。

是啊，早知还要返汉，倒不如当初就不要返京。现在再回去实在有点折腾人。

小陈倒满不在乎，他开玩笑地问：有人和我一起回去吗？

那肯定是没有的。大家好不容易经历了14天的隔离，眼看就要重获自由，重返武汉，回京还得隔离，这大半年的时间就都快过去了！

然而，想必单位也是无奈之举吧。我帮他上网查询了一下，发现4月10日北京到武汉的车票相当富余，买到票毫无问题。我马上告知他上网购票。好在武汉就要解除离汉通道，到时候他要再度离汉就方便得多了。

这两个晚上，许多人都点夜宵。昨晚居然有24人要了夜宵，其中14人点的是炝锅面。看来这种素面颇受欢迎，其他人不由得"跃跃欲试"，即便肚子不饿也想尝一尝炝锅面的味道。于是，有人专门制作了一则小贴士：

【舌尖上的天湖炝锅面】热锅下油，先放调料，所有的食材相互碰撞，把初春的韵味渲染出思乡的浓郁，至关重要的是火候的掌握，只有多年经验的大师傅方能体味火候的适当，这需要足够的智慧和意志。出锅的炝锅面，冒着袅袅的热气，徐徐飘入迷蒙的上空，更加古老而神秘。美味的每一个瞬间，无不用心创造，一碗炝锅面，使用的都是最朴素的食材，再配上咸菜丝，就能带来一晚上的幸福时光，隔离点的记者们更偏爱拉上窗帘，独自享用这大自然对于勤劳的馈赠，用味蕾的愉悦驱散隔离的烦恼。

看来，美食是挺能诱惑人的。

今天看到一个感人的故事。武汉一对小夫妻在疫情中双双"中弹"，父母也都被感染了。家里只剩下4岁的女儿和去年12月刚出生的儿子。好在当时聘请了一名叫曾凡芬的月嫂，月嫂自愿承担照看小宝的责任。女儿则被送到了武昌亲戚家。

开始时是父母发烧，做儿子的翁江送他们去医院就医等候排床位，接着是翁江夫妻俩也"中弹"了，分别住进了医院。不久，父母接连去世。妻子因备受打击，加上产后忧郁，心情低落。翁江多方打听，想请专业的心理咨询师给妻子做心理辅导，然而却找不到。正在此时，社区负责人每天给她打三四个电话，悉心劝慰，终使之心志得舒。社区还想方设法地帮济月嫂，帮着买奶粉和生活用品等。

一两个月的艰难时期终于度过去了。翁江和妻子骆可欣相继康复出院。接着，翁江去医院捐献了血浆，又到社区去当志愿者。妻子很支持他。他们希望把自己感受到的人间的温暖和大爱继续传递下去。

这就是一个普通老百姓的举动。人心之善乃发自本性。人心肉长，将心比心，设身处地，大概换了谁，都会有相似的感恩和回报之举吧。

第10天

2020年4月6日，星期一，晴

昨晚六点，"隔友"们就在群里预订夜宵，气氛很热闹，大伙儿很踊跃。

我纳闷的是，连晚饭都还没吃呢，怎么这么多人就开始惦记着吃夜宵？

解释大概只有一个，那就是大家实在是闷得慌，需要找点儿乐子。而这预订夜宵，等待着吃夜宵，大概也已成为许多人的一种日常。

漫漫 14 日如何度过？没有杜康美酒可解忧，没有友朋对面可谈天，唯有一碗炝锅面堪惦记。确实不断地有一些"隔友"被潮流"裹挟"着，从众要了炝锅面或是酸辣粉来尝尝。

嫌多生气，闲多生事。人是不能闲下来的，更不能挑鼻子竖脸看啥都不惯。要习得既来之则安之，顺境逆境皆从容。

昨日，有"隔友"称，又有一批记者就要返京了。

马上就有人接话：不能让他们来抢我的炝锅面！

再过两天，武汉就将解封，成千上万的人就将流出武汉。希望各方面能够管控住，尤其是对无症状感染者和康复者切实加强管理和跟踪，希望疫情不要出现任何反复。

昨日，美国"西奥多·罗斯福号"舰长被确诊新冠肺炎。美国军方认为他不能胜任指挥舰艇而将其解职，而其实他只是越级向海军司令部发出求救信号而已，因为在舰艇上已经发现多例可能感染新冠肺炎的士兵。现在的事实证明，船上确实有数十名感染者。人心是一面镜子，在舰长离开时，舰艇上的官兵都来为他送行，并且高喊他的名字。

第11天

2020年4月7日，星期二，多云转晴

每天都有让人揪心和痛心的事。今早起来，第一条消息就是那位叫张静静的女护士静静地走了！这位来自山东齐鲁医院呼吸与危重症科的主管护师，在与疫魔奋战了近两个月，平安归来，最终却倒在了家门口，能不令人扼腕痛惜吗？

齐鲁医院是网友们口中的援鄂医疗队的"四大天团"之一。他们的到来极大地提振了湖北和全国人民战胜疫情的信心。

张静静只是 4 万多名援鄂医疗队员的普通一员，一名 1987 年出生的年轻护士。她没有太多炫人眼目的头衔或者伟大卓越的事迹，她一直只是默默地做好一名护士应该做和能够做的一切：没有人要求她或者给她布置任务，但是为了更好地与湖北黄冈当地的患者沟通，她用心了解当地的方言，编写了《护患沟通手册》。穿着厚厚的防护服，抽血时为了看清患者的血管，让患者免受二次扎针之痛，她努力凑近去找寻血管，连患者都替她担着心，说：姑娘，你这么年轻，从山东大老远地跑来救我们，别挨我那么近，别让病毒传染给你！——护患相知莫若此，彼时，张静静的身上涌过了一阵暖流。

从 1 月 26 日凌晨刚抵达时的夜不能寐，紧张，激动，兴奋，到 2 月 4 日看到第一批患者治愈出院，以后更是不断地有患者出院，张静静绷着的心渐渐地放松了下来。她每天都在写着《抗疫日记》，期盼着"从此雪消风自软，梅花合让柳条新"。为了教会患者吸入药物，在穿戴着厚厚的防护装备无法亲身示范时，她想到找出齐鲁医院示范视频的二维码，贴到了床头，让患者跟着视频反复观摩学习。

这是一位称职的、尽职的护士。她在自己的岗位上极力地完成好任务。两位女患者对她说：我们都是 80 后，永远也忘不了是你把我们从死亡线上拉了回来。另有患者写道：凌晨四点看到你们就在忙碌，你们就像是黑暗中的一束光。

医者仁心，济度苍生。一名尽职的护士，她在自己的岗位上辛勤地劳作，让许许多多的患者感受到了温暖，看到了光明，看到了希望。

3 月 21 日，张静静随齐鲁医院援鄂医疗队完成任务返回。黄冈百姓夹道欢送。有患者送来了一篮子的煮鸡蛋，包含着送给最亲的人浓浓的祝福。有小朋友送来了画满爱心的画，上面写着一句话：长大后，我也要像你们那样，勇敢地去帮助别人。

黄冈市授予每位医疗队成员"荣誉市民"的称号。

医疗队回到济南，山东省委书记亲临机场迎接，英雄们受到了最高的礼遇。

4月4日下午5点，医疗队14天的集中隔离结束，次日一早大家就将返回各自的家中。

4月5日早上7点，同事们发现张静静没去吃饭，就去敲她的门。没有应答，没有动静。把门打开后，竟然发现她静静地倒在床上，心跳骤停。同事们立即将其送医，随后又转入齐鲁医院抢救。院方安排了最强的救护力量，采用了最好的救治手段，日夜监护和抢救。全国亿万网友都在关切着救治的进展，无数的人都在静静地为她祈祷，希望能够出现奇迹，希望那位雪地抱薪、深夜提灯的人能够醒来。

远在万里之外的张静静的丈夫韩文涛受所在单位山东钢铁集团的委派，正在非洲塞拉利昂矿山工作。得知消息，心忧如焚，迅速求助，希望能够尽快飞回来陪伴在妻子身边。他一遍又一遍地呼唤着爱妻，希望这一声声遥远的呼唤能将她从昏迷中唤醒。

然而，天不慈悲，这位如花似玉的美丽女神，这位带给人间温暖与爱、光明和希望的白衣战士，最终还是于4月6日晚，与世长辞。

悲哉！痛哉！

什么是悲剧？悲剧就是把人们最珍视的东西毁灭了给人看。

张静静的一生是无怨无悔的一生，也是功德圆满的一生。在自己的岗位上，她敬业尽职，没有遗憾。在为人妻、为人母方面，她相夫育子，丈夫在孩子六个月时就奔赴非洲工作，迄今将近五载，她一个人任劳任怨，担负起了家庭的重任。

齐鲁大地，孔孟之乡，这位山东女子拥有着世界上最美好的懿行。她的一生虽然短暂，或如流星划过天际，却留下了永恒的一道光芒；或如微风拂过水面，却印下了不变的阵阵涟漪。那是一盏灯，那是一份美。过去，今天，直至永远！

愿逝者安息，巾帼长眠！

今日，疾控部门来给大家进行核酸检测。这无疑是必要的，也是重要的。不仅对于我们这些赴汉人员是如此，对于我们的家人、我们的亲友和社会也都是一种负责任的行为。希望大家都平安无事。你好我好大家好，整个社会才会好。

昨日，群友中有人发生了争吵，只是为了饭菜口味的浓淡而起。

小谢提出，希望午餐的饭菜口味重一点，多些肉菜，而小郑则希望维持目前的清淡风格。结果两人便吵得不可开交，各说各的理，互不相让。

或许，90后的年轻人就是这样的吧？其实，宾馆的饭菜一直都是不错的，没什么好挑剔的，个人有特殊要求可以提出来，宾馆都会尽量满足。他们真的已是很不容易了。因为在给每个人送饭菜时，厨师都要区别对待，有的希望多吃肉，有的希望少要肉——我就只要半份肉，早餐不要香肠；有的要辣椒酱，有的要小咸菜，众口难调，却还得努力迎合，不一而足。

院子里那棵刚来时还没绽出蓓蕾的树昨天居然已经鲜花绽放，今天更是满树挂花，鲜艳照人。那株来时含苞待放的玉兰，如今已是落英满地。时序更迭，时不我待。忽忽间已过去十日矣！明天武汉就将解封，而再有三天我们亦将解隔，各奔东西。疫情把我们这一群人赶到了一起，这本是一种缘分，本应珍视，何必为了区区一顿饭而吵得不可开交！

每日早上六点，天刚一亮，总是听见窗外鸟鸣啁啾，布谷声声。每日黄昏六点，阳台外面的小竹林，又总能听见归巢的群鸟叽叽喳喳，海阔天空，欢声笑语。鸟儿尚且如此勤劳，晨起而作，昏至而休，何况人乎？

在其位谋其政，在其职尽其责，这是为人之本分，人生之本色。鸟如此，人更当如此。

第12天

2020年4月8日，星期三，多云

上午，疾控中心反馈，昨日大家核酸检测的结果都是阴性。

今日大伙儿便纷纷称起了体重。

小崔说，电子秤显示自己136公斤，逼近300斤，可以出栏了！

小徐说，自己本来还是62公斤，而秤上却显示22公斤。

于是，大家便得出了一个结论：一定是秤坏了，纷纷要求酒店给换一台秤。

酒店经理回复：这些秤都是新买的呀！

我给自己称了体重，显示50.9公斤。看来回到北京住在酒店，休息得好，吃得又好，体重还长了2斤，已经恢复到我写《最好的时代》这本书之前的水平了。这可是从未有过的，因为此前两三年我的体重一直都在100斤以下。而刚住到天湖会议中心那一天，我称了一下是49.8公斤。10天就长了两斤肉，真是可喜可贺！

隔离期间，每天大家都得找点乐子。

昨天晚上，大家关注的是月亮。摄影师小崔发了一张照片，拍出了夜空中一点月白的意味。今晚将迎来今年的超级月亮，希望下午天气能变好。

每天，世界上都在走马灯似的发生着各种各样的大事怪事。今天全球新冠肺炎患者超过了140万，美国超过了40万。在美国，有一个男子怀疑妻子把新冠肺炎传染给了自己，只因妻子说过自己呼吸有点紧促，就将妻子枪杀而后自杀。而在事后的尸检中证明二人均未染病。更蹊跷的是，在意大利也发生了类似的一桩悲剧：一名男护士枪杀了刚刚获得医师执照的27岁的女友，也是怀疑她得了新冠肺炎会传染给自己。而检测结果表明两人均未染病。

呜呼哀哉！这世界是怎么了？心病远比身病严重。人们在疗救肉体疾病时，更应重视精神建设，重视心理疏导和抚慰。

谁都不敢抱侥幸心理。疫情初期，欧美人可能认为新冠病毒只有黄种人易感，而现在的事实是，人群普遍易感。因此，美国、意大利、西班牙、法国、德国和英国都为此付出了惨重代价。

今天武汉解封，离汉人员可能超过 6.6 万人。由于无症状感染者和复阳患者的存在，疫情二度传播的概率完全存在。北京市要求，离汉返京人员需做两次核酸检测：离汉前和返京后。之后还需居家隔离 14 天。这种看似严苛的要求事实上是必要的，也是很重要的。中国经不起疫情的反复，尤其是复工复产压力如此之大，经济社会发展亟须保持安全可靠的社会环境。希望武汉解封不会带来不良后果。一切都尚在继续观察之中。

境外输入方面，开始时是北京、上海和甘肃的压力最大，因为京沪是国际航线的中枢，而甘肃则是众多回族同胞回国的主要落脚点之一。前两天，突然冒出黑龙江境外输入病例超过 20 例，敢情是大量中国公民从中俄尚留的唯一通道绥芬河入境。昨日起，这个关口亦已关闭。而绥芬河自今日起更是实行了小区封闭的政策。亡羊补牢，犹为未晚。境外输入风险日益增大，但是又不能完全阻止境外中国人回国，因此，加强管控和预防十分必要。然而，有些滞留国外的中国人特别是小留学生亦需要回国，毕竟他们还是小孩，如果身边无人照顾，危险也会更大。

第13天

2020年4月9日，星期四，小雨

下雨了，天气一下子又变冷了。这大概就是所谓的倒春寒吧。

"隔友"们热议的话题主要是吃的。品头论足的总是每顿饭菜的味道如何，尤其热衷于对夜宵的评论，前两天为炝锅面叫好，接着又纷纷追捧煎饺，昨天又转向了酸辣粉，道是：酸得恰到好处，辣得不多不少，宜人味蕾，粉好，肉末也刚刚好，连汤都喝个一点不剩。

接着，就有人晒出几张图，是煮得红彤彤的煞是诱人的小龙虾，还有各种烤串、美味小吃，说是采访过的武汉医生发来的。

是啊，医生也是凡人，也热爱美食，在武汉开封之际，他们也愿意好好享受一下美食。

这，大概就是人间烟火，就是所谓的烟火气。而烟火气，大致也可以说是一种人气。武汉正在苏醒，首先就体现在烟火气正在回归。人们对于生活的热爱，离不开饮食男女，七情六欲。欲望是支持着人类生存和发展的一个重要因素。

"隔友"们热议饮食，每日关心吃饭，这是人在百无聊赖中的一点乐趣。

有的"隔友"提出，"出观"后先绕道簋街吃顿小龙虾然后再回家。

有位女士已经提前网购了湖北的小龙虾，发了张丈夫和儿子正在家里饕餮的照片，感叹道：过两天我回家也可以吃上了！

昨晚，新闻联播用了较长时间播出了张静静的新闻。这位生命定格在 32 岁的女孩让无数的人心痛不已。她就像一颗流星划过天际，但是谁都能仰望见她的光芒。这是一束明亮的光，她曾在黑夜里照亮了患者阴冷湿漉的心灵。她是深夜里的一把火，带给了在无尽黝黑的隧道里摸索前行的人以无尽的温暖。她陨落了，以一种天使般优美的姿态。她倒下了，就像一名真正的战士倒在了自己的战场上。楼兰已破柔然已勒，出师已捷身却殒，长使众人泪满襟。巾帼已逝去，黄鹤楼独空。

今日，全球确诊病例已破 150 万，死亡人数破 8 万。这确是人类的一场大灾难。在灾难过程中，人们为自己的无知、疏忽或傲慢付出了惨重的代价。灾难也警示人们，在强大的未知的大自然面前，人类何其渺小，生命如此脆弱！

第14天

2020年4月10日，星期五，多云

很遗憾，4月8日是多云天，夜里看不到超级月亮。月有阴晴圆缺，人生事总难周全。昨日，大伙儿显然都已归心如箭，有的希望今天下午就可以撤离，有的希望上午就能拿到撤离证明，有的希望能提前放出去看看天湖会议中心的美景……

群主回复是不行，必须得捱到今日19:30，隔离期满14个整天，一点儿都不能提前。

坚持原则，按规办事，这可能是中国的一大优势。令行禁止，有令必行，执令必严，违令必惩，才能保证大家步调一致同仇敌忾，众志成城攻坚克难。

在新闻中看到，有人进地铁拒绝测温结果被刑拘，还有人隔离期间不如实报告症状结果延误了诊治良机拖成了重症……各种不守规定的人结果都受到了惩罚。

这，也是对全社会的一种法治教育吧。它非常形象、直观地让全体公民明白：法律面前人人平等，人人都要守法，人人都要依法行事。

昨天起，卫生服务中心开始遵照上级要求，上门给每个人测体温，使用的是额温枪，就是对着额头开枪似的测温。还有一种耳温枪。不知道这些仪器有何区别、又有何讲究？因为昨天下午用额温枪给我测得的体温比我用水银体温计测的腋下体温还要高出0.2℃。而我在外面测过N次体温，无论是测手腕还是额头，几乎都比用水银体温计自测的要低。

我们撤离时要求单位派车进宾馆来接，不让私家车接。撤离时每人都发给隔离期满证明和核酸检测结果证明。

半个月的时光倏忽而过。每天足不出户，饭来张口，几乎无所事事，时间却依旧很好打发。可见，如果自己不在乎，不抓紧，日子真的就会在手指尖轻易地溜走。

花开花落，日落日升，星移斗转，岁月不居。寸阴寸金，且自珍惜。不再少年青丝，不再多愁犹疑，看准的道路，只顾一径地行去。

晚上 19:30 之前，各个单位派来接人的车陆续抵达。最牛的是经济日报社，17 时许车就到了，还专门打出了"欢迎战地记者凯旋"的横幅迎接。房山区宣传部等为每个人准备了一束鲜艳的康乃馨。

大家带着隔离期满 14 天的证明和核酸检测结果，返回各自社区。多数人顺利回到了家，但有一位小李却被住地小区保安拦住，要求查验国务院客户端上的疫情期行程，保安声称不认各种证明，只认国务院统一发布的这个证明。因为没过夜里 12 时，小李的最近 14 日行程还没变成绿色，保安坚决不让她进小区。一直等到了凌晨零时半，小区物业经理赶来了才放行。

选择次日早回家的几位"隔友"不无自得，在群里留言：还是我们明智。

14 天的隔离结束。

祝愿"隔友"们一路顺利，一生平安！

代后记:

答《文艺报》记者问

3月31日,随着李春雷乘飞机,纪红建、曾散乘高铁分别随同河北和湖南援鄂医疗队顺利回到各自居住的城市,加上此前我随同中央媒体赴汉采访记者团队已回到北京,中国作家协会赴武汉采访创作小分队一行四人全都平安返回。

4月2日,我接受了《文艺报》记者黄尚恩的采访。

1. 李老师,您好! 这次您和李春雷、纪红建、曾散、普玄共5位作家,深入武汉抗疫一线进行采访。中国作协对此次采访,是如何进行召集和安排的? 您个人在决定参与采访时,内心有什么考虑吗?

李朝全: 过完年2月3日正式上班,我每天都坚持到岗。特殊时期,大家都有各自的难处,而我家里因为有岳父母帮助照看孩子,相对比较轻松,因此每天都到单位去值守。

这时中国作协党组领导找过我,问有没有可能组织湖北的作家深入抗疫前线去采访? 因为武汉市离汉通道关闭,要从北京派作家过去,看来是不可行的。

我给认识的湖北的几位作家都打了一番电话,包括写报告文学的作家和有影响的知名作家。了解到的信息让人很沮丧,因为武汉的疫情实在是太过严峻了，几乎所有的作家都不得不待在家里隔离，甚至连自家的窗户都不敢打开通风，更不要说能够外出去采访。

那么，作家何为？作家应该如何行动？在这样一场大灾难面前，报告文学作家不应缺席，文学也不能失声，我想中国作协的领导一定一直都在思考这个问题，也在寻找适当的战机，希望能及时派出一支作家小分队，深入到抗疫一线。在当时无法进入武汉抗疫前线这个特殊时期，作协领导的想法是发动其他疫情比较严重的省区市，譬如浙江、广东、四川、江苏的作家，拿起笔来参与创作，采写抗疫前线的英雄人物和他们的感人故事。作协领导提出，可以和《人民日报》合作开展抗疫题材报告文学征文活动。经过同《人民日报》文艺部协商，征得文艺部和人民日报社的支持，我们决定从2月底开始由人民日报文艺部和中国作协创研部联合开办"抗疫一线的故事"报告文学专栏。全国有许多作家都采访创作了这方面题材的作品，他们得知消息后纷纷把稿子发给我，我也一一向人民日报文艺部《大地》副刊主编推荐，其中不少的作品都被采用。

这时，《光明日报》的一位编委也给我打电话，希望帮助多推荐一些抗疫题材的报告文学，他们很需要。因此，发表的阵地有了，现在缺的就是来自抗疫一线的作品。

2月24日，经铁凝主席提议，中国作协党组主要领导和中央指导组宣传组、湖北作协联系，探讨派作家前往武汉的可能性。得到了中央指导组的支持，宣传组回复：非常欢迎作家前来采访，前线有太多的感人泪下的故事。下午三四点，中国作协党组书记处领导找我谈话。

领导提出，现在要派一支作家小分队到武汉去采访，由我带队，征求我的意见。

说实话，我心里没有准备。一是疫情非常严峻，武汉非常危险，到武汉去是要冒着很大风险的；其次是感觉自己一向身体不是很强壮，属于亚健康吧。还有就是家里孩子都比较小，但是领导也提到，如果派更年轻的同志去，他们不熟悉情况，也没办法做好同有关部门的对接联络和协调安排。

因此我虽然心里有过一点犹豫，但是当时还是立即答应，我可以去。任何一件事，任何一项任务，总得有人去承担去完成，那么这项任务交到了我的手上，我就没有理由推脱。

当然，说我心里没有一点畏惧，那是不真实的。接受任务后，我专门找过中国作协的医务人员咨询，如果去武汉应该做好哪些防护准备，也提前领取了一些治疗感冒、咽炎和外伤的，量体温的等用品。作协办公厅和服务中心还把2003年抗击"非典"时剩下的一些防护用品，包括防护服、护目镜、鞋套这些压箱底的"古董"都找出来，让我都带上。大家都很关照我们。

组织哪些作家去？作协领导也征求我的意见。因为目前报告文学界影响最大的一批作家几乎都已过了60岁，在2003年抗击"非典"前线的采访中，他们承担了最主要的重任，如今17年过去了，他们已不再年富力强，急需一批三四十岁的更年轻的作家担负起重任。

领导和我首先想到的是请河北作协副主席、中国报告文学学会副会长李春雷，希望他能出山。其次，因为在疫情早期，湖南报告文学学会常务副会长纪红建就曾向我主动提出，如果中国作协组织作家去武汉采访，他愿意报名参加。

因此，我第一个电话打给了李春雷，他非常痛快地答应了。第二个电话打给纪红建，他也十分乐意接受任务。

按照作协领导的计划，希望能够组织5名作家前往武汉，由我来负责后勤保障，统一协调安排，告诉我只要将这5位作家带到武汉，做好与有关方面的对接，布置好任务之后，我就可以返京。于是，我把近年来获得过鲁迅文学奖和全国五个一工程奖的作家全都梳理了一遍，将这个名单提交给作协领导考量确定，得到了领导的批准。然后，我就按照这份名单一一给各位作家去电。许多作家因为身体原因或者工作原因或者其他的特殊原因而无法成行。这样，我们的作家小分队人数实在太少了，后来我想到了年轻的曾散，去年一年他出版了两本书《第一军规》和《半条被子》，我们给他开过一个作品研讨会，专家们的评价不错。报告文学需要培育新人，基于这样的想法，作协领导同意邀请曾散一同前往。

曾散接到电话，告诉我他刚好接受了团中央交付的一个创作任务要写战疫中的青年群体。三人成众，于是我们的赴汉作家小分队就组成了，加上我是 4 个人。

事实证明，我们邀请的这三位作家都没有让中国作协领导失望。他们在武汉前线夜以继日地采访，非常勇敢，深入细致，成果亦相当丰硕。这是让我们每个人都深感欣慰的。

我们到达武汉第二天，湖北作协党组书记文坤斗到酒店来看望我们，提出他们作协已经安排武汉的作家普玄正在采访，希望把普玄也纳入到我们这支采访小分队中。这一建议得到了中央指导组宣传组的支持。因此，我们这支中国作协赴武汉采访创作小分队一共有 5 名成员。两人南下，两人北上，到武汉同本地的普玄会师一处。

2. 在去武汉之前，您有着什么样的采访、创作设想？这些设想最终进行得如何？或者现实的哪些情况，迫使您对自己的采访、创作设想进行修改？

李朝全：在去武汉之前，中国作协领导专门叮嘱，到了前线一切听从中央指导组的指挥和安排，首先是完成指导组交付的采访创作任务。同时我们自己也有一些考量。在疫情发生后特别是离汉通道关闭后，我每天都在关注疫情的发展，对于疫情中表现突出的那些人物、许多感人的故事也都有所了解，因此对于采访心里也有一些基本的思路，包括要采访哪些重点人物，还有社会大众普遍关注的哪些重要的事件。

我们在和宣传组交流时，宣传组提出，有一些重点的人和事要去采写。譬如，他们提出来，希望我们好好采访一下武汉同济医院，同济医院在这次抗击疫情中敢于担当，提前准备，在疫情发生早期就主动腾退了两座花园式院区，主动将其改造成传染病房，用于收治重症患者，做出了很大的牺牲。还有金银潭医院"渐冻人"院长、铁人张定宇，疫情上报第一人张继先，中国救灾医学史上的创举和奇迹方舱医院，人民警察，社区工作者，等等。

我提议由春雷创作张定宇和张继先这两大重点选题。请红建承担方舱医院和武汉警察的故事采访，我来承担对同济医院王伟院长的采访。最年轻的曾散主要负责90后、00后年轻人的故事的采写，包括年轻的医护人员、志愿者、社区工作者和警察等。普玄按照原定计划主要采访志愿者和社区工作者等普通人。

任务分配完毕，各位作家便开始分头行动。现在可以说大家都很好地完成了各自承担的任务。

而在实际采访过程中，大家发现了越来越多的打动自己的普通人的英雄事迹。因此每位作家都有一些自主的选题，譬如李春雷采访河北支援武汉的护士肖思孟，撰写了《三月正青春》，发表在《光明日报》头版头条；他又写了一名河北的男护士张明轩的故事，发表了《深夜提灯人》。普玄发现了一位从唐山绕道岳阳"曲线救国"赶来武汉当志愿者的男子。我也发现了一个误入武汉城、到武汉第一医院当志愿者清洁工的大连小伙子的故事。我们都把这些故事及时地写成报告文学在报纸上发表。因此我们实际的采访和创作，可以说大于最初的设想和任务安排。

随后，宣传组领导提出，希望我们集中采访创作一批关于90后和00后年轻人的故事，建议《光明日报》开设专栏发表"战疫中的青春之歌"系列。于是，大家又都分头去寻找这些年轻的志愿者、医护人员和社区工作者、警察、消防员等，譬如曾散采写了骑行300公里奔赴武汉回到医院参与救护的护士甘如意；当年汶川大地震时还是个小女孩的地震幸存者、如今已成长成一名勇敢的援鄂护士佘沙；那位请求国家在疫情结束后给她分配一个男朋友的湖南女护士田芳芳，等等。

　　佘沙是四川省第四人民医院内四病区肿瘤介入的护士，今年 24 岁。大年三十，医院征集援助武汉的第一批医护人员时，佘沙就积极报名，但由于第一批选派的是重症监护室和呼吸科的护士，她没有去成。第二天医院召集第二批医疗队成员，她又主动报名请战，终于获批。

　　后来宣传组又提出来，希望撰写一篇全面反映武汉保卫战的全景式的报告文学，因为其他几位作家都还有采访任务，于是我主动请缨，对历时数月的武汉防控疫情的整个过程进行了细致梳理，力求用客观准确的笔墨，描述出这个艰苦卓绝的历程，希望能够带给人们一份难忘的记忆和思考。

　　在我们即将返程前夕，宣传组又提出，希望再采写一下火神山和雷神山医院的建设者。纪红建承担了这项任务。

　　3. 在采访过程中，哪些人和事是令您感触最深的？

　　李朝全：在采访过程中，感触最深的事情，就是普通人，寻常的武汉老百姓在这场疫情中的经历和遭遇。

　　譬如有一个叫李蓓的女孩。2 月 2 日武汉市宣布在中午十二点之前要完成对所有的确诊病例、疑似病例、发热病人和密切接触者的大排查。而李蓓的父亲已病重，母亲也已有症状，她自己也开始发热，然而一直到夜里十一点都没有人到她家来排查。她给社区打电话，给 120、12345 打电话，想方设法想给父亲找到一张住院的病床，但是那时的武汉疫情正在井喷，根本不可能找到病床。

　　百般无奈，李蓓便在微信上发出求救信，希望有爱心人士能够伸出援手，救救她的父亲。在她工作的单位联通公司的帮助下，她的父亲终于于 2 月 4 日住进了医院，然而病情已经拖成了重症，生命已无法挽回，她的父亲于 2 月 10 日离开了人世。李蓓的母亲那时也住进了医院，为了让母亲能安心治病，早日康复，李蓓便每天登录父亲的微信给母亲报平安。后来李蓓自己也住进了医院，十几天之后，她的母亲病愈出院，她回到家就会看见父亲已经不在了，李蓓说：她真不知道自己该怎么办？

我在微信上想方设法搜到了李蓓的电话。春雷决心要写一写她的故事，他加上了李蓓的微信，和她长聊了几次。我们都相信，李蓓的故事将来可以改编成一部感人的影片。

还有一位叫李丽娜的白领女孩，得知母亲生病，她立即赶回家照看，但也是因为一床难求，母亲怎么也住不进医院。2月8日元宵节这一天，这本该是一个举家团圆、合家欢乐的日子，李丽娜却只能守着垂垂病危、奄奄一息的母亲，她不希望失去母亲。于是什么也不顾了，她找出了家里的脸盆，跑到阳台上大声地敲打求救，脸盆的两面都敲碎了。邻居报了警，警察来了，站在楼下劝她不要再敲了，会想办法帮她。就这样，2月9日晚上李丽娜的母亲终于住进了医院。3月13日，她的母亲康复出院，李丽娜在微博上写道：是大家的多方努力才让我还能当个孩子，才能在武汉惨烈的求救消息中，有一个好的结局。回忆起当时的"敲锣救母"之举，李丽娜说，那时自己什么都顾不上了，也顾不及个人的脸面和尊严，心里只是想着要救母亲。网友们感叹道：古有缇萦救父，今有敲锣救母！

千千万万普通的武汉老百姓和他们在这场疫情中所遭受的苦难，他们所经历的一切，是最让我心痛的，也最值得我们每个人去用心体谅，去感同身受。

其次，从四面八方前来支援武汉和湖北的42000多名医护人员，他们确实是了不起的逆行者，是战士，是英雄，值得我们讴歌、礼赞。同时我认为，武汉本地的11万多名医护人员，湖北省17万多名医护人员同样是伟大的战士，同样是了不起的英雄，他们从疫情萌芽至今仍在坚守，仍在一线作战，他们的付出、奉献、牺牲，他们这些人同样给了我们最大的感动，同样值得我们给予最高的礼遇，给予英雄的赞美。这是我们每一个人尤其是湖北人所不应遗忘的。那些为我们雪地抱薪、深夜提灯的人，不仅值得我们感恩，更值得我们铭记。只有永远尊崇、爱戴、景仰和厚待英雄，我们的民族才会英雄辈出。

4. 您在 3 月 16 日发表的文章《逆行记》中写道，计划聚焦"90 后"和"00 后"，采写"战疫中的青春之歌"系列。就您所采访的对象中，这些年轻人的哪些经历、哪些事，吸引了您的目光？

李朝全："战疫中的青春之歌"系列，这是中央指导组宣传组提出的选题方向，我们每位作家都分担了一些任务，曾散承担的最多，其次是纪红建、普玄和李春雷。

我采写了大连志愿者小强的故事。这个名叫蒋文强的小伙子本来买了车票是要去岳阳找他的师傅一起去长沙买手游产品的，没想到在武汉阴差阳错地下了车。当时的武汉已关闭所有的离汉通道，这个年轻人无路可走，又不想漂泊沦落街头，于是他就想通过打工赚钱，找一份管吃管住的工作，但是在疫情高峰期，哪里有工作，只有医院在招人。就这样，他"自投罗网"进入了武汉市第一医院当起了一名清洁工，几乎是零起点，第二天他就进入病房去收拾患者吃剩的食物等各种生活垃圾。在病房里的每一天，这个年轻人心中都充满了恐惧，甚至想到了死亡，但是他不甘愿就这样没人知晓地死去，于是他找到了家乡大连交通广播电台，给交通台微信公号上留言，希望如果有一天自己万一出了什么事，电台能够转告他的家人，尤其是转告他还不满三岁的儿子，他的父亲是一个勇敢的大连人。

在电台的帮助下，大连援鄂医疗队的医生联系到了小强，给他做了心理辅导，普及了防护知识，让小强放下了沉重的心理负担，更感受到了温暖和力量，从此心中也不再那么恐惧。有了家乡人的支持与鼓励，小强坚持了下来，他在病房里当了整整一个月的清洁工志愿者。3 月 11 号大连医疗队的领队帮他协调，让他离开了医院。3 月 30 号，蒋文强跟随大连医疗队乘专机平安地回到了大连。

这是一个小人物，一个普通人在疫情这个特殊时期的一段悲欣交集的经历。他的经历令人唏嘘，也令人赞叹，他让我们看到了"90后"年轻一代身上的勇气和力量。

还有一位叫吴尚哲的女孩，1993 年出生，她的微博名叫"阿念2020很幸运"，她的职业是编剧。一家三口就她核酸检测是阳性，结果她进入了方舱医院治疗。这是一个乐观的女孩，在进入方舱后，她每天拍摄视频，撰写日记，通过微信平台传播，吸引了数百万粉丝的关注。这时她妈妈打电话，请求她去照顾自己的妈妈。阿念的外婆在火神山医院拒绝治疗，拒绝吃饭，无奈之下，医护人员只好给阿念的妈妈打电话，妈妈就求阿念帮她去照顾自己的妈妈。

阿念答应了，她觉得自己义不容辞，她答应妈妈要把外婆带回家。

在阿念的照顾下，在她软硬兼施的威胁和哄劝下，外婆终于同意接受治疗，而且能够强忍着不断呕吐的难受，开始吃一点米汤和橘汁。阿念这个原先连吃苹果都要妈妈帮她削皮的女孩逐渐学会了熬粥，喂外婆吃东西，半夜起来照看外婆，给外婆换纸尿裤，在照顾外婆的过程中，她迅速地成长了。

然而外婆的病情不断加重，不得不被送进 ICU 病房。在进病房前，外婆抓着阿念的手说：孩子，我的恩情你都还完了。外婆终于还是走了，阿念没能完成对妈妈的承诺，她感到很沮丧。

我看到了这则新闻报道，想方设法地加上了阿念的微信，每天为她加油鼓劲。

3 月 14 日，阿念康复出院。

3 月 27 日，在经过 14 天的隔离后她终于回到了自己的家里。她的妈妈说，这些天经常听到邻居、朋友说起阿念，她总觉得那好像是在说别人家的孩子。

5. 之前您写过《少年英雄》《梦想照亮生活》《徐光宪的故事》《中国好人》《最好的时代》等报告文学作品。这一次写抗疫，就采访的具体过程来看，有什么样的特别的、不同的感受？

李朝全：以前我也写过一些英雄人物，也写过一些灾难，比如汶川大地震灾后，我曾独自一人前往地震现场，深入四川、甘肃、陕西各个灾区进行实地采访，甚至到达了震中映秀镇，亲临现场去感受和了解地震造成破坏及伤亡的严重情况。但是相比较而言，此前的采访危险性不是很大，而且都是我一个人独自前往。这次采访，一是具有较大的风险，因为新冠肺炎病毒具有很强的传染性，更重要的是对于病毒的传播途径、传染的概率和可能性人们并不完全了解和清楚，敌人又是藏在暗处看不见的，因此须做好十足的防护，不敢有丝毫的疏忽大意，我对"战友"们一再强调，如果不能确保百分之百安全的地方绝对不能去；其次是这一次我还带着其他三位作家一同前往，我需要负责协调各位作家的生活、出行和采访，包括作品完成后的送审、发表等等，因此每天都很忙碌。由于忙碌反而容易忘却畏惧。在采访过程中，四位作家都站到了一条战线上，就像战士一样并肩作战，彼此之间都结下了深厚的友谊。我把它视为一种过命的交情，大家以兄弟互称，相互关照、相互提醒、相互帮助，我们是一个团结的完整的整体，大家都非常珍惜这种情分和缘分，同舟共济，携手战斗，这种独特的经历终生难忘。

6. 在这样大的疫情面前，文学，特别是报告文学，应该承担什么样的功能？

李朝全：文学是人学，是距离人的灵魂和心灵最近的学科。文学应该承担起记录历史、反思事件、精神重建及国家记忆的重要功能。报告文学是文学的轻骑兵和侦察兵，报告文学作家能够及时深入现场，深入一线采访创作有感染力、有影响力的作品，发现和塑造典型人物，迅速地记录、反映重大事件，留下历史印记和国家记忆，同时可对灾难及其次生灾害进行深刻的反省与追索，承担提醒和记忆功能，启示人们牢记灾难教训，给予人们心灵的抚慰和情感的慰藉，重建灾后精神文化生活，重建社会精神谱系和道德体系。报告文学有史志功能，有教育功能，还有资治资政价值，可以为国家治理体系和治理能力建设提供一些有益的参考和借鉴。

7. 通过此次采访，对您个人的生活和写作而言，将会产生什么样的影响？可能带来"三观"的哪些变化？

李朝全：通过这次采访，我个人最大的感受就是要敬畏生命，热爱生活，无论何人，无论何时何地。

一直以来，我都希望通过自己的写作，给人们带去爱、温暖、希望和力量，给在黑暗中苦苦摸索寻找的人们带去一丝光亮，更希望能带给读者大众一点思考：我们应该如何度此一生？我们应该如何为了让别人活得更好而活着？如何与别人建立一种命运共同体，与自然万物建立一种生命共同体？我们民族的性格和精神家园还有哪些缺憾，有哪些需要改进和提升的地方？

2020 年 2 月 24 日—4 月 29 日

写并改于武汉、北京